KB253423

팔선문

FANTASTIC ORIENTAL HEROES

정봉준 新무협 판타지 소설

팔선문 1

정봉준 新무협 판타지 소설

초판 1쇄 찍은 날 § 2009년 9월 10일
초판 1쇄 펴낸 날 § 2009년 9월 18일

지은이 § 정봉준
펴낸이 § 서경석

편집장 § 문혜영
편집책임 § 서지현
편집 § 정서진

펴낸곳 § 도서출판 청어람
등록번호 § 제1081-1-89호
등록일자 § 1999. 5. 31
어람번호 § 제2-1815호

주소 § 경기도 부천시 원미구 심곡2동 163-2 서경B/D 3F (우) 420-822
전화 § 032-656-4452 팩스 § 032-656-4453
http://www.chungeoram.com
E-mail § eoram99@chollian.net

ⓒ 정봉준, 2009

ISBN 978-89-251-1924-3 04810
ISBN 978-89-251-1923-6 (세트)

팔선문

1

정봉준 新무협 판타지 소설
FANTASTIC ORIENTAL HEROES

目次

서장

　나는 몰랐다. 그렇게 영문도 모르고 듣도 보도 못한 이역만리로 끌려가게 될 줄은. 내 의지와 무관하게 고향을 떠나게 되면서 깨닫게 된 것은 사람의 운명이 이토록 어처구니없이 꼬일 수도 있다는 사실이었다.

　만약 시간을 돌이킬 수 있다면, 나는 결단코 그 배에 타는 어리석은 짓을 하지 않을 것이다. 결단코 그 미친 영감이 타고 있는 배만큼은……

의지박약한 기재와 엉뚱한 마두의 기묘한 만남

며칠간 내리쬐던 폭염이 물러나고, 모두가 반기는 선선한 바람이 가을 향기를 풍기며 날아드는 계절.

악몽 같은 무더위가 사라진 탓에 삶에 찌든 사람들의 얼굴에도 기분 좋은 미소가 떠오른다.

상쾌한 날의 나른한 정오 무렵. 번화한 도심에서 약간 벗어난 커다란 장원에서 벼락같은 호통이 터져 나왔다.

"이놈! 네놈이 그러고도 사형의 자격이 있다는 말이더냐? 내 앞에서 썩 꺼져 버리거라! 네놈의 각오를 새로이 세울 때까진 이곳에 발도 들이지 말아라!"

격앙된 목소리에는 참을 수 없는 울분이 담겨 있었다.

온 동네를 쩌렁쩌렁 울리는 호통에 유검호는 쫓겨나듯 후다닥 장원을 뛰쳐나갔다.

그 자리에 조금만 더 있다간 단지 호통만으로 끝나지 않을 거라는 것을 잘 알기 때문이었다.

'에휴! 이번엔 화가 단단히 나셨나 본데?'

유검호는 한숨을 푹 내쉬었다.

이런 일이 한두 번 있었던 것도 아니지만, 이번엔 사부의 노기가 쉽사리 사그라질 것 같지 않았다.

'하긴… 좀 심하긴 했지.'

스스로 생각해 보아도 한참 어린 사제와의 대련에서 손 한 번 내밀지 못하고 두들겨 맞기만 한 것은 너무한 것 같았다.

사부가 졸도할 정도로 분노한 것도 어쩌면 당연한 일이었다.

'하지만, 그 녀석 정말 강했단 말이야. 아마 천재라는 게 있다면 바로 그 녀석일 거야.'

유검호는 시퍼렇게 멍이 든 눈두덩을 쓰다듬으며 애써 자신의 패배를 합리화시켰다.

'에이 뭐, 날 저물 때까지 대충 시간 좀 때우다가 들어가면 용서해 주시겠지.'

마음의 여유를 찾고 나자 이내 배에서 꼬르륵거리는 신호음이 보내져 온다.

생각해 보니 늦잠을 자느라 밥도 못 먹고 대련이니 뭐니 했으니 허기가 질 만도 했다.

유검호는 잠시 옷을 뒤적거리더니 동전 한 닢을 꺼냈다.

"만두 하나는 살 수 있겠구나."

그는 배를 채울 수 있다는 생각에 헤헤 웃으며 시장가에서 큼지막한 만두를 하나 샀다. 보기만 해도 입에 침이 고이는 만두였다.

허기짐에 급히 한입 가득 물려는 순간, 하필 늙은 주정뱅이 하나가 비틀거리며 지나가다 어깨를 부딪치는 것이 아닌가?

툭.

그야말로 가벼운 충돌이었다. 한창때인 유검호에겐 그저 살짝 밀치는 정도의 충격일 뿐이었다.

하지만 막 입 안으로 들어가려던 만두에겐 그렇지 않았던 모양이다.

철퍼덕!

유검호의 손에서 탈출하듯 미끄러진 만두는 그대로 땅에 떨어졌고, 비틀거리던 노인의 발에 무참하게 깔려 버리고 말았다.

"으악! 내 식사!"

처절한 유검호의 비명에 주정뱅이 영감은 눈을 게슴츠레 뜨며 고개를 돌렸다.

"어린놈이 조심했어야지."

아마도 자신의 실수를 나이를 내세워 무마시키려는 속셈이었을 것이다. 하지만 노인은 눈물이 그렁그렁한 채 하염없이 짓뭉개진 만두만 바라보고 있는 유검호의 불쌍한 얼굴을 보자 차마 입이 떨어지지가 않았다.

"이, 이 녀석아, 사내자식이 그런 일 가지고 세상이 다 끝난 것 같은 표정을 하면 어쩌느냐? 옛다. 내 물어줄 돈은 없으니 이거라도 마시고 힘내거라."

노인은 들고 있던 호리병을 유검호의 손에 쥐어주고는 도망치듯 가버렸다.

결국 허기를 달래줄 만두는 주정뱅이가 반쯤 먹다 남은 술병으로 탈바꿈 되었다.

한참 동안 멍하니 서 있던 유검호는 힘없이 터벅터벅 걸어 바다가 한눈에 내려다보이는 언덕에 도착했다.

엉덩이를 깔고 가만히 앉아 주린 배를 감싸 안고 있자니 괜스레 처량한 기분이 들었다.

"쳇, 나도 한때는 잘나갔었다고."

그도 처음부터 이렇게 천덕꾸러기 신세는 아니었다.

아니, 오히려 처음 사부의 손에 거두어졌을 때는 사문의 기대를 한 몸에 받는 기대주였다. 그토록 체통을 중시하던 사부가 그를 처음 보았을 때 너무도 기뻐 덩실덩실 춤을 추었을 정도였다.

그래서 사부는 역대 조사들의 명으로 수련이 금지되었다

는 태무신공까지 익히게 했다.

　태무신공에 대해서는 사문에서도 자세히 알려지지 않았다. 다만 이 무공이 도교의 비전이라는 사실만이 전해져 왔을 뿐, 어째서 금기의 무공이 되었는지는 아무도 몰랐다.

　하지만 대대로 태무신공에 관해서 입에서 입으로 전해 내려오는 전설이 있었으니 '이 무공을 익힌 자, 또 다른 세계를 보게 되리라' 는 것이었다.

　거기에 관해 사조들은 무공의 경지를 속성으로 뛰어넘는 방법을 적어놓은 것이 아닐까 추측했다고 한다.

　차례를 밟아 올라가지 않고 급히 오르는 무공을 바로 마공이라 불렀다. 마에 관해서는 지나칠 정도로 엄격한 사문의 가풍을 생각해 본다면 기나긴 세월 동안 익혀보려 시도했던 인물이 한 명도 없었던 게 딱히 이상할 일은 아니다.

　사부는 오히려 전례가 없었다는 점에 주안점을 둔 모양이다.

　처음 태무신공의 비급을 전수해 주던 사부는 그를 앉혀놓고 말했다.

　'이것이 마공인지 아닌지는 익혀보지 않는 이상 모른다. 하나 나는 감히 도교의 비전에 마공이 담겨 있으리라고는 생각지 않는다. 또한 약간의 그릇됨이 있다 할지라도 너의 재능이라면 능히 극복할 수 있을 터. 너를 믿고 너를 믿은 나의 눈을 믿기에 너에게 이 무공을 전수하고자 한다.'

꽉 막힌 사문에서 살아온 사부가 어째서 그때만큼은 탁 트인 생각을 한 것인지는 알 수 없었다.

하지만 사부가 태무신공의 위력이 천하제일이라 믿었던 것은 분명했다. 그 믿음이 대체 어디서 나왔는지는 알 수 없지만, 사부는 제대로 익히는 사람만 나오면 그날로 사문의 명성이 하늘을 찌를 것이라 생각한 모양이다.

다행히 전해져 내려온 지식도 없는 무공이었음에도 뛰어난 자질 덕분인지 익히는 데 큰 어려움은 없었다.

그렇게 유검호는 사부의 자랑이자 사문의 희망이 되어 금방이라도 사문의 명성을 드높일 수 있을 것 같았다.

하지만 항시 완벽한 사부도 한 가지 생각지 못했던 것이 있었으니, 유검호의 자질이 매우 뛰어난 것은 사실이었으나 성격이 매우 게으르고 특히 무언가를 끈기있게 하고자 하는 의지가 매우 부족했다는 점이다.

그나마 어렸을 때는 사랑의 매라는 명목으로 두들겨 패서라도 수련을 시키곤 했다.

그러나 머리가 굵어지고 나서부터는 그런 강압적인 방법이 전혀 통하지 않았다.

두들겨 패면 그때만 잠깐 하는 척하고, 돌아서면 다시 주저앉아 쉬고 있으니 가르치는 입장에서는 미치고 팔짝 뛸 일이었다.

남들은 꿈에서라도 바라는 자질을 타고났고, 그 자질을 빛내줄 비급이 있음에도 익히고자 하는 의욕이 없으니 당연히 진전이 있을 수가 없는 일.

결국 유검호가 입문한 지 십 년째 되던 해, 사부는 하늘을 보고 울부짖었다.

"하늘은 어찌하여 천고의 자질을 이런 지독한 의지박약아에게 내렸단 말인고!"

그렇게 유검호는 사문의 기대주에서 천덕꾸러기로 밀려나게 되었다.

나중에 사부는 어쩌면 그가 그렇게까지 무기력해진 것이 태무신공을 익혔기 때문인지도 모른다는 생각까지 했다고 한다. 도가의 유유자적한 무공이 천하의 게으름뱅이를 만나 그 잠재력을 완전히 각성시켜 버렸다는 것이다.

그 주장은 유검호의 생각으로도 어느 정도 일리가 있는 말이었다.

사부를 만나기 전, 여기저기 떠돌던 시절엔 이렇게까지 무기력하진 않았던 걸로 기억하기 때문이다. 그런데 무공이라는 것을 익히고 난 후부터는 왠지 만사가 귀찮고 모든 것이 될 대로 되라는 기분이 자주 들었다.

사부가 실망하고 속상해할 때마다 이를 악물고 열심히 하자 다짐해 보지만, 그런 의지는 일각만 지나면 흐물흐물해졌고, 금세 모든 것이 귀찮아지는 것이다.

물론 그것이 정말인지 아니면 자기합리화였는지는 알 수

없었지만 어쨌든 태무신공은 다시 금기의 무공이 되어 아무도 익히지 못하게 되었다.

듣기로는 사부가 순간적인 울분에 태워 버렸다고도 하는데 사실인지는 차마 물어볼 수 없었다.

어쨌든 제자에 대한 실망으로 오랫동안 속 썩이던 사부는 두 번째 제자를 받아들였다. 다행히 새로운 제자는 자질도 훌륭한 편이었고 무공을 익히고자 하는 의욕도 가득 차 있었기에 사부도 매우 흡족했다.

그 두 번째 제자가 바로 오늘 유검호의 눈에 멍이 들게 한 장본인이었다.

'그래도 처음 입문했을 때는 사형, 사형 하면서 내 뒤만 졸졸 쫓아다녔는데……'

귀여웠던 어린 사제는 이제 머리가 크고 실력 좀 붙었다고 사형을 무시하기 일쑤였다. 아까만 해도 굳이 그렇게까지 심하게 몰아칠 필요는 없었는데, 사부 앞에서 자신의 실력을 자랑하기 위해서인지 과하게 손을 써서 유검호에게 망신을 주었다.

'그것도 하필 영아 앞에서……'

유검호의 머릿속에 호기심 가득한 눈으로 사형제 간의 대련을 지켜보고 있던 예쁘장한 여자 아이가 떠올랐다. 사부의 무남독녀로, 워낙 예뻐서 사문의 사랑을 한 몸에 받고 있었다.

　유검호도 그녀에 대한 감정은 각별했기에 꼴사나운 모습
은 보이고 싶지 않았다.

　하지만 결국 사제에게 두들겨 맞아 땅에 나동그라지게 되
었고, 그 모습을 지켜보는 사매의 눈빛은 감출 수 없는 실망
감이 가득 담겨 있었다.

　그녀가 뇌리에 아른거리자 우울하던 기분이 더욱 가라앉
았다.

　한숨을 내쉬던 유검호의 시선이 아까 주정뱅이 영감에게
받았던 술병에 머물렀다.

　“에라, 되는 일도 없는데 술이나 마시자.”

　술을 마시려다 바닷가 쪽을 보니 커다란 배 한 척이 정박해
있는 것이 보였다.

　지난 한 해 동안 같은 자리에서 움직이지 않고 정박해 있던
배다. 듣기로는 어느 먼 나라의 장사치의 것이라 했는데, 가
끔 청소하는 일꾼 몇 명을 제외하곤 아무도 가까이 가지 않았
다.

　“그래, 자고로 술은 물 위에서 마셔야 제 맛이지.”

　유검호는 풍류를 즐긴다 생각하자 기분이 들떴는지 한달
음에 부두로 달려가서는 배 위로 올라갔다. 올라타서 생각해
보니 아무래도 남의 배에 함부로 타고 있는 것이 눈에 띄면
곤란할 것 같아 구석에 쌓아놓은 커다란 나무통으로 벽을 만
들고 그 뒤에 드러누웠다.

“후아! 좋구나!”

배 위에 누워 하늘을 바라보자 빨려 들어갈 것 같았다.

가만히 술병을 기울여 한 모금 마시자 쓴맛이 입 안 가득히 퍼져 나간다. 처음 마시는 술이라 역거울 법도 하건만 그 쓴맛이 조금도 싫지 않았다.

식도를 타고 퍼져 나가는 술기운이 몸을 더욱 나른하게 만들었다. 하늘은 높고 바다는 잔잔했으며 선선한 바람까지 몸을 감싸주니 마치 구름 위를 둥둥 떠다니는 기분이었다.

그 몽롱함에 취한 유검호는 그대로 곯아떨어졌다.

*　　　*　　　*

“저 배가 틀림없으렷다?”

적무양은 턱을 매만지며 중얼거렸다. 그가 보고 있는 것은 중원에서 쉽사리 볼 수 없는 커다란 배였다. 뒤에 서 있던 간사하게 생긴 중년인이 손을 비비며 동조했다.

“헤헤헤, 틀림없습니다. 분명히 저 배가 색목인들의 배입니다. 일 년 전쯤에 들어왔다는데, 이틀 후엔 떠날 예정이라고 합니다. 항구의 관리에게 들었으니 틀림없을 것입니다.”

“호호호, 해금령 때문에 불가능할 줄 알았는데 이렇게 쉽게 찾을 줄은 몰랐군. 다 네 덕분이다.”

적무양의 말에 중년인은 황송한 표정으로 고개를 숙였다.

흐뭇한 표정으로 배를 쳐다보던 적무양은 공을 치하하듯 중년인의 어깨를 툭툭 두드리며 말했다.

"그럼 본좌는 느긋하게 여행을 다녀올 테니 뒷일을 부탁하마."

"걱정 말고 푹 쉬시다 오십시오."

"크하하! 본좌가 말년에 부하 하나는 잘 뒀어."

적무양은 크게 웃으며 배를 향해 걸어갔다.

중년인은 지극히 경건한 자세로 그를 배웅했다. 하지만 적무양이 시야에서 사라지자 금세 표정이 돌변한다.

"적무양을 이렇게 쉽게 제거할 수 있을 줄은 꿈에도 생각지 못했군."

허리를 펴는 중년인에게서 조금 전 적무양에게 보이던 비굴한 모습은 찾아볼 수 없었다. 번뜩이는 중년인의 눈에는 심계를 측량할 수 없는 모사로서의 재기가 가득했다.

"원래 계획대로였다면 피해가 막심했을 텐데. 아무튼 천재란 것들의 머릿속은 이해할 수가 없다니까. 우리로서는 행운이라 할 수 있겠지만 말이야. 어쨌든 적무양이 사라진 이상 중원무림은 주군의 손에 들어온 것이나 마찬가지. 일단 무림을 손에 넣고 나면 대망을 실현할 수 있을 것이다."

득의만면하여 웃던 중년인은 적무양이 사라진 방향을 보며 혀를 찼다.

"쯧쯧, 얼핏 듣기로 가는 데만 몇 달은 걸린다는 것 같던데,

늙은이는 기껏해야 며칠이면 도착할 것이라 알고 있으니, 선원들이 고생 좀 하겠군."

중년인은 적무양의 더러운 성격이 떠오르자 몸을 부르르 떨었다. 아마 그 더러운 행패를 감당하려면 몇 명쯤은 반병신이 될 것이 틀림없었다.

"어쨌든 본격적으로 해금령이 떨어진 이상 최소 이십 년간은 색목인들의 배가 얼씬거리지 못할 터."

성미가 불같은 적무양이 그 기나긴 시간을 혈혈단신 외국에서 버틸 수 있을 리 만무했다. 필시 제 성미를 이기지 못해 심화로 죽거나 무리하게 돌아오려다 화를 입을 것이 틀림없다.

"설령 천운으로 그가 돌아온다 할지라도 그때쯤이면 중원 무림에 그가 발붙일 곳은 아무 데도 없을 것이다."

중년인은 자신의 계획이 완벽함을 자부하며 그곳을 떠났다.

그 시각, 적무양은 배에 올라 두리번거리고 있었다.

'잠시 몸을 숨겨야겠군.'

처음부터 소란을 일으키면 자칫 배가 출발하지 않을 수도 있기 때문에 일단은 조용히 있다가 배가 출발한 후에 바를 탈취할 생각이었다.

주변을 훑어보던 적무양은 커다란 나무통이 쌓여 있는 곳을 발견했다. 어설프게 쌓여 있는 통 뒤에는 웬 멍청하게 생긴 소년이 술병을 들고 대자로 뻗어 있었다.

"뭐지, 이놈은?"

적무양은 눈살을 찌푸렸으나 이내 소년 옆에 털썩 주저앉았다.

평소였다면 어린놈이 대낮부터 드러누워 있는 것이 마음에 들지 않는다는 명목으로 살짝 어루만져 주었을 테지만, 지금은 기분이 좋아 그냥 넘어가 주었다.

소년이 꼭 쥐고 있는 술병을 빼앗아 남아 있는 술을 입 안에 털어 넣은 적무양은 연신 싱글벙글했다.

그의 표정에는 마치 처음으로 집을 나서는 어린아이와도 같은 기대감이 가득했다.

"흐흐흐, 드디어 세상의 끝을 보게 되는구나."

그의 괴이한 야심은 아주 옛날부터 품어왔던 것이다.

그 시작은 어릴 적 한 상인과의 만남으로부터였다. 머나먼 서역에서 왔다는 상인은 어린 적무양에게 온갖 신기한 이야기들을 해주었다.

서역 상인은 정말 눈이 휘둥그레질 정도로 많은 이야기를 들려주었는데, 그중 적무양의 뇌리를 크게 뒤흔든 세 가지가 있었다.

첫 번째는 바로 크기. 서역 상인은 중원 밖에는 중원과는 비교할 수도 없을 만큼 큰 땅이 있고 그보다 넓은 바다가 있다고 했다. 세상의 중심이 중원이고, 중원이 세상 모든 나라 중에 가장 크다고 철석같이 믿고 있던 적무양에게 그 말은 크나큰 충격을 안겨주었다.

그리고 두 번째는 미녀. 중원의 아담한 체구의 여인들에게서는 찾아볼 수 없는 매력을 가진 여인들이 세상에는 수없이 많다고 했으니, 모름지기 세상에 태어나 모든 여인을 품어보겠다고 결심했던 적무양으로서는 침이 꿀꺽 넘어가는 달이었다.

마지막으로 강자들. 분명 중원의 무공이 발달하고 고수가 많긴 하지만, 세상에는 그에 못지않은 강자들이 수없이 많다는 것이다.

이미 크기 자체가 중원보다 훨씬 크다 했으니 충분히 가능성 있는 말이었다.

그 후 오랜 세월이 흐르고 수많은 위험과 우여곡절 끝에 중원무림에서는 절대자 소리를 듣는 고수가 되었건만, 어렸을 때 들었던 천외천 이야기는 적무양의 머릿속에서 한시도 떠나지 않았다.

그래서 마침내 결심했다.

'중원에서는 이미 최고를 이루었다. 이제 다른 세상에서 최고가 될 차례이다.'

결심을 굳힌 적무양은 은밀히 색목인들의 배를 찾았고, 마침 수하 중 한 명이 이렇게 배를 찾아낸 것이다. 적무양은 잠시 이 배를 찾아낸 중년인, 조양표를 떠올렸다.

'이 일이 네 녀석의 숨통을 이어주었다.'

적무양은 이미 진작부터 조양표가 은밀히 무언가를 꾸미고 있음을 알고 있었다. 수작질이 가소로워 지켜보고 있었을 뿐이다.

그나마도 근래 들어 수위를 넘는 일을 종종 벌이는 듯해서 숨통을 끊으려던 차였다. 그런데 손을 쓰려는 찰나에, 그가 색목인들의 나라로 가는 배를 찾았다는 보고를 해온 것이다.

그토록 염원하던 중원 밖의 세상으로 갈 수 있다는 생각에 다른 것은 생각할 것도 없었다. 새로운 목표가 보이자 조양표가 무엇을 꾸미든 상관없었다.

'일단 세상을 모두 구경한 후에 내가 그곳에서도 최고임을 증명하겠다.'

조양표 따위는 그 후에 중원으로 돌아와서 손을 쓰면 된다.

'하긴 어차피 뺀질이 녀석도 있으니 굳이 신경 쓸 필요도 없겠군.'

그가 뺀질이라고 부르는 혁련월은 장로들의 성화에 마지못해 받아들인 수양아들이다. 머리가 비상하고 무공도 제법 쓸 만해서 사람들은 벌써부터 후계자로 꼽고 있는 실정이다.

물론 자리를 비우는 기간이 길어진다면 혁련월의 재량으로 힘들 수 있을지도 모른다. 하지만 적무양은 이번 행로를 최대 삼 년 정도로 생각하고 있었다.

자신의 능력이라면 그 정도면 충분하고도 남으리라 생각
했다. 아무리 넓디넓은 세상이라지만 중원제일고수인 자신
을 곤란하게 만들 존재는 없으리라는 자부심이 은연중에 있
었기 때문이다.

그나마 삼 년씩이나 잡은 것은 가는 길이 뱃길이고, 또한
미녀들과 보낼 시간이 얼마나 될지 짐작치 못했기 때문이다.

조양표가 무슨 일을 꾸미든 삼 년 정도는 혁련월이 충분히
막아낼 수 있을 것이다.

이런저런 생각을 하는 와중에 배 근처에 서서히 인기척이
느껴졌다. 아마도 배에 짐을 싣는 모양이었다.

그런 와중에 드러누워 있던 소년이 꿈지럭거리며 뒤척인
다. 사람들 말소리에 잠에서 깨는 모양이다.

"저 녀석이 일어나서 소란을 피우면 귀찮아질 테니 그냥
더 재워야겠군."

적무양은 대수롭지 않게 소년의 수혈을 짚었다.

하루가 지났을 때 적무양은 다시금 소년의 수혈을 짚었다.

무슨 큰 의미가 있어서 한 행동은 아니었다. 그저 소년이
깨어나면 소란을 피울 것 같다는 생각이 어렴풋이 들기에 한
것뿐이었다.

그리고 다음날, 포도아(포르투갈)로 가는 배가 출발했다.

*　　　*　　　*

유검호는 꿈을 꾸고 있었다. 사부가 나오는 꿈이었다.

사부는 그곳에서도 그를 크게 꾸짖고 있었다.

모습은 바로 지척인데 웅웅거리는 소리만 들려 무슨 말을 하는지 도저히 알 수가 없었다. 다만 무언가에 크게 진노한 것만은 알 수 있었다.

그럴 때는 그저 고개를 숙이고 잠자코 듣는 것이 최선이었다.

한참 동안 영문도 모른 채 혼이 나고 있는데 곰곰이 생각해 보니 이것이 꿈이라는 것을 알았다.

꿈이라면 뭐든 자신의 마음대로 할 수 있을 거라는 생각이 들자 슬그머니 고개를 들어보았다.

과연 마음속 생각이 반영되었는지 사부는 지금까지와는 사뭇 다른 온화한 표정으로 바뀌어 있었다.

"역시 꿈은 내 편이구나."

안도의 숨을 내쉬고 있을 때 사부의 큼직한 손이 머리에 닿았다.

'머리라도 쓰다듬어 주려고 그러시나?

그러나 기대와 달리 사부의 손은 돌연 무쇠 집게로 돌변하여 그의 머리를 꽉 움켜쥐었다.

"아악! 사부님, 아파요!"

비명을 지르며 사부를 쳐다보았을 때, 사부의 입에서 벼락

같은 호통이 터져 나왔다.

"네 녀석에게 필요한 것은 무공 같은 것이 아니라 으지이다! 필사적인 각오가 생길 때까지 돌아올 생각을 말거라"

사부의 손이 거칠게 휘둘러졌다. 유검호는 멀리 날아가 차가운 물속에 빠지고 말았다.

*　　　*　　　*

촤악!

"앗, 차가워!"

얼굴을 적셔오는 찬물 세례에 유검호는 비명을 지르며 눈을 떴다.

꿈속의 감각이 현실에까지 이어졌다는 놀라움도 잠시, 그는 자신이 꿈에서 완전히 깨어난 것인지 심각하게 고민해야만 했다.

구름 한 점 없이 맑은 하늘 옆으로 티 하나 없이 새까만 피부의 사내들이 신기한 듯 그를 내려다보고 있었기 때문이다.

"으악!"

비명을 지르며 벌떡 일어난 유검호의 눈에 저 멀리 아련하게 멀어지고 있는 육지가 보였다.

멀어지는 육지를 멍하니 바라보던 유검호는 돌연 크게 웃었다.

"하하하! 아직 꿈인가 보다."

그리고는 다시 털퍼덕 드러누워 잠을 청해 버린다.

몸이 흠뻑 젖은 상태에서도 다시 잠들어 버리는 유검호의 모습에 새까만 피부의 사내들은 알아들을 수 없는 말을 주고받더니 어디선가 모포를 가져와 덮어주기까지 한다.

옆에서는 적무양이 어이없는 표정으로 그 모습을 지켜보고 있었다.

그렇게 그저 편하게 살기만을 바라던 유검호는 중원의 대마두 적무양의 괴행으로 인해 듣도 보도 못한 머나먼 이국으로 실려 가게 되었다.

그리고 오랜 세월이 흘렀다.

귀환

쏴아아~ 철썩! 끼룩끼룩!

파도 소리와 기러기 울음소리가 무질서한 가운데서도 듣기 좋은 화음을 만들어내며 조용한 어촌의 아침을 알려온다.

대자연을 상대하는 사람들이 으레 그렇듯, 이곳 담강 역시 마을 사람들 모두 늦잠 자는 사람 하나 없이 부지런히 아침을 맞이한다.

도시에서는 아침이 오는 기척에 사람들이 눈을 비비고 자리에서 막 일어나려 할 시간이었지만, 이곳에선 벌써 이른 식사를 마친 남자들이 집을 나서고 있었다.

그들이 향하는 곳은 당연히 이곳 마을의 생계를 책임져 주고 있는 바다. 그런데 어쩐 일인지 일을 나가는 어부들의 발걸음이 매우 가벼워 보인다.

입에 풀칠하기도 벅찬 시국임에도 그들의 얼굴에는 여유가 흐르고 있었으니, 그 이유는 바로 전날 떠내려 온 난파선 때문이었다.

어느 곳의 배인지는 알 수 없었으나 본모습을 짐작할 수 없을 정도로 선체가 파손된 것으로 보아 배에 타고 있던 사람들은 모두 화를 당했음이 틀림없었다.

이런 난파선이 발견되면 당연히 관아에 신고를 함이 마땅했다.

처음엔 모두 관아에 신고를 하자는 쪽으로 의견을 모았었다.

하지만 그런 의견은 장난삼아 배 안에 들어갔던 마을 아이가 손에 은촛대 하나를 들고 나옴으로써 햇살에 눈 녹듯 사라져 버렸다.

아무리 그들이 순박한 어촌 사람들이라곤 하나 지금은 모두가 어려운 시국. 그들로서는 처음 보는 은촛대는 척 보기에도 꽤나 값이 나가 보이는 물건이었고, 배 안에는 그런 물건이 더 많이 있을지도 몰랐다.

어차피 관청은 마을에서 하루 이상 가야 되는 먼 곳에 있었고, 그들의 살림은 어려웠으니 위법은 필연적인 결과라 할 수 있다.

그렇게 마을 사람들끼리 쉬쉬하며 배를 뒤진 결과 배 안에서는 몇 개의 귀중품이 더 나왔다.

아마 배에 타고 있던 사람들은 꽤나 높은 신분을 지닌 모양이었다. 하지만 이미 깊고 넓은 바다 속에 수장되었을 테니 거리낄 것은 없었다.

하루 만에 배 안을 샅샅이 뒤진 마을 사람들은 아쉬운 마음에 다음날 주변 해변을 뒤져 보기로 계획했다.

혹여 배의 잔해를 더 발견할 수 있을까 하는 기대감 때문이었다.

그런 기대감을 품은 발길이었으니 가벼울 수밖에 없었다.

그때 해변으로 향하던 어부들이 놀란 얼굴로 걸음을 멈추었다.

전날 배가 있던 자리에 웬 사내가 큰대 자를 그린 채 드러누워 있었기 때문이다.

밝았던 마을 사람들의 얼굴이 어두워졌다.

혹시 배와 관련된 사람일지도 모른다는 생각이 든 것이다.

난파선의 생존자라면 어쩔 수 없이 관에 알려지게 된다. 그렇게 되면 그들이 신고를 하지 않고 사사로이 이득을 취하려 했음이 발각될 터였다.

금전에 관한 일이라면 눈에 불을 켜는 것은 관인들의 공통된 습성. 자신들에게 돌아올 밥그릇에 손을 댄 마을 사람들을 결코 가만두지 않을 것이 분명했다. 자칫 매우 심각한 위험에 처할 수도 있는 것이다.

개중 젊고 담이 큰 어부가 약간 떨어진 곳까지 다가가 들고 있던 그물대로 쓰러진 사내를 쿡쿡 찔러보았다.

그러나 몇 번을 찔러보아도 쓰러진 사내는 아무런 반응도 없었다.

"휴우, 죽었나 봅니다."

어부가 반쯤 안도하며 그물대를 거두려 할 때, 어디를 어떻게 건드렸는지 사내의 몸이 움찔하며 꿈틀거린다.

"어헉!"

이미 사내를 죽은 시체로 여기고 있던 어부들이 대경하여 뒷걸음질 치려는 순간, 쓰러진 사내의 입에서 분수와 같은 물줄기가 뿜어져 나왔다.

촤아악!

뒤를 이어 퍼져 나가는 지독한 술 냄새.

생소한 종류의 술 냄새가 순박한 어촌 마을 장정들의 코를 강하게 찔러왔다. 사내에게서 풍기는 술 냄새는 매우 지독하여 술이라면 사족을 못 쓰는 사람들까지 코를 틀어쥐게 만들 정도로 강렬했다.

마치 술독에 일 년 육 개월은 처박혀 있었던 사람 같았다.

"꺼으으윽~"

한차례 위장을 비운 사내는 속이 좀 편해졌는지 거창하게 트림까지 한다. 그러더니 다시 자신이 토해낸 토사물을 얼굴에 그대로 덮어쓴 채 코를 골았다.

어이없는 광경에 넋이 나간 마을 사람들은 잠시 아무 행동도 하지 못하고 서 있어야 했다.

"에잇! 그냥 술주정뱅이였잖아?"

"괜히 겁먹었군."

그러고 보니 사내의 옆에는 커다란 술병이 굴러다니고 있었다.

이방인이 간밤에 술에 잔뜩 취해 이곳에서 그냥 잠이 들어버린 모양이다. 마을 사람들은 다시 들뜬 기분을 되살리며 자신들의 일을 찾기 시작했다.

개중 마음씨 좋은 몇몇 어부들은 물을 길러와 사내의 얼굴에 묻은 토사물을 씻어주기까지 한다.

"이보슈, 여기서 계속 자면 입 돌아가니 집에 가서 주무시오."

아직 쌀쌀한 아침 기온에 차가운 바닷물까지 뒤집어쓰자 사내는 조금 정신을 차렸는지 꿈틀거리며 앞으로 기어갔다.

사내가 몸을 움직이자 옆에 놓여 있던 술병과 가죽에 싸인 기다란 물체가 철그렁 소리를 내며 땅에 긴 선을 그려놓는다.

알고 보니 허리에 끈 같은 것으로 연결해 놓았던 모양이다.

이미 사내에 대한 관심을 껐던 마을 사람들은 그가 사라지든 말든 신경 쓰지 않았다.

무관심 속에 한참 동안 기어나가던 사내는 해변이 한눈에

내려다보이는 언덕에 도달해 주변을 더듬거리더니 다시 몸을
눕힌다.

"드르릉~ 쿠우~"

눕자마자 울려 퍼지는 소리. 그는 잠결에 조금 더 쾌적한
잠자리를 찾기 위해 본능적으로 이곳까지 기어왔던 것이다.

사내가 정신을 차린 것은 하루가 꼬박 지나고 해가 중천에
떴을 때였다.

꼬르륵.

"음?"

꿈속에서도 생생하게 들려오는 본능의 울음소리가 의식을
현실 세계로 되돌려 놓았다.

"제길, 고향에 가는 꿈이었는데."

아쉬운 표정으로 입맛을 다시던 사내는 주변을 두리번거
렸다.

"이번엔 또 어디에 표류한 것이지?"

사내는 몽롱한 눈으로 언덕 아래를 보았다.

허름한 민가가 여러 채 붙은 어촌 마을이 보인다. 마침 밥
이라도 짓는지 여기저기 연기가 모락모락 피어오르고 있다.
민가 앞에는 아낙네들이 이리저리 바쁘게 움직이고 있는 것
도 보였다.

한참 멍하니 보고 있던 사내의 눈에 조금씩 이지가 돌아오
기 시작한다. 밥 짓는 냄새가 잠에 취해 있던 의식을 되돌린

탓이다.

사내는 정신을 차리자마자 입 안 가득 고여 있는 침을 꿀꺽 삼켰다.

"으음, 이게 대체 얼마 만에 맡아보는 밥 냄새지?"

사내는 코를 벌름거리며 킁킁거리더니 귀신에 홀린 듯 흐느적거리며 밥 냄새를 쫓아간다.

"고향이고 나발이고 밥 좀 먹었으면 좋겠… 응? 밥?"

사내가 돌연 벼락이라도 맞은 듯 몸을 부르르 떨었다. 밥이라는 말에 뇌리를 스치는 생각이 있어서였다.

그는 멍하니 선 채로 코로는 벌렁벌렁 밥 짓는 냄새를 빨아들이고, 눈으로는 부엌 너머 아낙네들의 옷차림을 뚫어져라 쳐다보았다.

마치 발정 나서 욕정을 주체 못하고 여자를 쫓는 호색한과 같은 모습이다. 하지만 본인은 매우 중요한 의식이라도 치르듯 진지하게 마을 여인들의 모습과 밥 냄새를 탐닉했다.

잠시 후, 사내는 뭔가 큰 결론이라도 낸 듯 표정이 변하기 시작한다. 점점 벌어지는 입술, 부들부들 경련하는 눈자위, 뿌옇게 차오르는 눈, 그리고 터질 것같이 뛰어오르는 심장.

그는 지금 극도로 감동하고 있었다.

감동이 주체하기 벅찰 정도로 커다랗게 차오르자 사내의 입에서 광소가 터져 나왔다.

"우하하하하하! 드디어 중원에 돌아왔구나! 내가 돌아왔다! 내가 돌아왔다고! 이 유검호가 다시 돌아왔다는 말이다!"

사내는 미친 듯이 웃어대며 고래고래 소리쳤다.

무슨 일인가 고개 내밀던 마을 주민들이 그를 보고 손가락질했지만 개의치 않았다.

당장은 하늘이 무너져 내린다 할지라도 벅차오르는 감동과 기쁨을 표출하고 싶었다.

마을 주민들이 미쳤다며 손가락질하는 것을 보면서도 웃음을 그치지 않는 사나이. 그의 이름은 유검호였다.

미친 영감은 단 한시도 나를 가만히 놓아두지 않았다.

그는 나의 무기력함을 고치겠다는 명목으로 내가 누워 있는 모습만 보면 죽기 직전까지 두들겨 팼다. 한 번은 맞다가 의식을 잃은 후에 깨어나 보니 그때까지 나를 때리고 있는 적도 있었다.

그 미친 짓을 오랜 시간 동안 겪다 보니 나중에는 어떤 상황에서도 그의 공격을 막아낼 수 있었고, 더 나아가서는 반격까지 할 수 있게 되었다.

가끔 때리던 영감이 깜짝 놀랄 정도의 반격을 하는 날이면 영감은 나를 신기한 동물 구경하듯 한참 동안 쳐다보곤 했다.

영감의 괴롭힘 속에서 자연적으로 습득하게 된 발재간.

그것은 적어도 귀찮게 일어나지 않고도 싸울 수 있다는 점에서 영감에 의해 겪게 된 일 중 몇 개 되지 않은 좋은 일이라고 할 수 있다.

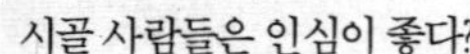

시골 사람들은 인심이 좋다?

한참 동안 앙천광소하던 유검호는 구경하던 마을 사람들이 다시 얼굴을 집어넣을 때야 웃음을 그쳤다.

"허억허억! 그거 좀 웃었다고 숨이 차는군."

정신을 차리고 나니 다시 구수한 밥 냄새가 코를 찔러온다. 온몸의 기력이 쭉 빠져나가는 느낌에 인상이 절로 써진다.

'벌써 음식을 못 먹은 지 꽤 오래된 것 같은데…….'

뭔가 씹을 수 있는 것을 먹었던 날짜는 이미 헤아리기를 포기했다. 그나마 약 닷새쯤 전에 바다에서 폭우를 만나 표류하던 중에 허기를 견디지 못해 술을 밥처럼 들이부었던 것이 그의 입을 통해 들어간 마지막 음식물이었을 것이다.

꼬르르륵.

뱃속을 우렁차게 두들기는 위장이 먹이를 주지 않으면 가출이라도 하겠다는 듯 협박을 해온다.

'어쩐지 밥 냄새를 맡으니까 정신이 나가더라니.'

지금 같아서는 입에다 돌을 물려줘도 씹어 삼킬 수 있을 것 같았다.

'뭐라도 좀 먹어야겠군.'

유검호는 죽을지도 모른다는 생각에 억지로 몸을 일으켰다.

밥 짓는 연기가 피어오른 지 꽤 되었으니 지금쯤이면 아마 밥이 다 되었을 것이다.

'자고로 이런 시골 마을은 인심이 좋으니 조금이라도 얻어먹을 수 있겠지? 게다가 난 어딜 가든 호감 가는 얼굴이니까 잘하면 배부르게 먹을 수도 있을 거야!'

유검호는 긍정적인 마음가짐으로 마을을 둘러보았다.

남자들은 일을 나갔는지 아이들과 여자들만 보였다.

'최적의 여건이로군.'

남자보다 여자가 동정심이 많고, 어른보다 아이들이 의심이 없는 것은 자명한 진리.

유검호는 망설임 없이 골목에서 칼싸움을 하며 노는 아이들에게 다가갔다. 일단 아이들과 친해진 다음에 먹을 것을 얻어먹어 보자는 속셈이었다.

하지만 그의 계획은 초장부터 어긋났다. 그를 본 아이들이 눈에 띄게 강한 경계를 표했기 때문이다.

아이들 역시 아까 그가 광소를 터뜨리는 것을 보았던 모양이다.

그렇지 않으면 처음 보는 어른을 손가락질하면서 미친놈 운운하며 소곤거릴 리가 없을 테니 말이다.

유검호는 어색하게 웃으며 두 손을 들어 보였다. 자신은 위험하지 않다는 것을 보여주기 위해서다. 낯선 상대의 경계심을 풀기 위해 그만한 몸짓이 없다.

그러나 무기를 들지 않았다는 뜻의 몸짓에 아이들은 깜짝 놀라며 뒤도 돌아보지 않고 도망친다.

유검호는 허탈함에 소리쳐 물었다.

"아, 왜?"

도망치는 아이들 중 한 명이 목청이 찢어져라 고함치며 이유를 설명해 준다.

"우아아악! 미친놈이 공격한다!"

잔뜩 경계하고 있던 아이들에겐 두 손을 들어 올린 몸짓이 오히려 위협적으로 보인 모양이었다.

'젠장! 아무튼 여기나 저기나 작은 것들은 버릇이 없다니까.'

유검호는 무안함에 괜히 아이들의 가정교육을 탓했다.

꼬르르륵.

허기진 상태에서 몇 걸음이나마 걸었더니 더욱 힘이 빠졌다.

아이들이 도망쳐서 뭐라고 했는지 모르지만, 조금 전까지 모습을 보이던 아낙들도 모두 자취를 감추어 버렸다.

유검호는 파도가 쓸려 나가듯 순식간에 텅 비어버린 마을을 공허한 눈으로 바라보았다. 남은 것은 금세라도 가출해 버릴 것 같은 위장의 쓰라린 고통과 절망감뿐이었다.

좌절과 허기짐은 동시에 감당해 내기엔 너무도 힘겨웠다.

털썩!

유검호는 한숨을 쉬며 어느 집 담벼락 앞에 엉덩이를 깔고 주저앉았다.

'으으… 십오 년 만에 별의별 고생을 다하여 고향에 왔는데, 돌아오자마자 굶어 죽어야 하다니, 내 운명은 왜 이다지도 기구하단 말인가?'

꼬르르륵, 쿠르르릉!

뱃속에서는 이미 천둥이 치고 폭풍이 불어 닥쳐 모든 것을 집어삼키고 있었다.

'세상에 종말이 온다면 아마도 내 뱃속과 같겠지?'

그때 뱃속에서 들려오는 소리와는 다른 종류의 소리가 들려왔다.

"아저씨, 왜 그러고 있어요?"

곱디고운 목소리에 퍼뜩 고개를 들어보니 웬 천진난만한

소녀가 그의 앞에 쪼그리고 앉아 빤히 쳐다보고 있는 것이다.

유검호는 반가운 와중에도 혹시나 싶어 물었다.

"너는 내가 무섭지 않니?"

유검호의 말에 소녀는 고개를 갸웃하며 되묻는다.

"아저씨가 왜 무서워요?"

그녀의 반응에 유검호는 눈물이 날 정도로 기뻤다. 이곳에 와 처음으로 말을 걸어주는 사람을 만난 것이다.

"애야, 내가 정말 급해서 그러는데, 혹시 먹을 거 좀 가지고 있니?"

유검호는 간절한 눈초리로 소녀를 쳐다보았다. 그의 바람이 전해졌는지 소녀는 대뜸 고개를 끄덕였다.

"그럼요. 우리 마을엔 먹을 게 지천에 널려 있는 걸요."

그 대답만으로 유검호는 세상을 다 가진 듯한 기분이 들었다.

"그, 그럼 내게 조금만 나눠 줄 수 없겠니? 아저씨가 정말 급해서 그런단다."

조금 전보다 더욱 간절함이 담긴 목소리에 소녀는 다시 흔쾌히 대답한다.

"네, 그러세요."

"넌 정말 마음씨가 곱구나. 그래 먹을 건 어디 있니? 혹시 고기도 있니? 아니, 아니. 고기까진 필요 없고 그냥 먹을 수만 있으면 된단다. 맛 같은 건 상관없으니 가져다주기만 해다오.”

절박함이 절절이 묻어난 말에 소녀는 갑자기 치마폭에서 작은 모종삽을 꺼내더니 땅에서 흙을 한가득 퍼서는 유검호에게 내밀었다.

“자, 드세요.”

소녀의 행동에 유검호는 잠시 아무 말도 할 수가 없었다.

‘이, 이건 대체 어떻게 받아들여야 하는 거지? 내가 어떻게 행동해야 되는 거야?

유검호는 극심한 혼란에 빠졌다. 장난치는 것이 아닌가 싶었다.

하지만 소녀의 표정을 보니 진지하기만 했다. 그렇다고 그녀가 주는 대로 흙을 받아먹을 수도 없는 노릇이 아닌가?

유검호가 엉거주춤하니 쳐다보고만 있자 소녀는 빙긋 웃으며 설명한다.

“우리 마을 흙은 보통 흙이 아니라 먹을 수 있는 흙이에요. 이것 보세요. 흙 알갱이가 부드럽고 쫀득쫀득하잖아요. 씹다 보면 고기 맛도 나고 쌀밥 맛도 나고 그래요.”

그녀의 진지한 설명에 유검호는 한순간 혹할 뻔했다.

그녀가 다른 손에 들고 있는 것을 보지 못했다면 말이다.

“그, 그건…….”

유검호가 가리키자 소녀는 활짝 웃으며 손에 꽉 쥐고 있던 것을 보여준다.

그것은 개목걸이였다. 그런데 정작 묶여 있는 것은 없다. 즉, 개가 없는 개 줄인 것이다. 소녀는 비어 있는 개목걸이를 가리키며 친절하게 소개(?)까지 시켜준다.

"얘는 누렁이라고 해요. 제가 매일 산책을 시켜주고 있죠. 누렁아, 앉아! 손! 호호호! 정말 똑똑하죠?"

유검호는 아무것도 없는 허공에다 대고 마치 진짜 개라도 있는 것처럼 혼잣말을 하는 소녀가 슬슬 무서워지기 시작했다.

"저, 저기, 혹시나 해서 말인데… 정말 미안하지만 머리 좀 넘겨볼래?"

"제 머릿결이 너무 아름답죠? 저도 항상 느끼고 있답니다."

소녀는 고작 귀를 겨우 가리고 있는 짧은 머리카락을 비단 넘기듯 부드럽게 넘겼다.

'있구나!'

유검호는 우려했던 물건이 소녀의 귀 윗머리에 당당히 자리 잡고 있음을 보고 눈을 질끈 감았다.

곱게도 피다 만 한 송이 노란 꽃이 마치 그녀의 상징처럼 꽂혀 있었던 것이다.

'하늘은 어이하여 내게 이런 시련을 내린다는 말인가?'

소녀는 이곳에서 처음으로 따뜻하게 말을 걸어준 사람이다.

그런데 머리에 꽃을 꼽고, 빈 개목걸이를 질질 끌고 다닌다.

그녀에게서 얻을 수 있는 것이라고는 고작 모종삽에 담긴 흙덩이에 불과했다.

유검호는 절망에도 급수라는 것이 있음을 느껴야 했다.

그가 깊고 깊은 절망의 수렁에 빠져 있을 때, 기대고 있던 집 문이 벌컥 열리며 집주인 여자가 빼꼼히 얼굴을 내민다.

얼핏 보이는 그녀의 손에는 냄새만으로도 유검호를 기절시킬 수 있을 것 같은 생선이 들려 있다.

아마도 생선을 굽던 중 연기 때문에 문을 열었다가 밖에서 소곤소곤 대화 소리가 들려서 고개를 내민 모양이었다.

그녀와 정통으로 눈이 마주친 유검호는 순간적으로 생각했다.

'이것은 하늘이 내린 마지막 기회다. 이 기회를 살리지 못한다면 내가 저 미친 소녀보다 나을 것이 무엇이겠는가? 그래, 이번에야말로 나의 진가를 발휘할 때이다. 믿자! 내 호감형 얼굴과 황금 미소를!'

아이들과 달리 어른들과는 이야기가 통할지도 모른다는 생각이 머리를 스쳐 지나갔다. '웃는 얼굴엔 침 못 뱉는다' 라는 속담도 있지 않은가?

그런 생각에 유검호는 최대한 공손하게, 그리고 순수하게 웃어 보였다.

씨익.

그가 웃자 그의 옆에 있던 소녀도 따라서 환하게 웃는다.

"히히힛."

'어? 어? 너, 넌 웃으면 안 되지!'

그녀의 밝은 미소를 본 순간 유검호는 일이 잘못될 것 같다는 느낌을 강하게 받았다. 그리고 그 직감에 박수를 쳐주는 것은 그가 최후의 기회로 여기던 아낙이었다.

"카아악~ 퉤! 미친년이 친구까지 불러왔구나."

그의 마지막 기회는 그렇게 끈적끈적한 가래침과 함께 날아가 버렸다.

쾅!

여자가 문을 세게 닫고 들어가 버리자 유검호는 고개를 푹 숙였다.

"아저씨, 여기 놓을 테니 나중에라도 먹고 싶으면 먹어요. 누렁아, 우린 그만 가자."

유검호에게 깊은 절망감을 안겨준 소녀는 그렇게 개 없는 개 줄을 땅에 질질 끌며 사라져 갔다.

다시 혼자가 된 유검호는 왠지 눈물이 날 것 같았다.

'그냥 돌아오지 말걸 그랬나? 거기 있을 땐 일이 하기 싫어서 그렇지, 그래도 굶주리는 일은 없었는데…….'

잠시 귀향을 택한 자신의 행동에 대해 심각하게 고민하던 유검호는 그것이 쓸데없는 행위임을 깨달았다.

어차피 고향으로 돌아왔고, 이제 돌이킬 수 없는 것이다.

고민을 끝내고 나자 이번에는 생각할 것이 없어 그저 멍하니 앉아 있어야 했다. 너무 배가 고프니 아무런 생각도 나지 않았다.

그렇게 한참을 멍하게 앉아 있던 유검호의 눈에 소녀가 퍼놓고 간 흙이 들어왔다. 의식하지 않으려 하는데 왠지 자꾸 눈에 들어온다.

'이, 이러면 안 돼. 난 지성인이잖아. 난 미친놈이 아니야.'

스스로를 다독거려 봤지만 자꾸 아까 소녀가 한 말이 머릿속을 맴돈다.

―이거 먹어도 되는 흙이에요. 이거 먹어도 되는 흙이에요. 이거 먹어도 되는 흙이에요. 이거 먹어도 되는 흙이에요.

'크흑. 그래, 밑져야 본전이잖아? 아니다 싶으면 뱉으면 되는 거고. 그렇지만 흙인데……'

소녀의 한마디는 나약해진 본능을 설득했고, 나약해진 본능이 그의 이성을 살살 꼬드긴다.

'어, 어때? 정말 먹어도 되는 걸지도 모르잖아? 먹어보기 전엔 모르는 일 아니겠어?'

배고픔에 눈에 보이는 게 없었다.

'에잇!'

눈 질끈 감고 흙을 눈곱만큼 떼서 입 안에 넣어 보려는 찰나,

“아저씨, 왜 흙을 먹으려고 그래요?”

조금 전에 간 줄 알았던 소녀가 다시 와서 물끄러미 보고 있었다.

“으, 응?”

당황하여 흙을 떨어뜨리자 소녀가 해맑게 웃으며 인사한다.

“처음 뵙겠습니다. 전 광순이라고 해요. 얘는 누렁이고요. 누렁아, 아저씨한테 인사해야지.”

“그, 그래, 반갑구나.”

유검호가 마지못해 인사를 받자 광순이는 웃는 얼굴로 물었다.

“아저씨도 미쳤죠?”

“글쎄, 안 미쳤다고 자부했었는데, 지금은 모르겠다.”

“히히힛, 전 미쳤대요. 마을 아저씨, 아줌마들이 그러더라고요.”

“그렇게 보이는구나.”

“저하고 대화가 통하는 걸 보면 아저씨도 미친 게 분명할 거예요.”

‘이거 참, 미친 애 상대로 화를 낼 수도 없고.’

유검호는 한숨을 쉬며 말했다.

“애야, 아저씨가 지금 많이 힘들거든. 그러니까 여기 말고 다른 데 가서 놀…….”

“배고프면 이거 먹을래요?”

불쑥 내미는 것은 차갑게 식은 주먹밥 하나였다. 그걸 보는 순간 광순이가 천사처럼 보였다.

“너 참 착한 아이구나!”

유검호는 감격한 얼굴로 잽싸게 주먹밥을 낚아채서 입에 넣었다.

으적.

딱딱하고 차가웠지만 뱃속에 곡기가 들어간다는 사실이 그토록 즐거울 수 없었다. 제법 큼직한 주먹밥 하나가 순식간에 사라졌다.

유검호는 아쉬움에 입맛을 쩝쩝 다시며 광순이를 보았다.

“혹시 더 없니? 아저씨가 지금 고래 한 마리를 통째로 삶아 먹어도 모자랄 것 같거든.”

유검호가 게걸스럽게 먹는 모습을 넋 놓고 보고 있던 광순이가 화들짝 놀라며 소리친다.

“앗, 누렁아! 아저씨가 니 밥까지 먹어버렸다!”

“푸읍.”

유검호는 뱃속까지 들어갔던 주먹밥이 코로 튀어나올 뻔했다.

간신히 누렁이라는 존재가 없는 동물임을 되새기며 올라오는 밥알을 내려 보낼 수 있었다.

“하지만 괜찮아요. 우리 집에 밥 많이 있거든요. 누렁이 밥은 조금 있다 삼촌이 오시면 만들어달라 그러면 돼요. 이제 곧 삼촌이 돌아올 시간인데. 그럼 다음에 또 봐요."

혼자서 꾸벅 인사를 하고는 개 줄을 질질 끌며 후다닥 가버린다.

'쟤랑 조금만 더 이야기하다간 진짜 돌아버릴지도 모르겠군. 빨리 여길 떠야겠어.'

하지만 그것도 밥이라고, 고작 작은 주먹밥 하나 먹었을 뿐인데 졸음이 살살 밀려온다.

'아, 귀찮은데, 일단 자고 나서 생각해 보자.'

유검호는 마을 한편 느티나무 밑에 만들어져 있는 널찍한 평상으로 걸어갔다.

졸릴 때는 참지 않고 자는 것이 그의 오랜 생활 습관 중의 하나.

유검호는 고민하지 않고 벌러덩 드러누웠다. 장소와 환경 같은 것은 무의하다는 것을 보여주듯 눈을 감자마자 코를 곤다.

마을 사람들이 지나가다 그를 보고는 이상하다는 눈초리를 보낸다.

다음날 해가 떴을 무렵, 유검호는 다시금 살인적인 허기를 느끼고 눈을 떴다.

"젠장, 뭘 좀 두둑이 먹어야 중간에 안 깰 텐데."

이미 충분히 다른 사람 수면 양의 몇 배는 족히 잤건만, 유검호는 여전히 잠이 부족한 얼굴이다. 전날과 비슷한 굶주림에 배를 끌어안고 뒹굴고 있는데, 전날 보았던 광순이가 지나가다 그를 보고 쪼르르 달려온다.

유검호는 귀찮다는 듯 손을 내저으며 그녀를 쫓으려 했다.

"쉬, 저리 가. 아저씨 바쁘… 지 않은 것 같군."

그는 광순이가 내미는 주먹밥을 보고 급히 말을 바꾸었다.

광순이는 다시 이해하기 힘든 수다를 떨다가 할 말이 떨어지자 휙하니 가버렸다. 유검호는 빨리 그곳을 떠나야겠다고 중얼거리며 평상에 드러누웠다.

그리고 열흘이 지났다. 그 같은 상황이 열흘간 지속되자 마을 사람들은 이제 유검호를 볼 때마다 눈살을 찌푸렸다.

열흘이나 마을 평상을 떡하니 차지하고 있는데다, 어찌나 게으른지 하루 열 걸음 이상 움직이지를 않는다.

게다가 무엇보다 마을 사람들 마음에 들지 않는 것은 마을에 미친놈이 한 명 늘었다는 것이다.

"에잇, 퉤! 광년이 하나만으로도 정신 사나운데."

그들은 유검호를 미친놈으로 여기고 있었다.

그도 그럴 것이, 유검호는 쌀쌀한 밤에 천조가리 하나 덮지 않고 노숙을 하고 있는데도 너무도 건강해 보였다.

미친년하고 어울리는 것은 미친놈뿐이라는 상식과 바보와 미친놈은 고뿔도 피해간다는 옛 속담에 의거했을 때, 마을 사람들은 유검호를 미친놈으로 판정했다.

열흘째 되는 날의 저녁 무렵, 유검호는 그날도 광순이가 가져다준 주먹밥을 먹고 다음날은 반드시 길을 떠날 것을 다짐하며 잠이 들었다.

얼마나 시간이 지났을까. 잠결에 소란이 감지되었다. 귀에 익은 소음과 피부에 와닿는 분위기가 잠을 깨운다. 본능적으로 눈을 뜬 유검호는 피식 웃으며 다시 잠을 청하려 했다.

'이런 어촌에 싸움이 있을 리가 없잖아.'

그러나 그의 감각이 정확했음을 알려주는 외침이 또렷하게 들려온다.

"산적이다! 산적들이 사람들을 잡아간다!"

그 말에 유검호는 누운 채로 고개를 들어보았다. 고함 소리가 들려오는 방향에서 마을 아낙들이 아이들과 함께 피신하고 있는 것이 보인다.

남자들은 산적들을 막으러 간 모양이다.

그런 상황에 유검호는 일순 고민에 빠졌다. 중원의 산적 수준이 어떤지는 알 수 없지만, 칼을 들고 설치는 자들이 이런 촌부들에게 당할 리는 없는 일.

무림의 협객이라면 당연히 두 번 생각해 볼 것도 없이 달려들어 도울 것이다. 하지만 유검호는 협이라는 단어에 목숨 거는 인물이 아니었다. 남의 일에는 가급적 끼어들지 않는 것이 그의 신조다.

아마 지나가는 길이었다면 그냥 모르는 척 지나갔을 것이

다. 그런데 불행히도 이 마을은 그에게 열흘간 잠자리를 제공
해 주었다.

그래서 고민이 되는 것이다. 다른 사람에게 말한다면 그냥
도우면 되지 뭘 고민하느냐고 물을 것이다.

그러나 유검호가 고민을 하게끔 만드는 이유는 달리 있는
것이 아니다.

'아, 귀찮은데.'

그는 진심으로 움직이기가 귀찮았던 것이다. 그냥 모르는
척 눕고 싶은 욕구가 무럭무럭 자라나고 있었다.

'빌어먹을 산적들. 산속에서 지나가는 사람이나 털 것이지
이런 촌구석까진 왜 와가지고.'

유검호가 짜증스럽게 상체를 일으켜 세우려 할 때였다.

"저놈은 뭔데 드러누워 있는 거야?"

"알 게 뭐야? 사지 멀쩡해 보이는데 그냥 잡아가자."

거친 말투로 대화를 주고받는 소리가 들려왔다.

'얼씨구! 안 그래도 귀찮았는데 알아서 찾아와 주는구나.'

유검호는 쾌재를 불렀다. 험악하게 생긴 장한 둘이 고약한
냄새를 물씬 풍기며 다가오는 것이 보인다.

유검호는 눈을 감고 자는 척을 했다. 이유는 모르지단 산적
들의 목적은 살생이 아니라 납치인 것 같았다. 그래서 그들의
손을 빌어 다른 사람들이 있는 곳까지 이동하려는 속셈이었
다.

두 산적은 유검호가 죽은 것처럼 축 늘어진 채 꼼짝도 하지 않자 당혹스러워하며 말했다.

"어라? 이놈, 기절한 것 같은데?"

"벌써 다른 놈한테 얻어맞고 뻗은 건가?"

"할 수 없군. 우선 다른 놈들 있는 데까지만 메고 가자."

유검호는 자신의 계획이 들어맞자 회심의 미소를 지었다.

텁텁한 사내 어깨에 둘러메어진다는 것이 마음에 들진 않았지만, 직접 걸어가는 수고를 감수하는 것보다는 나았다.

모든 것이 유검호의 예상대로 이루어지려는 무렵, 그가 계산치 못한 존재가 나타났다.

"아저씨!"

소리쳐 부르며 달려오는 것은 그에게 일용할 양식을 제공해 주었던 광순이다.

'제길, 쟨 왜 또 지금 오는 거야?'

광순이는 평소와 달리 다급한 표정으로 달려와서는 울상을 지으며 말했다.

"아저씨, 우리 삼촌 좀 구해주세요."

"뭐, 뭐야, 이년은?"

광순이의 등장에 당황한 것은 유검호뿐이 아니었다.

산적들은 자신들을 무서워하지 않는 광순이를 희한하다는 듯 훑어보았다. 그리고는 이내 그녀가 정상이 아님을 알아채고는 버럭 소리를 지른다.

“이년아, 당장 꺼지지 않으면 혼꾸멍을 내주겠다!”

그러나 살기 어린 그의 위협에도 광순이는 눈 하나 꿈쩍하지 않았다. 오히려 신기한 동물이라도 본 것처럼 장한들을 손가락질한다.

“어? 나쁜 놈들이다. 아저씨, 얘네가 우리 삼촌 잡아갔어요. 옆집 순심이네 아빠도 같이 갔어요.”

광순이의 말에 산적들은 인상을 와락 구겼다.

“이런 쌍년이 죽으려고 기를 쓰는…….”

유검호를 업지 않은 장한이 욕지거리를 내뱉으며 주먹을 들어 올렸다. 그는 인정 따위 없는 산적. 상대는 아직 여물지도 못한 소녀, 그것도 제정신이 아니라 해도 상관없었다. 다시는 건방진 소리를 못하게 만들겠다는 생각만이 가득했다.

그의 주먹이 그대로 광순이에게 떨어져 내리려는 순간,

콰직!

느닷없이 발 하나가 그의 얼굴을 가격한다.

쿠당탕!

땅에 사정없이 처박히는데도 비명조차 없다. 맞는 순간에 이미 정신을 잃었기 때문이다.

“어엇?”

유검호를 업고 있던 자가 당황하여 고개를 돌렸다. 그러나 그곳엔 자신과 광순이 말고는 아무도 없었다. 아니, 한 명 더 있긴 했다. 그가 들쳐 메고 있는 유검호였다.

그에 생각이 미치자 슬그머니 고개를 돌려 자신의 어깨를 쳐다본다. 축 늘어져 있어야 할 유검호가 고개를 들고 웃는 것이 보였다. 그리고 그것이 그가 정신을 잃기 전에 마지막으로 본 장면이었다.

퍼억!

"꾸엑!"

유검호의 발에 뒤통수를 얻어맞은 장한은 외마디 비명과 함께 거꾸러졌다.

척.

장한이 쓰러지자 유검호는 할 수 없이 두 발로 땅을 밟고 서야만 했다.

"쩝, 아쉽군. 공짜로 이동할 수 있었는데."

유검호는 안타까워하며 광순이를 돌아보았다.

"삼촌이 잡혀갔니?"

그의 물음에 광순이는 우울한 표정으로 고개를 끄덕인다.

"네. 옆집 순심이가 그러는데, 나쁜 사람들이 와서 잡아갔대요. 다신 못 볼지도 모른대요. 그러니 아저씨가 우리 삼촌 좀 구해주세요. 전 삼촌이 없으면 누렁이 밥도 못 주는데……."

광순이의 눈에 눈물이 그렁그렁 맺힌다. 그 모습에 유검호는 자신이 해주어야 할 말이 있음을 깨달았다.

"아저씨, 아니, 오빠가 삼촌을 구해줄 테니 너무 걱정 말고 집에 가 있어라.”

마지못해 말을 내뱉자 광순이는 금세 얼굴이 환해진다. 삼촌을 구해줄 것을 철석같이 믿고 있는 것 같았다.

“네. 이거 먹고 힘내세요.”

광순이는 유검호의 손에 식은 주먹밥을 건네주고는 방실방실 웃으며 뛰어갔다. 손에 놓인 주먹밥을 보자 유검호는 한숨이 절로 나왔다.

“후우, 보상이 식은 밥 한 덩이라니. 인간 유검호, 많이 저렴해졌구나.”

유검호는 주먹밥을 한입에 털어 넣은 후 몸을 날렸다. 그의 신형이 순식간에 마을 초입에 나타났다. 그곳엔 대여섯 명의 산적이 마을 남자들을 포박하고 있었다.

포박당하는 남자들은 대부분 나이 지긋한 노인들. 광순이 삼촌으로 보이는 사람은 없었다.

“뭐야? 나머진 어디 갔어?”

유검호는 생각보다 적은 산적과 마을 사람들을 보고 의아하여 물었다.

“누구냐?”

그의 물음에 산적들은 깜짝 놀라며 칼을 뽑아 들며 외쳤다.

그들은 유검호가 나타나는 기척을 전혀 느끼지 못하고 있었던 것이다. 산적들의 살기에 유검호는 눈살을 찌푸렸다.

“입은 하나만 있으면 되겠지.”

말이 끝남과 동시에 유검호의 신형이 번쩍인다.

퍼퍼퍼퍽!

거의 한순간에 터져 나오는 격타음. 희한하게도 서로 떨어져 있는 자들의 것까지도 동시에 들려온다. 마치 분신술이라도 쓴 것 같은 광경이었다.

칼 든 장정 다섯 명이 눈 한 번 깜짝할 사이에 쓰러졌다. 멀쩡한 것은 간사하게 생긴 한 명뿐이다. 그가 멀쩡한 것은 유검호의 궁금증을 풀어줄 역할이었기 때문이다.

유검호는 덥다는 듯 손으로 부채질을 하며 쓰러진 산적 위에 걸터앉았다.

그 광경에 혼자 남게 된 산적이 입을 쩍 벌리며 들고 있던 칼을 떨어뜨렸다. 유검호는 귀찮은 표정이 역력히 묻어난 얼굴로 손짓했다.

"이리 와봐."

그 말에 산적은 찬바람 휘날리게 달려와서 무릎을 꿇었다.

"대협! 목숨만 살려주십시오. 이 불쌍한 것의 집에는 칠순 먹은 노모가 이제나저제나 기다리고 계시고 몸 불편한 형제들이 저 하나만 바라보고 있는데다 아내와 자식들까지 먹여 살려야 합니다. 그러니 제가 죽으면……."

가만 놓아두면 이웃집 가계까지 읊을 기세였다.

"살려줄 테니까 내 궁금증이나 풀어줘 봐. 산적들이 이런 어촌까진 왜 온 거지? 사람들은 왜 잡아가고? 그것도 남자들로만 말이야."

장한은 잠시 망설이는 듯했으나 유검호가 주먹을 들어 올리자 얼른 입을 열었다.

"모두 저희 두령이 시킨 짓입니다. 저희는 원래 탕평산의 평범한 산적들이었는데, 어느 날 장표라는 자가 나타나서는 저희를 굴복시켰습니다요. 장표는 원래 서주 쪽에서 활동하던 인신매매 집단의 우두머리였는데, 그쪽에서 세력이 밀려서 이곳으로 왔다고 하더군요. 장표 두령은 인맥이 넓어서 항상 돈 되는 일을 시켰습니다요. 이번 일도 어느 돈 많은 조직에서 사지 멀쩡한 사내들만 잡아다 주면 후하게 값을 쳐준다기에 아무 마을이나 닥치는 대로 잡아들이게 되었습죠."

유검호는 고개를 갸웃거렸다. 사지 멀쩡한 사내를 잡아다 어디에 쓰나 싶어서였다. 하지만 일개 산적 졸개가 그런 것을 알고 있을 리가 없었다.

"그럼 너희 산채에는 이 마을 사람들 외에도 많은 사람들이 잡혀 있겠군?"

"그렇습죠. 삼 개월에 한 번씩 그쪽 조직에서 사람들 보내 잡아온 놈들을 데려가곤 했습니다요. 오늘 밤이 바로 그날이라서 마지막으로 머리수를 늘리려고 무리해서 이곳까지 오게 된 것이었죠."

"이 마을 사람들은 언제 잡아간 거지? 마을을 나가는 사람은 없었던 것 같은데 말이야."

유검호가 산적이 쳐들어왔다는 소리를 듣고 이곳까지 오기까지는 그리 오랜 시간이 걸리지 않았다. 그런데 지금 보이는 마을 남자들은 채 열 명도 되지 않는다. 시간적으로나 인원 상으로나 계산이 맞지 않았기에 물어본 것이다.

"실은 아까 낮에 옆 마을을 습격하고 오는 길이었습죠. 우연히 바닷가에서 일하고 있는 이곳 사내들을 보게 되었습니다요. 그들을 잡았다가 마을에 다른 사내놈들도 있다는 걸 알게 돼서 저희만 오게 된 것입죠. 그들은 이미 산채에 도착해서 감금당해 있을 겁니다."

"좋아, 마지막으로 산채 위치만 말해주면 살려주지."

사내의 얼굴에 화색이 감돈다. 꼼짝없이 죽을 것이라 생각했는데 목숨을 건진 것이다. 그는 기꺼이 산채 위치를 알려주었다.

장표라는 자가 돈은 잘 벌어다 주었지만, 부하들에게 인망은 없었던 모양이다.

유검호는 성실히 질문에 답한 자를 기절시킨 후 몸을 일으켰다.

쓰러진 산적들은 남아 있는 마을 사람들이 알아서 관에 넘길 것이다.

산적이 가르쳐 준 산을 쳐다본 유검호의 입에서 한숨이 새어 나왔다.

"젠장, 산행이라니, 끔찍하군."

하지만 이미 먹은 주먹밥을 토해낼 수도 없었다. 유검호는 인상을 잔뜩 구기며 산을 향해 터벅터벅 걸어갔다.

산적이 가르쳐 준 길을 따라 한참을 걸어가자 산채 하나가 나타났다. 엉성한 목책으로 외벽을 만들어놓고 그 안에 목옥 십여 채를 지어놓은 곳이었다.

목책 안에서는 웃고 떠드는 소리가 울려 퍼지고 있었다.

그간의 성과를 확인하며 술판이라도 벌이고 있는 도양이었다.

잠시 산채를 둘러본 유검호는 느긋한 걸음으로 안으로 들어갔다.

산채 안은 거의 무방비 상태나 다름없었다. 외문을 지키는 사람도 없었고, 산채 안을 돌아다니는 것은 여인들뿐이었다.

여인들은 대부분 젊은 나이였는데, 얼굴에는 수심과 두려움이 가득했다. 아마 산적들이 허드렛일을 시키기 위해 납치해 온 모양이다.

그녀들은 안주를 나르다가 유검호를 발견하고는 흠칫 놀란다.

그러나 유검호의 느긋한 태도를 보고는 그냥 지나친다. 산적들과 동료이거나 그들의 손님쯤으로 여긴 듯 했다.

뒷짐까지 지고서 느긋하게 걷는 모습이 영락없는 산보 나온 한량이었으니 당연한 일이었다. 하지만 보이는 것과 달리 유검호는 예리한 눈으로 잡혀온 사내들을 찾고 있었다.

유검호는 목옥을 차례로 살펴보았다. 그러다 한곳에 이르러 눈길을 멈추었다. 창고 같은 건물이었는데, 안에서 여러 사람의 기척이 느껴지고 있었다.

그곳으로 걸음을 옮기려던 유검호의 눈에 이채가 떠올랐다.

건물 그림자 뒤로 왜소한 체구의 인물이 몰래 들어가고 있는 것을 보았기 때문이다. 행동이 극히 조심스럽고, 연신 주변을 두리번거리는 것이 척 보기에도 산적들과 한패로는 보이지 않는다.

'일이 희한하게 돌아가는군.'

유검호는 사태를 지켜보기로 하고 건물을 향해 몸을 움직였다. 일단 움직이기로 결심하자 그의 신형이 그 자리에서 꺼지듯 사라진다. 지금까지의 느긋하던 걸음을 떠올릴 수 없을 정도로 빠른 몸놀림이었다.

유검호는 순식간에 건물 안으로 사라졌다.

침입자는 바깥에서 안주를 나르고 있는 여인들과 비슷한 옷을 입고 있었다. 하지만 팔다리의 옷자락이 풍성한 것을 보면 원래 자신의 옷은 아닌 듯했다.

특이하게도 산채 밖에는 경비 한 명 없었는데, 그곳만큼은 두 명이나 감시를 하고 있었다. 그것만 보아도 산적들이 납치해 온 사내들을 매우 중요시 여기고 있음을 알 수 있었다.

감시하는 산적들은 의자에 걸터앉아 무료한 표정으로 잡담을 나누고 있었다. 괴인영을 보고는 벌떡 일어나려다가 입고 있는 옷을 보고는 다시 엉덩이를 붙인다.

"뭐야?"

한 명이 귀찮다는 듯 물어보자 침입자는 고개를 숙인 채 들고 있던 쟁반을 내민다. 쟁반에는 맛깔스러운 술과 안주가 담겨 있었다. 그걸 본 경비들의 입이 헤벌쭉 벌어진다.

"으하하하! 네년이 뭘 좀 아는구나. 이런 날에 술을 마시지 않을 수 없지."

대담하게 생긴 자가 고기를 덥석 집어 들자 다른 작자가 걱정하며 묻는다.

"하지만 무슨 일 생기면 어쩌지?"

"일은 무슨 일? 관군도 포기한 이곳에 누가 감히 들어오겠어?"

그 말에 걱정하던 자도 마음을 놓고 고기와 술을 집어 든다.

그들은 술을 한 사발 들이마시고 나자 그제야 생각난 듯 고개를 들었다.

"그런데 넌 처음 보는 년 같은데 언제 들어왔지?"

"어떤 놈이 잡아온 건지 몰라도 궁하긴 궁했나 보군. 저런 상판대기까지 잡아오고 말이야."

"혹시 고가 녀석 아냐? 그 자식 취향이 유별나잖아. 전에는 남자새끼를 보고도 침을 흘리더라고."

"크하하하! 사내새끼에게 침 흘릴 정도면 이년한테 흘리는 것도 이상하진 않겠어."

당사자를 앞에 놓고 거리낌 없이 떠들던 경비들의 웃음소리가 조금씩 잦아든다. 음식을 가져다준 여인이 나가지 않고 가만히 서서 자신들을 지켜보고 있음을 깨달은 것이다.

"우린 너 같은 년한테 흥미 없으니 그만……."

산적은 나가라는 말을 하려 했던 것 같지만, 입 밖으로 흘러나오진 못했다. 의식이 급격히 멀어졌기 때문이다.

털썩.

그들이 들고 있던 술과 고기가 땅에 떨어진다.

"드르릉!"

말을 하던 도중에 코까지 골며 잠이 들어버린 것이다.

두 사람이 잠든 것을 확인한 여인이 미소를 짓더니 옷을 홀러덩 벗어버린다. 치마와 저고리 안에는 간편한 남자 옷이 있었다. 아마도 이곳에 침입하기 위해 여장을 했던 모양이다.

"이게 바로 천일취라는 거다. 미혼약보다 비싼 거니까 실컷 자라."

돌아서려던 침입자가 갑자기 생각난 듯 산적들을 힘껏 걷어차 버린다.

"개자식들, 감히 누구보고 못생겼다는 거야? 확 고자를 만들어 버릴까 보다."

욕지거리와 함께 실컷 걷어차더니 이번에는 산적들의 품

속에 손을 넣어 뒤적거린다. 이윽고 그의 손에 산적들의 것으로 보이는 동전 몇 개가 짤랑거리며 나타난다.

"더럽게 가난한 새끼들이네. 산적이면 돈 좀 가지고 다녀야 될 거 아냐? 카악, 퉤!"

투덜거리더니 걸쭉한 침까지 탁 뱉어내고는 돌아선다.

다음으로 그가 향한 곳은 잡혀온 사내들이 있는 곳이다. 잡혀온 남자들은 좁은 짐승 우리에 대여섯 명씩 갇혀 있었다. 여러 마을에서 잡혀왔는지 그 수가 족히 백은 될 것 같았다.

그 정도 숫자라면 힘을 모아 탈출을 시도해 볼 만도 하겠건만, 하나같이 축 늘어져서 웅크리고만 있었다. 용기 있는 사내 몇이 탈출을 하려 했다가 끔찍한 최후를 맞는 것을 보았기 때문이다.

조용한 촌마을에서 살아온 이들이 사람 죽이는 것을 꺼리지 않는 산적들을 상대하기란 불가능에 가까운 일이었다.

이미 반항할 의지를 잃고 무릎 사이에 고개를 파묻고 있는 사내들을 보자 침입자는 혀를 차며 말했다.

"쯧쯧, 사내들이 이깟 일에 그렇게 죽을상들이라니. 이봐요, 다들 도망 안 칠 거요? 그냥 이대로 잡혀가서 평생 가족도 못 보고 죽을 거요?"

그들은 경비들이 쓰러지는 소란에도 관심이 없더니 가족이라는 말에 고개를 든다. 침입자는 빙긋 웃으며 열쇠 꾸러미를 들어 올렸다.

"이게 당신들을 가족들 품으로 돌려보내 줄 겁니다."

웅크리고 있던 사내들의 얼굴에 미약한 희망의 빛이 떠오른다.

누군가 자신들을 구해주러 올 것이라고는 생각지도 못했다. 하지만 철창을 열어주러 다가온 침입자의 얼굴을 본 순간, 그들의 희망은 실망감으로 바뀌었다.

침입자가 너무 어려 보였기 때문이다. 대충 보아도 약관이 채 안 되어 보였다. 게다가 생긴 것도 여자처럼 곱상했다. 짧은 머리와 말투 때문에 소년이라 여기긴 했지만 머리만 조금 더 길었으면 남자인지 여자인지 분간이 가지 않을 정도였다.

그런 연약해 보이는 소년이 자신들을 구해줄 수 있을 리가 없다고 여겼다. 괜히 빠져나갔다가 산적들에게 걸리면 앞서의 전례와 같이 끔찍한 최후만 맞이할 뿐이다.

그렇게 생각한 사내들은 문이 열렸음에도 꿈쩍도 하지 않았다.

"애야, 어떻게 들어왔는지는 모르겠다만, 괜히 잡히지 말고 빨리 도망치거라. 여기서 나간다고 탈출할 수 있는 게 아니란다."

도리어 그냥 가라고 손짓까지 한다. 소년은 인상을 찌푸리며 소리쳤다.

"이대로 끌려가서 가족들과 생이별을 하겠다는 거요?"

"노예가 되든 어쨌든 죽는 것보다는 낫지 않겠는가? 살아만 있으면 언제든 자유를 찾을 기회가 있을 걸세."

그들의 수동적인 태도에 소년은 화가 난 듯 열쇠를 집어던졌다.

"나가든 말든 마음대로 하세요. 내가 해줄 수 있는 일은 다 해준 것 같으니."

소년은 그 말을 던지고는 그곳을 빠져나간다.

'당찬 녀석이군.'

유검호는 들보 위에서 그 광경을 흥미롭게 지켜보고 있었다. 처음 얕은 수로 지키고 있던 산적들을 재워 버릴 때는 자신도 모르게 웃었고, 그들에게서 돈을 훔쳐 갈 때는 감탄했다.

그리고 힘들게 구해줬는데도 움직이지 않는 사내들을 보고는 혀를 찼다.

'쯧쯧, 벌써 이 상황에 안주해 버렸군.'

그들은 이미 자신들이 잡힌 몸이라는 것은 인정해 버렸다. 그래서 더욱 최악의 상황을 겪게 되는 것을 두려워하고 있는 것이다.

아마 산적들을 단박에 때려눕힐 수 있을 정도로 대간한 고수가 나타나지 않는 한 그들은 스스로 나가려 하지 않을 것이다.

'내가 신경 쓸 일은 아니지.'

유검호는 생각을 접고 대들보에서 뛰어내렸다.

척.

삼 장 가까이 되는 높이에서 뛰어내리는데도 소리는 거의 나지 않는다. 사람들은 그의 등장을 알아차리지 못하고 여전히 고개를 숙이고만 있었다.

유검호는 그들의 주의를 끌기 위해 헛기침을 몇 번 한 후 물었다.

"내 말 잘 듣고 자기가 거기에 해당한다 싶은 사람은 조용히 손을 들고 앞으로 나서시오."

목소리는 나직했으나 건물 안 구석구석 퍼져서 듣지 못하는 사람이 없었다. 사람들은 또렷이 들리는 목소리에 모두 고개를 들고 유검호를 쳐다보았다.

유검호는 사람들이 집중하는 순간을 놓치지 않았다.

"자기가 어촌에 산다. 그리고 조카가 있다. 그런데 이 조카가 바보다. 아니, 바보는 아닌데 머리가 약간 이상하다. 조카 혼자서는 누렁이한테 밥을 못 줘서 걱정된다. 그리고 조카 이름이 광순이다. 자! 여기에 모두 해당되는 사람?"

유검호의 설명에 구석진 자리에 쪼그려 앉아 있던 사내가 조심스럽게 손을 들고 일어선다.

"우, 우리 광순이를 아시오?"

사내는 서른 중반 정도 되어 보였는데, 두 눈 가득 겁에 질려 있다. 아마 유검호가 산적과 한패가 아닌지 염려하는 모양이다.

유검호는 씩 웃으며 말했다.

"댁의 조카가 주먹밥 하나 주면서 삼촌 좀 구해오라고 하더라고."

그 말에 사내의 눈이 휘둥그레진다.

"혹시 매일 누렁이 밥을 뺏어 먹는다던 그 미친……."

놈이라는 말까지는 차마 뱉지 못하고 급히 입을 막는다.

유검호는 쓴웃음을 지으며 물었다.

"설마… 그거 진짜 개밥이었소?"

"아, 아닙니다. 그냥 광순이 먹으라고 만들어준 겁니다."

말과는 달리 얼굴은 당황한 표정이 역력하다.

"제길, 어쩐지 입 안이 텁텁하더라니. 어쨌든 이만 나갑시다. 여기 오래 있어봤자 좋을 것 없을 테니."

유검호는 투덜거리며 그의 소매를 끌어당겼다.

"하지만 저 사람들은……."

"물론 나도 구해주고 싶지만, 보시다시피 다들 나가고 싶지가 않은 모양이오."

유검호의 말대로 그들은 의심과 경계의 시선을 던지고만 있을 뿐, 움직일 생각은 하지 않고 있었다.

특히 유검호를 알아본 마을 사람들은 더욱 가당치도 않다는 표정이다.

그도 그럴 것이, 무림인이라 하면 자고로 기골이 장대하고 풍기는 분위기도 범상치 않다고 했다. 이곳의 산적들만 해도 안광이 번쩍거려서 감히 눈도 마주치지 못할 정도였다.

그에 비해 유검호의 모습은 너무도 초라했다. 꼬질꼬질한 의복이야 그렇다 치더라도, 피죽도 못 얻어먹은 것처럼 비실거리는 꼴이 영락없는 약골의 모습이다.

그런 인물이 흉악한 산적들을 이길 수 있다고는 생각할 수 없었다. 조금 전에 왔다 간 소년과 조금도 다를 바가 없는 것이다.

그들의 불신에 광순이 삼촌도 망설인다. 그 역시 유검호를 믿어야 할지 회의적인 표정이다. 다른 사람들이 움직이지 않으면 그 역시 꼼짝도 않을 것 같았다.

유검호는 그들의 반응에 눈살을 찌푸렸다.

물론 그들의 심정을 이해 못하는 것은 아니다. 순박한 사람들이 갑작스레 그런 일을 겪었으니 두려울 만도 했다. 그런 불안함 때문에 확실하지 못한 일에 나서지 않는 것은 잘못이라 할 수 없었다.

다만 유검호는 그들의 기분을 고려해 줄 생각 따윈 없었다.

"쯧, 여러모로 귀찮게 하는군. 나가기 싫으면 나갈 수밖에 없게 만들어 주겠소."

유검호는 그들의 타성에 젖은 습성을 강제적으로 깨부수기로 결심했다. 그러려면 그들에게 어쩔 수 없는 변화가 일어나야만 한다. 그런 변화라면 천재지변만 한 것이 없다.

그는 발에 들어 올려 대들보를 걷어찼다.

콰앙!

가벼운 발길질인 것 같았는데 굉음이 터져 나온다. 그와 함께 오래된 대들보가 쩍쩍 갈라지기 시작한다.

다시 한 번 발을 가져다 대자 커다란 대들보가 중간에서 뚝 하고 부러져 나갔다.

우르릉!

건물을 떠받들고 있는 가장 큰 기둥이 부러지자, 그 충격에 작은 들보들이 연달아 부러져 나간다.

지붕이 내려앉기 시작하자 건물이 금방이라도 무너져 내릴 듯 뒤흔들렸다.

"어엇! 건물이 무너진다!"

몇몇 사람이 놀라며 소리쳤다. 사람들은 더 이상 철창 속에 웅크리고 있을 수 없게 되었다.

눈치 빠른 몇 명이 용기를 내서 철창을 뛰쳐나갔다. 남은 사람들 역시 고민을 접고 소리쳤다.

"이대로 있다가는 모두 깔려 죽고 말겠다! 일단 밖으로 나가자!"

그들이 철창문이 열렸는데도 나가지 못했던 것은 죽음에 대한 공포 때문이었다. 하지만 지금 당장 건물에 깔려 죽을 위기에 처하자 나중에 찾아올 위협은 문제가 되지 않았다.

사람들은 언제 나가길 두려워했냐는 듯 거침없이 밖으로

몰려 나갔다.

"나 참, 어차피 나갈 거면서 사람을 왜 귀찮게 하냔 말이야."

유검호는 경악하고 있는 광순이 삼촌의 목덜미를 쥐고 밖으로 나갔다.

사람들이 모두 나간 직후, 건물은 요란한 소리를 내며 무너져 내렸다. 안도의 숨을 내쉰 남자들의 얼굴에 다시금 갈등이 떠올랐다.

불과 수십 걸음 밖, 엉성한 목책 하나만 넘으면 집으로 돌아갈 수 있다. 하지만 잡히면 죽음을 면치 못한다.

갇혀 있을 때는 자유의 달콤함을 실감할 수 없었기에 당연히 목숨을 구하는 쪽을 택했다. 그러나 이미 바깥공기를 접하고 나자, 잠자고 있던 자유에 대한 열망이 샘처럼 솟아올랐다.

더욱이 그들을 위협할 산적들은 멀찍이 떨어져 있는 본청 건물에서 술판을 벌이느라 정신이 없다.

유검호의 한마디가 그들의 갈등에 종지부를 찍어주었다.

"지금 도망치면 집으로 갈 수 있을 텐데. 싫은 사람은 그냥 여기서 기다리든가."

그 말에 사람들의 얼굴에 굳은 결의가 떠올랐다.

"모두 도망칩시다!"

누군가의 외침에 너나 할 것 없이 본청과 반대 방향으로 내

달리기 시작한다. 바깥에서 안주를 나르던 여인들이 그들을 보고 놀라서 소리치다가 도주 행렬에 합류한다.

"진작 이랬으면 귀찮게 힘쓸 필요도 없었잖아."

유검호는 구시렁대며 신발에 들어간 나무 부스러기를 털어냈다.

옆에 멀거니 서 있던 광순이 삼촌이 깊이 머리 숙여 감사를 표했다.

"대협의 깊은 은혜 어떻게 갚아야 할지. 혹시 광순이가 마음에 드신다면……."

그로서는 유검호와 같은 고수가 어째서 자신들을 돕는지 이해할 수 없었다. 그래서 자신의 조카에게 마음이 있는 것이 아닐까 떠본 것이다.

그러나 유검호는 별다른 반응 없이 무덤덤하게 말했다.

"고맙거든 다음부터는 개밥 좀 많이 만드쇼. 가끔 맛있는 것도 좀 넣고 말요."

그 말에 광순이 삼촌은 더욱 알 수 없는 표정을 지었다.

"당신도 이제 그만 가보쇼."

"대협께선?"

"난 해야 할 일이 좀 남은 것 같소."

유검호의 말에 그는 잠시 머뭇거리더니 이내 도주 행렬의 꼬리에 합류했다.

그들이 무사히 목책을 넘어서는 것을 보며 유검호는 몸을 돌렸다. 사람들은 풀려났지만 아직 그가 해야 할 일은 남아 있었다.

그의 앞으로 산적 패거리들이 우르르 몰려 나오고 있었다.

건물이 무너져 내리는 굉음에 누가 밖을 살펴보고 두목에게 알린 모양이다.

가장 앞서 달려오는 자의 기세는 멀리서도 눈에 띌 만큼 흉흉했다.

"당장 저놈들을 잡아라! 한 놈도 놓쳐서는 안 된다!"

소리치며 명령하는 것을 보면 그가 바로 이곳의 우두머리라는 장표라는 자인 듯했다. 장표는 약이 바짝 오른 듯 얼굴이 시뻘겋게 달아올라 있었다.

"녀석들, 돈줄이 달아난다고 너무 열을 올리는군."

유검호는 중얼거리며 그들의 앞을 가로막았다. 그를 본 장표가 씩씩거리며 소리친다.

"저기 한 놈 있다! 저놈부터 도망치지 못하게 잡아라!"

그의 명령에 뒤를 따르던 산적 중 몇이 유검호에게 달려든다.

나머지는 그대로 달리는 것을 보면 도망친 사람들을 잡으려는 듯했다.

"어딜 가려고?"

유검호는 가소롭다는 듯 발을 들어 올렸다. 그의 발이 현란한 환영을 그리며 주변을 휩쓴다. 달려가던 산적들이 하나같이 우당탕 소리를 내며 걸려 넘어졌다.

신기하게도 유검호에게서 멀리 떨어져 있는 자까지도 꼼짝없이 넘어진다. 마치 양쪽에서 발목 높이의 기다란 줄을 잡아당긴 것 같았다.

그 광경에 달려들던 장표가 걸음을 딱 멈춘다. 분통을 터뜨리며 씩씩대던 그의 호흡이 금세 잦아들었다.

"넌 누구냐?"

장표의 얼굴에는 긴장한 기색이 역력했다.

그도 어디 가서 빠지는 안목은 아니었지만, 조금 전 유검호가 펼친 무공은 알아볼 수조차 없었다. 그저 뭔가 희끗한 것이 지나친다 싶은 순간에 부하들이 모두 나동그라졌다는 것만 파악된다.

그의 질문에 유검호는 건들거리며 대답했다.

"인간 장사꾼들 족치러 온 사람이지."

장표의 얼굴에 스산한 살기가 떠오른다.

"미친놈. 알량한 재주만 믿고 너무 나대는구나."

"알량한지 아닌지는 몇 대 맞아보면 알겠지."

더 이상의 대화는 필요없었다. 장표는 타협이 안 될 상대라는 것을 직감했다.

"죽여라!"

호통 소리에 부하들이 제각각 병장기를 빼어 든다.

산적들이라 대부분 보는 사람들을 두렵게 하는 흉측한 외형 위주의 무기들이다. 제대로 무공을 익혔으리라 생각되진 않았지만, 달려드는 기세만큼은 충분히 위협적이었다.

그러나 그들이 유검호를 덮치기 직전, 어디선가 가공할 파공성이 울려 퍼진다.

쐐액!

산적들이 그 소리를 들었다 싶었을 때는 이미 한줄기 혈선이 모습을 비쳤다가 사라진 뒤였다.

"뭐지? 뭐가 지나간 거야?"

그들은 영문을 몰라 주변을 두리번거렸다.

그러다 유검호에게 시선이 돌아갔을 때, 그들은 모두 탄성을 터뜨렸다.

유검호의 손바닥에 작은 혈륜 하나가 제자리에서 핑그르르 돌고 있었기 때문이다. 혈륜은 직경 반 자 정도 되었는데, 겉면에 보기만 해도 예기가 느껴지는 칼날이 달려 있었다.

장내에 많은 눈이 있었지만 아무도 그 혈륜이 언제 날아들었는지 보지 못했다. 그러니 혈륜이 어째서 유검호의 손바닥에서 놀고 있는지도 아무도 알 수 없었다.

그것을 아는 사람은 혈륜을 던진 사람과 유검호뿐.

유검호는 버럭 소리치며 고개를 돌렸다.

"어떤 자식이 위험하게 이딴 걸 던져?"

미친 영감에게 시달리던 어느 날이었다.

그날은 다른 날과 달리 영감의 공격이 더욱 거셌고, 반면에 나는 그것을 상대하기가 매우 귀찮았다.

그래서 될 대로 되라는 심정으로 그의 공격을 피하지 않았다.

물론 속으로는 그간 함께 지낸 세월이 얼만데 설마 죽이기야 하겠나 하는 마음도 있었다.

그 선택은 나를 꼬박 석 달간 의식 불명 상태로 만들었다.

나중에는 그 거머리 같던 영감조차 내가 죽었다고 여겼을 정도였다. 내가 정신을 차린 것은 빌어먹을 영감이 손수 목숨을 끊어주겠다며 내 머리를 박살내기 직전이었다.

나는 영감의 장력이 내 머리로 떨어지는 순간 눈을 뜨게 되었다.

그리고 눈을 떴을 때, 나는 나를 둘러싼 하나의 벽이 허물어지는 놀라운 경험을 겪었다.

마치 평생과 같은 긴 시간이 지나가는 것을 느끼며 굼벵이가 기어오듯 느릿느릿 다가오는 영감의 장력을 피해낼 수 있었다.

그때부터 나의 시간은 다른 사람들의 것과 확연히 다르게 흐르기 시작했다.

순간과 같은 몇 달을 보내기도 했고, 영원과 같은 순간을 보내기도 했다. 그 기이한 능력을 피나는 훈련 끝에 제어하게 된 이후, 시간은 나의 든든한 갑옷이 되었고, 내가 쓸 수 있는 가장 위력적인 무기가 되었다.

확실히는 알 수 없었지만, 아마도 죽을 위기를 겪게 되면서 불현듯 찾아온 깨달음이 전설로 전해져 내려오던 태무신공을의 효능을 깨우쳤던 것 같다.

어쨌든, 분명한 것은 그날 이후로 영감은 더 이상 나를 괴롭힐 수 없게 되었다는 것이다.

그것이 영감에게는 큰 충격이었던지 이후로 그는 내게 무서울 정도로 집착하기 시작했다, 마치 나를 때리는 것이 필생의 사명이라도 되는 듯이. 아마 그는 어떻게든 나를 다시 괴롭히고 싶은 모양이다.

유검호의 시선이 향한 곳.

십여 장쯤 떨어진 그곳에는 검은 장포를 발밑까지 길게 늘어뜨린 음산한 사내가 서 있었다.

"크큭, 제법이군."

쇳가루라도 갈아 마셨는지 잔뜩 쉰 목소리다.

목소리에도 향기가 있다면 비린 혈향을 물씬 풍길 것 같은 남자였다. 그를 본 장표의 얼굴에 화색이 돈다.

"오오, 비륜당주. 마침 잘 왔소. 저놈이 우리를……."

그러나 장표의 말은 끝을 맺지 못했다. 장포사내, 비륜당주의 음산한 목소리가 말을 끊었기 때문이다.

"실험체들은 어디 있나?"

무뚝뚝한 목소리에 장표는 일순 대답할 말을 찾지 못했다.

"그, 그게, 모두 저놈 때문이오. 이번에는 특별히 평소보다 많이 준비해 놓았는데, 저자가 풀어주는 바람에 모두 놓치고 말았소."

그의 궁색한 변명에 비륜당주의 눈이 붉게 물든다.

"다시 묻지. 실험체들은?"

"일단 저자를 처리해 주시면 금방 준비할 수 있을 것이오."

"마지막으로 묻지. 실험체들은?"

목소리에 스산한 살기가 잔득 묻어 있다. 장표는 상대의 무서움을 충분히 알고 있었다. 원하는 대답이 나오지 않을 시에 무슨 일이 벌어질지 훤히 그려진다.

꿀꺽.

장표는 마른침을 삼켰다. 크게 울렁이는 울대로 땀방울이 흐른다. 미간을 좁히고 눈을 감는 것이 뭔가 심각한 고민에 잠긴 것 같았다.

아쉽게도 비륜당주는 그가 결정을 내리기까지 기다려 줄 생각이 없는 듯했다.

"저승에 가서 생각해 보도록."

사내의 손이 움직이려 할 때, 장표가 다급히 소리쳤다.

"혈석보주를 주겠소!"

그의 외침에 비륜당주의 손이 멈칫한다.

“뭐라고?”

못 들었을 리가 없건만 재차 묻는 것을 보면 매우 뜻밖의 말이었던 듯했다. 장표는 이를 악물며 다시 말했다.

“혈석보주, 그러니까 당신들이 반혼석이라 부르는 물건을 넘기겠다는 말이오. 그 정도면 이번 일을 실패한 대가로 충분하지 않겠소?”

비륜당주의 얼굴에 처음으로 미소가 떠올랐다.

“물론 충분하지. 정말로 반혼석이 있다면 실수를 눈감아주는 것은 물론이고 보상까지 하겠다.”

부드러워진 그의 말투에 장표는 안도의 한숨을 내쉬었다. 목줄이 안전해지자 이번에는 아까운 생각이 든다.

‘제기랄, 나중에 비싸게 팔려고 했는데.’

혈석보주는 얼마 전에 우연히 얻게 된 보석 이름이다.

그것이 비륜당주가 속해 있는 조직에서 목을 매는 반혼석임을 알게 되었을 때는 쾌재를 불렀다.

제대로 한몫 잡아서 팔자를 고칠 생각까지 하고 있었다.

그러나 지금과 같은 상황에서 제값을 받을 거란 기대는 미리 접는 것이 좋았다.

장표는 쓴 입맛을 다시며 부하에게 눈짓을 했다.

부하는 잠시 비륜당주의 눈치를 살피더니 후다닥 본청 쪽으로 달려간다.

“곧 가져올 것이오. 그동안 저자부터 처리해 주시오.”

장표의 말에 비륜당주는 힐끗 고개를 돌린다.

두 사람이 대화를 나누는 동안 유검호는 쪼그려 앉아 꾸벅꾸벅 졸고 있었다.

"누구지?"

비륜당주의 물음에 장표는 고개를 저었다.

"모르겠소. 갑자기 나타나서는 상품들을 풀어주고 우리를 막아섰소."

그 말에 비륜당주가 낯빛을 굳힐 때였다.

본청으로 뛰어갔던 장표의 부하가 허겁지겁 달려오며 소리쳤다.

"두령! 큰일 났습니다! 보주가 사라졌습니다!"

"헉!"

장표의 얼굴이 창백해졌다.

"그게 무슨 말이냐? 조금 전까지 멀쩡하던 보주가 어째서 사라졌다는 거냐?"

장표의 다급한 물음에 부하는 헉헉거리며 대답했다.

"모르겠습니다. 하지만 보주가 들어 있던 주머니가 통째로 사라졌습니다."

장표는 속으로 욕지거리를 내뱉었다.

'이런 멍청한 놈. 그걸 여기서 말하면 어쩌라고?

조금이라도 눈치가 있다면 보주가 없어졌다고 해도 여기서 밝히진 않았을 것이다. 설령 정말로 보주가 없어졌다고 해도 비륜당주의 앞에서는 있는 척을 해야 했다.

'이러니 시골구석에서 산적 노릇이나 하고 있지.'

장표는 어색한 웃음을 지으며 고개를 돌렸다.

비륜당주의 얼굴은 어느새 차갑게 굳어 있었다.

"반혼석이 사라졌다고?"

장표의 창백한 얼굴에 땀방울이 맺혔다. 목숨을 구해줄 유일한 수단이 사라졌으니 남은 길은 하나였다. 장표는 이를 악물고 소리쳤다.

"저놈도 적이다! 둘 다 죽여 버려!"

그러나 언제나 그의 명령에 충실하던 부하들이 이번만큼은 쉽사리 덤비지 못하고 머뭇거린다. 무지한 산적들이었지만 본능적으로 비륜당주가 위험하다는 것을 파악하고 있는 것이다.

마치 사나운 독사를 앞에 둔 생쥐와도 같은 꼴이다. 부하들이 꼼짝도 못하고 엉거주춤하게 서 있기만 하자 장표의 인상이 험악해진다.

"뭣들 하느냐? 당장 공격하지 않고?"

그러나 소리치는 그 역시 직접 움직이지는 못하고 있었다.

장표는 잘 알고 있었다. 비륜당주의 실력은 일개 산적 나부랭이들이 감당해낼 수 있을 만한 것이 아님을. 그 역시 마찬가지다.

그가 비록 이런 촌구석에서 두목 노릇이나 하며 썩어가고

있지만 한 자루 기형도 쓰는 실력만큼은 어느 무림고수 못지
않다고 자부하고 있었다.

그럼에도 비륜당주의 일 초식을 제대로 받아낼 자신이 없
다. 그가 그럴 정도였으니 부하들이 미리 겁을 먹는 것은 너
무도 당연한 일이다.

비륜당주는 그들이 주춤거리는 모습에 입꼬리를 말아 올
렸다.

"버러지 같은 놈들."

"자, 잠깐! 협상을 합시다!"

그가 손을 들어 올리자 장표가 다급하게 외쳤다. 그러나 비
륜당주의 살기는 거두어지지 않았다.

"저승에 가서 실컷 하도록."

말과 함께 그의 손이 뿌려지려는 순간이었다.

느긋한 목소리가 장내의 긴장감을 깨고 끼어든다.

"기다리다 잠들겠네. 니들 대체 언제 끝나냐? 정확한 시간
좀 알려주라. 내가 끝날 때 맞춰서 일어날 테니."

무료함이 가득한 목소리에 시답잖은 내용이었다. 그러나
시기가 매우 절묘하여 그 말을 듣느라 비륜당주는 공격 시기
를 놓치고 말았다.

비륜당주는 미묘하게 흐트러진 진기를 가다듬으며 유검호
를 노려보았다. 그의 날카로운 시선을 받고도 유검호는 전혀
흔들림이 없다.

“평범한 놈이 아니군. 네놈부터 처리해야겠어.”

그에게 산적들 따위의 목숨은 이미 손바닥 안에 들어온 것이나 마찬가지. 그들의 수급쯤은 언제든 마음만 먹으면 자유자재로 꺼낼 수 있다고 여겼다. 지금은 건방지게도 자신을 방해한 자부터 처리하는 것이 급선무였다.

“일어나지 않으면 앉은 채로 목을 잘라주마.”

장표에게 향하던 무서운 살기가 유검호에게 쏘아진다.

유검호는 하품을 하며 고개를 들었다.

“일어나기 귀찮은데 그냥 대충 시작하지?”

손을 까딱거리며 말하자 비륜당주는 참을 수 없는 분노를 느꼈다.

“원한다면 그대로 죽여주지.”

그의 양손에서 다섯 자루의 혈륜이 쏟아져 나왔다.

혈륜은 유검호의 전후좌우와 중앙을 완벽하게 차단했다. 아무리 빠르다 해도 그것을 피하기란 불가능해 보였다. 게다가 회전하는 톱날에는 희미한 강기까지 맺혀 있다. 무시무시한 회전력과 강기의 조합. 거기에서 만들어지는 파괴력은 무엇으로도 막을 수 없을 것 같았다.

결국 다섯 자루의 혈륜은 피하지도 못하고 막을 수도 없는 죽음의 수레바퀴인 것이다.

그러나 유검호는 태연했다. 태연하다 못해 지루하다는 듯 기지개까지 켠다. 마치 자신을 덮쳐 오는 혈륜을 전혀 못 본 기색이다.

그 무기력한 모습에 비륜당주의 입가에 비웃음이 떠오른다.

'그래도 제법 실력이 있는 놈인 줄 알았더니, 아까는 우연이었던가?'

그는 공격이 성공할 것을 의심치 않았다. 유검호의 몸은 곧 다섯 조각으로 나뉠 것이다. 철석같은 믿음을 입증하듯 혈륜은 그대로 유검호에게 꽂혀 들었다.

살인을 할 때는 언제나 아찔한 쾌감이 느껴진다. 그 느낌에 비륜당주의 얼굴에 살소가 떠오르려는 찰나.

부욱! 채앵!

피부가 찢어지고 살이 갈라지는 소리라기엔 지나치게 선명한 소리가 들려왔다. 마치 가죽이 찢어지고 금속끼리 부딪치는 소리와 같았다.

미소 짓던 비륜당주의 얼굴이 딱딱하게 굳어졌다.

놀라움에 부릅뜬 그의 눈길이 향한 곳. 거기에는 유검호가 있었다. 유검호의 몸은 예상과 달리 조금도 상한 곳이 없었다. 오히려 전보다 더욱 무료한 표정이다.

그의 발치에는 다섯 개의 혈륜이 힘을 잃고 떨어져 있었다. 혈륜을 막은 것은 유검호가 허리에 매달고 다니던 낡은 포대자루였다.

비륜당주는 그가 언제 그것을 움직여 혈륜을 움직였는지

보지 못했다. 다만 분명한 것은 그 안에 들어 있는 물건들이 평범한 것은 아니라는 점이다.

"던질 것도 없는 것 같은데, 뭐로 싸울 거지? 옷이라도 던질 텐가?"

유검호는 이죽거리며 말했다. 비륜당주가 들고 있던 혈륜은 여섯 자루. 그것을 모두 썼음을 꼬집는 말이다.

그 말에 비륜당주가 굳은 얼굴로 장포를 열어젖혔다. 몸을 감싸고 있던 장포 안에는 혈륜이 수십 개나 달려 있었다.

"허, 변태냐? 그런 걸 달고서 잘도 돌아다니는군."

유검호는 혀를 내두르며 말했다. 긴장하기는커녕 신기하다는 듯 쳐다보는 모습에 비륜당주는 심기가 상했는지 눈썹을 꿈틀거렸다.

"지금까지 내 삼십육 비천혈륜을 모두 받아낸 놈은 한 명도 없었다."

"다 던지면 귀찮아지긴 하겠군."

서른 개의 혈륜은 충분히 위협이 될 법도 하건만, 유검호는 여전히 대수롭지 않게 말한다.

적에게 무시당하는 것만큼 기분 나쁜 일도 없는 일. 특히 냉혹한 비륜당주의 성격에 그런 모욕은 더욱 참을 수 없었다.

"사지가 잘리고 나서도 그럴 수 있는지 두고 보겠다."

비륜당주는 이를 바드득 갈며 혈륜을 뿌리려 했다.

일단 혈륜이 모두 뿌려지기만 하면 반경 십 장 이내는 초토

화가 될 것이다. 유검호뿐만 아니라 산적들 역시 살아남지 못할 테지만 상관없었다. 어차피 처리하려 했던 자들. 한 번에 해결한다면 번거롭지 않고 좋다.

그의 손이 품속의 혈륜을 잡기 직전,

유검호의 신형이 아지랑이가 피듯 살짝 흔들린다. 워낙 순간적으로 보인 광경이라 실제로 움직인 것인지 확신할 수 없다.

비륜당주는 자신이 헛것을 보았으려니 했다.

그러나 간지러울 때 코를 긁듯, 자연스레 혈륜으로 향한 그의 손은 빈 허공만을 움켜쥐어야 했다.

“헛!”

놀라며 장포 속을 내려다보던 비륜당주의 눈이 퉁방울만하게 커졌다. 바로 직전까지 매달려 있던 혈륜이 하나도 남김없이 사라져 버린 것이다.

‘어떻게 이런 일이?

혈륜은 항시 그의 손을 기다렸었다. 이런 일은 있을 수가 없는 것이다.

그가 애병이 감쪽같이 사라졌다는 충격에 아무 말도 하지 못하고 있을 때였다.

“이젠 뭐로 싸울 거냐? 설마 아직도 또 꺼낼 게 있는 건 아니겠지?”

조롱이 담긴 유검호의 말에 비륜당주는 퍼뜩 고개를 들었다.

　유검호는 조금 전과 마찬가지로 땅바닥에 멀거니 앉은 채로 손을 까딱거리고 있다.

　단지 조금 달라진 것은 그의 손에 수십 개의 혈륜이 걸려 있다는 점이다.

　"허억!"

　비륜당주는 심장이 튀어나올 듯이 놀랐다.

　유검호의 손에 걸려 있는 혈륜이 사라진 그의 병기들임을 알았기 때문이다.

　"네놈이 어떻게……."

　그는 정말 귀신에 홀린 기분이었다.

　어떻게 십여 장이나 떨어져 있던 자가 자신의 품에 장착되어 있던 삼십여 개의 혈륜을 가져갈 수가 있다는 말인가?

　당한 것이 평범한 사람이었어도 믿기 어려울 텐데, 하물며 그는 절대 평범한 사람이 아니었다.

　무림에서도 알아주는 고수였고, 그 스스로 이룩한 성취에 강한 자부심을 가지고 있는 무인이다.

　그런데 손 한 번 써보지 못하고 무기를 빼앗겼으니 도저히 지금의 상황을 이해할 수가 없었다.

　그런 비륜당주의 마음을 아는지 모르는지 유검호는 팔에 걸린 혈륜을 까딱거리며 말했다.

　"이런 건 팔아도 값도 안 나오겠다. 그냥 가져가라."

　말이 떨어짐과 동시에 빛살 같은 속도로 날아가는 서른 개의 혈륜.

쉬익!

투사체의 수는 서른인데 파공음은 단 하나. 마치 십 장 길이의 장대가 날아가듯 줄지어 쏘아져 온다.

"크헉!"

그 가공할 광경에 비륜당주는 기겁하며 몸을 비틀었다.

스걱.

선두의 혈륜이 귓가를 스치고 지나가며 뒤편의 목책을 단번에 동강냈다. 뒤를 이어 벌 떼가 윙윙거리듯 수십 자루의 혈륜이 그를 지나쳐 갔다.

고막이 터질 듯한 파공음이 그치자 비륜당주는 안도감과 두려움을 느꼈다. 목이 달아나지 않았다는 것에 안도했고, 그것이 실력이 아닌 천운이었음이 두려웠다.

'일단 물러나야겠군.'

유검호가 대체 어떤 사술을 썼는지는 알 수 없었으나, 지금 이 자리에서 상대할 마음은 사라졌다. 그는 잔혹하지만 또한 냉철하다. 물러서야겠다고 느꼈을 때는 망설임이 없었기에 그 자리까지 올라올 수 있었다.

"두고 보……."

생각을 굳힌 비륜당주는 상투적인 으름장을 던지며 몸을 빼려 했다. 그러나 채 발을 떼기도 전에 머리를 울려오는 강렬한 충격.

콰앙!

비륜당주는 눈앞이 캄캄해져 왔다.

'이… 이게 무슨……'

그는 자신의 머리를 강타한 것이 무엇인지 알고 싶었지만 멀어져 가는 의식은 더 이상의 생각을 불가하게 하였다.

비륜당주는 썩은 고목처럼 쓰러졌다.

투툭.

그의 이마에 반쯤 박혀 있던 돌멩이가 부서지며 떨어져 내린다.

산적들은 멍한 얼굴로 그 광경을 보았다. 그중에 장표는 정말로 넋이 나가기라도 한 듯 입을 헤 벌리고 침까지 질질 흘리고 있다.

장표의 장점은 어떤 상황에서도 이성을 잃지 않는 것. 하지만 지금은 아무리 그라도 달아나는 이성을 잡을 수가 없었다.

그가 알기로 비륜당주는 절대 그렇게 쉽게 쓰러져서는 안 되는 인물이었다. 이름이 알려지지 않아서 그렇지, 실력만큼은 무림 전체에서 손꼽히는 인물이었다. 고작 작은 시골구석에서 이름 날리는 자신과는 천지 차이의 인물.

그런 인물이 고작 돌멩이에 맞아 온몸으로 땅을 느끼고 있었다.

더 놀라운 것은 유검호가 어떻게 움직였는지 하나도 보지 못했다는 점이다.

분명히 유검호가 움직인다는 느낌은 있었다. 하지만 실제로 움직이는 것은 보지 못했다. 그런데도 어느새 십 장 밖에 있던 자의 무기를 빼앗아 왔다.

그리고 뭐가 어떻게 된 일인지 미처 알아차리기도 전에 돌을 던져 비륜당주를 쓰러뜨린 것이다.

장표로서는 그 중간에 어떤 일이 벌어졌는지 짐작조차 할 수가 없었다.

다만 분명한 건 지금 이 자리에서 유검호의 비위를 거스르면 안 된다는 것이다. 장표는 머릿속이 혼란스러운 와중에도 그것만큼은 확실히 떠올리고 있었다.

재빨리 정신을 수습한 장표는 쭈뼛거리며 유검호에게로 다가갔다.

"저, 대협."

황제라도 대하듯 공손한 태도다. 유검호는 그를 힐끗 보고는 손을 휘휘 젓는다.

"네? 아, 네."

그 의미를 생각하느라 장표의 머릿속은 연기가 날 정도로 빠르게 회전했다. 그것이 단순히 기다리라는 뜻임을 알게 된 장표는 얼른 고개를 숙였다.

장표가 전전긍긍하며 눈치를 살피는 동안 유검호는 발치에 떨어져 있는 물건을 집어 들었다. 조금 전에 혈륜을 막느라 찢어진 가죽 포대였다. 혈륜의 톱날에 의해 길게 찢어져 자루로서의 기능은 상실해 있었다.

"쯧쯧, 비싼 돈 주고 만든 방수포인데."

유검호는 아쉬워하며 자루 속의 물건을 꺼냈다.

그 안에 들어 있는 것은 두 자루의 검이었는데, 한 자루는 중원에서 흔히 볼 수 있는 평범한 철검이었다. 그리고 다른 한 자루는 마치 쇠꼬챙이처럼 특이하게 생긴 기형검이었다.

그중 기형검은 손잡이 곳곳에 영롱한 보석이 박혀 있었고, 검신 또한 화사한 은백색이었다. 멀리서 보아도 눈에 띌 정도로 귀해 보이는 검이었으나 그것을 보는 유검호의 얼굴은 짜증이 가득했다.

"에잇, 이놈의 저주받은 칼은 좀처럼 떨어지질 않는구나."

유검호는 징그러운 것을 보듯 인상을 쓰며 기형검을 대충 허리춤에 찔러 넣었다. 그 다음에는 보잘것없고 평범해 보이는 철검을 집어 든다.

기이하게 철검을 바라보는 유검호의 시선은 앞서와 달리 애정이 가득했다.

'미친놈. 저런 훌륭한 검을 놔두고 그딴 것을 애지중지하다니.'

귀한 검은 냉대하고, 보잘것없는 검은 천하의 보검처럼 여기는 괴행에 장표는 욕이 입 밖까지 튀어나올 뻔했다.

그가 간신히 이성을 지켜 욕을 내뱉는 불상사를 막고 있을 때,

유검호가 두 자루의 검을 모두 착용하고 나서 고개를 돌렸다.

"야."

그의 한마디에 장표는 몸을 부르르 떨며 얼른 대답한다.

"넵, 대협. 하명만 하십시오."

유검호는 잠시 그를 훑어보더니 말했다.

"돈 있나?"

마치 동네 불량배가 지나가는 아이들 돈 뺏을 때와 같은 말투였다. 장표는 황당함을 금치 못했으나 감히 내색할 수는 없었다.

"많이는 없지만, 조금은 있을 겁니다."

장표는 송구스러워하며 말했다. 원래 오늘은 비륜당주에게 잡아온 사내들을 넘기고 대금을 받기로 한 날이었다. 그런데 일이 틀어지는 바람에 들어와야 할 돈이 없어진 것이다.

그렇다고 비륜당주가 죽은 마당에 그가 가져온 어음을 쓸 수도 없다. 어음을 썼다간 곧바로 추격을 받을 것이 분명하기 때문이다.

장표는 비륜당주가 속해 있는 조직에 대해 잘 알고 있지는 못했지만, 하나만큼은 분명히 알고 있었다. 자신과 같은 인물이 맞설 만한 곳이 아니라는 것.

아마 이곳에서 살아난다 하더라도 그는 평생 아무도 찾을 수 없을 만한 곳을 찾아서 숨어 살아야 할 것이다. 물론 그나마도 유검호에게서 벗어나야 한다는 전제가 붙지만.

장표의 고민을 아는지 모르는지 유검호는 밝게 웃으며 말한다.

"그럼 돈 좀 꿔주라. 내가 나중에 꼭 갚을게."

힘 있는 자가 흔히 하는 상투적인 약속이다. 장표는 지금껏 그런 말을 한 인간치고 돈을 갚은 자가 있다는 소리는 한 번도 들어보지 못했다.

그러나 어쩌랴? 지금 이곳에서 그는 약자이고, 유검호는 절대강자인 것을. 장표는 인상을 구기며 대답했다.

"드, 드리겠습니다."

"오호, 고마워. 내 진작부터 자네가 그렇게까지 나쁜 놈은 아닐 거라고 생각하고 있었어."

나이도 장표가 많아 보이는데 하대가 자연스럽게 나온다.

그럼에도 장표는 아무런 불만도 드러내지 못했다. 그의 머릿속에는 강자지존의 철칙이 뿌리 깊이 자리하고 있었기 때문이다.

유검호는 그의 어깨에 손을 척하니 얹고는 말했다.

"그럼 우선 안으로 들어가서 뭐라도 좀 먹으면서 이야기하자고. 어차피 돈도 안에 있을 거 아냐?"

마치 제집 찾아가듯 자연스러운 걸음이다. 그에게 끌려가던 장표가 뒤를 돌아보며 걱정스레 물었다.

"대협, 저자는 어떻게……."

장표는 아직 숨이 붙어 있는 듯 꿈틀거리는 비륜당주를 가
리켰다.

"놔둬. 어차피 아무것도 못할 거야."

그 말에 장표의 허리가 더욱 숙여진다. 고작 돌멩이 하나로
비륜당주와 같은 고수를 폐인으로 만들 정도의 수준이란 게
어느 정도인지 감도 잡히지 않았기 때문이다.

본청은 술판이 벌어졌던 흔적이 고스란히 남아 있었다. 식
탁 곳곳에 풍성한 안주와 술이 놓여 있다.

음식을 본 유검호의 눈이 어느 때보다 반짝인다.

"그럼 난 돈 가지고 오는 동안 느긋하게 먹고 있을게. 천천
히 가지고 오라고."

말은 느긋하다지만 행동은 전혀 그렇지 않다. 유검호는 무
서운 기세로 탁자 위의 음식들을 입 안에 넣기 시작했다. 술
과 안주 가리지 않고 들이붓는데, 아귀가 환생하면 저런 모습
이 아닐까 싶었다.

마치 그동안 제대로 먹지 못했던 한을 모두 풀겠다고 작정
이라도 한 것 같았다. 그렇게 정신없이 먹는 와중에도 간간이
장표에게 눈짓을 보내는 것은 잊지 않는다.

'독한 놈. 저걸 다 먹을 생각인가?

본청에 마련되어 있던 음식은 족히 삼십 인분은 된다.

유검호는 그걸 혼자 다 먹을 기세였다. 장표는 질린 얼굴로
부하를 시켜 돈을 가져오게 했다. 물론 아깝긴 했지만 죽거나

폐인이 되는 것보다는 백배 낫다는 생각이었다.

그러나 부하는 이번에도 빈손으로 털레털레 돌아왔다.

"두령님, 돈도 모두 사라졌습니다."

그 말에 장표는 뒷목을 잡고 비틀거렸다.

"뭐야? 돈까지 사라졌다는 말이냐?"

"아무래도 동일범의 소행인 것 같습니다."

"대체 어떤 간 큰 놈이 감히 이곳까지 들어와서 도둑질을 해갔단 말이냐?"

장표는 분통이 터져 자신도 모르게 소리쳤다.

그러다 자신이 처한 상황을 자각하고 급히 소리를 죽이고 슬그머니 고개를 돌렸다. 유검호가 고기를 뜯다 말고 물끄러미 보고 있었다.

"돈 없다고?"

"그, 그게……."

장표는 식은땀을 흘리며 뒷걸음질 쳤다.

도저히 이 위기를 빠져나갈 방법이 생각나지 않았다. 유검호는 피식 웃으며 자리에서 일어났다.

"그럼 굳이 기다리고 있을 필요가 없겠군."

그가 일어나자 장표는 후다닥 달려와서 무릎을 꿇었다. 유검호가 살수를 쓰기 위해 일어난 것이라 생각했기 때문이다.

"대협, 살려주십시오. 이놈 집에는 칠순 먹은 노모가 제가

돌아오길 기다리고 계시고 세 아내와 어린아이들이 저 하나
만 바라보고 있으며……."

장표가 부르짖자 다른 산적들 역시 줄줄이 자신들이 살아
야 하는 사연들을 털어놓는다. 그런데 그 내용이 모두 비슷비
슷한 것들이다.

유검호는 어이없어 물었다.

"그거 혹시 산적 수칙 같은 거에 나오는 내용이냐? '적에
게 잡혔을 때 이렇게 빌면 살 수 있다' 뭐 그런 거야?"

"네네, 대협 말씀이 다 옳습니다. 그러니 살려만 주십시오.
이번만 눈감아주시면 깨끗이 손 씻고 새사람이 되도록 하겠
습니다."

"새사람 좋지. 그런데 새사람돼서 뭐 하려고?"

"네? 그야 좋은 일도 많이 하고, 그간 지은 죄를 반성도 하
면서……."

유검호는 고개를 저으며 말을 끊었다.

"그런 막연한 거 말고, 뭔가 세부적인 계획 같은 게 있을 거
아냐? 그런 거 없으면 너희 같은 악당들을 굳이 살려줄 필요
가 있을까?"

장표의 안색이 흙빛으로 변했다.

'세부적인 계획이라니?

평생 이득만을 위해 살아온 장표다. 그에게 남을 위한 계획
따위가 있을 리 없었다. 그러나 생각해 내지 못하면 목숨이

위험하다.

　장표는 머리를 굴렸다. 보통 때는 잘만 굴러가던 머리가 돌이라도 된 듯 굳어버린 것 같다.

　그가 머뭇거리고 있을 때, 부하 중 하나가 조심스럽게 손을 들며 입을 연다.

　"그동안 잘못을 저지른 마을들을 찾아가서 사죄를 하겠습니다."

　옆에 있던 자가 따라서 말한다.

　"그들에게 빼앗은 것을 돌려주고, 일을 도와주겠습니다."

　"왜적들이 쳐들어오면 사람들을 지켜주겠습니다."

　줄줄이 나오는 이야기들이 모두 인근 주민들을 돕겠다는 내용이다. 그들의 말에 장표는 코웃음을 쳤다.

　'멍청한 놈들. 저런 고수 눈에 그런 사소한 일이 눈에 차기라도 할 것 같으냐? 저자는 지금 뭔가 크고 거룩한 희생이 들어가는 일을 하길 원하는 거란 말이다.'

　장표는 부하들의 어리석음을 비웃으며 자신이 생각한 가장 훌륭한 일을 말했다.

　"빈민을 구제하고 수재민들을 돕기 위해 한평생 바치겠습니다."

　물론 진짜로 그런 일 따위에 평생을 바칠 생각은 없었다. 그저 지금 당장의 위기를 벗어나기 위해 한 말이었다. 아마 유검호가 원한 대답도 그런 것이리라고 생각했다.

그런데 그 말을 들은 유검호가 깜짝 놀라며 되묻는다.

"정말? 진짜 그렇게 대단한 일을 하겠다고?"

"그, 그렇습니다."

"이거 내가 생불을 몰라봤군. 꼭 그렇게들 하게. 내가 나중에 확인해 볼 거야. 자네들도 마찬가지야. 다들 착하게 살라고."

유검호는 훈계를 마치자 장표가 조심스럽게 물었다.

"만약 지금 말한 것과 다르게 살고 있는 자가 있다면 어떻게 하실 생각이십니까?"

"그럼 당연히 죽여야지."

가볍게 내뱉는 말에 장표는 소름이 오싹 끼쳐 왔다.

부드럽고 허술해 보이는 겉모습과 달리 차갑게 가라앉아 있는 유검호의 눈빛을 봤기 때문이다. 피를 본 경험이 많은 장표는 확실히 알 수 있었다. 유검호의 눈이 숱한 죽음을 마주한 눈이라는 것을.

'정말 죽는다!'

장표는 절망스러움을 느꼈다. 기실 지금까지 조마조마하면서도 마지막까지 기대를 걸고 있는 것이 있었다. 바로 유검호의 성격이 매우 무르게 보인다는 것이었다.

대개 그렇게 끊고 맺음이 불확실한 사람은 사람을 죽일 만한 담력이 없기 마련이다. 아무리 고수라도 철담이 없으면 피를 묻히기 힘든 게 당연한 노릇. 그래서 비위만 잘 맞춰주면 목숨에 지장은 없으리라 생각하고 있었다.

그러다가 조금 전에 허황되게 말했던 것이 마음에 걸려서 물어봤던 것이다. 유검호의 눈을 보고 나자 기대감이 일시에 깨어지는 기분이었다.

'정말로 알지도 못하는 난민들을 위해 일생을 바쳐야 한다는 말인가?

말도 안 되는 소리라 생각했지만, 마음 한편에는 유검호가 정말 확인하러 오면 어쩌나 하는 두려움이 컸다.

유검호는 혼자 끙끙 앓고 있는 그를 보며 피식 웃었다.

"너무 부담 가지지는 마. 나도 고향까지 와서 피를 보고 싶은 생각은 없으니까."

그 말에 장표는 바깥에 쓰러져 있는 비륜당주를 곁눈질하며 속으로 욕 했다.

'벌써 네 손에 피 본 사람 저기 있거든요?

하지만 겉으로는 여전히 웃는 낯이다.

"그럼 난 이만 가볼 테니까, 다들 조금 전에 말한 계획들 실행하라고. 아, 혹시 저쪽 어촌 마을로 갈 사람들은 광순이라고, 머리에 꽃 꽂고 다니는 여자 애 하나 있어. 걔네 집은 특별히 부탁 좀 하자고. 내가 그 집 개밥을 좀 많이 훔쳐 먹었거든."

'미친놈.'

"걱정 마십시오. 그 집은 제가 특별히 관리하도록 하겠습니다.”

장표가 속마음과 다른 대답을 하자 유검호는 흐뭇하게 웃으며 그곳을 떠나간다. 뒷짐을 지고 팔자걸음으로 느릿하게 나가는 모습이 딱 달구경 나가는 한량이다. 그러나 장표는 그 뒷모습에서 거대한 폭풍이 보이는 듯 했다.

‘저자의 정체가 뭔지는 모르지만, 무림이 한바탕 뒤집어질지도 모르겠군. 정말 조용히 묻혀 사는 게 목숨 보전하는 일이 될 수도 있겠어.’

장표가 생각을 정리할 때 바깥을 정리하던 부두목 왕삼이 들어왔다. 왕삼은 이곳에 오기 전부터 함께해 왔던 심복 중의 심복이다. 그를 본 장표는 한숨을 쉬며 말했다.

“짐 싸라. 한동안 숨어살아야겠다.”

“네? 저자가 대체 뭐라고 했기에 그럽니까?”

왕삼은 안에서 벌어진 일을 알지 못했다. 그가 어리둥절해하며 묻자 장표의 한숨이 길어진다.

“나보고 생불이 되래. 안 되면 죽이겠다고 하더군.”

왕삼의 얼굴이 크게 구겨진다.

“미친놈. 차라리 황제를 시켜 달라 그러지. 대체 형님을 어떻게 보… 얘들아, 뭐 하냐, 짐 안 싸고.”

왕삼은 격하게 반응하다가 장표의 얼굴이 험악해지자 재빨리 다른 곳으로 가버린다.

그렇게 탕평산에 자리 잡고 인신매매를 벌이던 조그마한

산채는 하루아침에 자취를 감추게 되었다.
　대신 인근의 마을에는 인상은 험악하지만 남 돕기를 생명
처럼 여기는 장정들이 대거 늘어났다.

가슴은 완벽하군!

달이 떠오른 느지막한 밤. 작은 인영 하나가 산길을 타고 내려온다.

"룰루루! 남의 물건 탐내면 벌을 받는다네."

그는 기분이 좋은지 콧노래를 흥얼거리며 힘차게 걸었다. 달빛이 은은하게 비추어지자 곱상하게 생긴 소년의 모습이 드러난다.

소년은 손에 주머니 하나를 들고 던졌다 받았다 한다. 돈주머니가 떨어질 때마다 찰그랑 소리가 묵직하게 울린다. 안에 든 금액이 적지 않은 모양이다.

돈주머니의 무게감이 느껴지자 소년의 얼굴에 기분 좋은

미소가 떠오른다. 소년은 돈주머니를 든 반대편 손을 품속 깊이 넣었다.

주먹보다 약간 작은 크기의 구슬 같은 것이 만져진다.

'생각보다 쉽게 되찾아서 다행이야.'

사실 목적은 돈이 아니라 품 안에 있는 보주였다. 원래 그 보주는 소년의 것이었다.

알고 싶은 정보가 있어서 믿을 만한 보석상에 잠시 맡겼는데, 그사이에 산적들이 마을에 내려와 보석 상인에게서 보주를 강탈해 갔다.

아무리 귀한 물건이라도 흉악한 산적들에게 들어갔다면 포기를 하는 것이 옳았다. 괜히 재물을 되찾으려다 잘못되면 목숨을 부지할 수 없기 때문이다.

하지만 소년에게 보주는 단순히 비싼 보석 이상으로 중요한 의미가 있는 물건이었다. 어떤 자에게 들어가든 결로 포기할 수 없었다.

그래서 한참 동안 기회를 노리다가, 마침 오늘 경비가 느슨한 틈을 타서 보주를 되찾으러 들어간 것이다.

들어간 김에 잡혀 있는 사람들도 구해주려 했지만, 뜻한 바를 이룰 수 없었다. 다행히 나중에 보니 탈출을 시도한 사람들이 있긴 한 모양이다.

"그런데 그 남자, 어떻게 되었으려나?"

소년의 머릿속에 바깥에서 소란을 일으키던 사내가 떠올

렸다.

잡혀온 사람들 중 한 명인 것 같았는데, 간 크게도 산적들과 맞서고 있는 것 같았다.

그가 일으킨 소란 때문에 경비를 서던 산적들까지 모두 밖으로 나갔다. 덕분에 소년은 여유롭게 보주와 돈을 훔쳐서 무사히 빠져나올 수 있었던 것이다.

어떻게 보면 도움을 받았다고 할 수도 있는데, 정작 그의 안위는 알 수 없었다.

마지막으로 그곳을 빠져나오면서 본 것은 산적들과 이상한 장포를 입은 사내 사이에 쪼그리고 앉아 있는 모습이었다.

아마 산적들에게 제압당해서 웅크리고 있는 모양이었다.

'설마 죽진 않았겠지? 죽기 직전인 사람하고 눈 마주치면 귀신 돼서 쫓아다닌다던데.'

소년은 소란을 일으켰던 사내와 눈이 마주쳤던 것이 기억나자 몸이 으스스 떨려왔다. 눈이 마주치는 순간에 사내의 눈이 반짝였던 것 같아 더욱 소름이 끼쳤다.

하지만 그는 어둠 속에 몸을 숨기고 있었던 데다 거리도 매우 멀었기에 상대가 자신을 보았으리라고는 생각되지 않았다.

다만 자신이 철창을 열어줘서 그가 화를 당한 것이 아닐까 하는 생각 때문에 신경이 쓰였을 뿐이다.

'안됐지만 어쩔 수 없지. 내가 다른 사람까지 책임져 줄 수 있는 처지는 아니잖아?

소년은 사내에 관해서는 더 이상 생각지 않기로 했다.

이유야 어쨌든 도움을 준 사람이고, 억울하게 잡혀온 무고한 사람이었으니 생각하면 기분만 우울해질 것이다.

"에이, 좋은 일만 생각하자."

소년은 찜찜한 기분을 돈주머니를 보며 날려 보냈다.

그리고 이곳에서의 안 좋은 일은 모두 잊기로 했다.

'이제 가야 할 곳도 생겼으니까 기운 내자!'

소년이 새로운 기분으로 각오를 재충전하는데 갑자기 앞을 가로막는 것이 있었다.

턱.

바위에라도 부딪친 듯 단단한 느낌에 소년은 인상을 쓰며 앞을 바라보았다. 그리고는 자신을 가로막은 존재를 보고는 경악하여 외쳤다.

"헉! 당신은?"

그의 앞을 막아선 것은 바로 산적들에게 죽었으리라 생각했던 사내, 유검호였다.

"어, 어떻게 도망쳤죠?"

"도망치다니? 난 당당히 걸어나왔는데?"

유검호는 별거 아니라는 듯 대답했다.

하지만 소년은 오랫동안 여행을 하며 많은 사람을 접해왔다.

산적들이 자신들에게 반항하는 사람을 무사히 보내줄 리가 없다.

하지만 유검호가 여기에 와 있으니 이 일을 어떻게 설명한다는 말인가?

그러던 중에 문득 유검호가 허리에 검을 차고 있는 것을 발견했다. 소년의 얼굴에 노골적인 경계의 빛이 드러난다.

"무림인?"

유검호는 고개를 저었다.

"아니, 군인."

소년의 얼굴에서 미심쩍은 표정이 사라지지 않았다.

"군인이 왜 여기에……?"

유검호는 짤막하게 답했다.

"탈영했거든."

소년의 얼굴에 한심하다는 빛과 안도의 기색이 동시에 떠올랐다. 어쩌면 군인이라는 말에, 산적들이 귀찮은 일을 만들기 싫어 그냥 보내주었을지도 모른다는 생각이 들었다.

어차피 관을 등지고 사는 산적이 군인이라고 그냥 풀어주었다는 것이 이상하긴 했지만 그 외에 달리 이유가 있을 수 없었다.

'혹시 저 칼로?

잠시 엉뚱한 생각도 해봤지만 아무리 생각해 봐도 이 허우대만 멀쩡한 사내가 우락부락한 산적 수십 명을 이길 수 있을 거라고는 여겨지지 않는다.

'그렇다면?'

소년의 머릿속에 또 하나의 가정이 떠올랐다.

사내가 여기 있다는 것은 산적 두목이 보주와 돈이 사라졌음을 눈치챘다는 말과 같다. 손 안에 들어왔던 재물을 놓치고 기분 좋을 사람은 없는 법. 성질 급한 산적들은 눈이 뒤집혀 있을 것이다.

그런 상황에서 사내를 풀어주었다는 것은 그와 자신을 한편으로 여겼을 수도 있다는 말이다. 한편인 이상 언젠가는 찾아올 것이 당연한 일. 사내가 자신을 찾아오기를 기다려 은밀히 쫓아왔을 수도 있다.

과정이야 어쨌든 사내는 정말 자신을 찾아왔지 않은가? 만약 그를 노리는 자가 있다면 이 기회를 절대 놓치지 않을 것이다.

생각이 거기까지 미치자 머릿속에 심각한 위험의 경종이 울린다.

'제기랄. 여기서 이러고 있을 때가 아니잖아!'

소년은 어떻게든 산적들에게서 떨어져야 한다는 생각에 허둥지둥 도망치려 했다. 그러나 다리는 열심히 뜀박질을 하는데 몸은 앞으로 나아가지를 않는다.

"뭐, 뭐야? 이것 놔요."

유검호가 소년의 뒷덜미를 번쩍 들어 올리고 있었던 것

이다.

발을 허우적거리며 바동거렸으나 유검호의 손아귀에서 벗어날 수는 없었다.

소년이 바동거리다 지쳐 잠잠해지자 유검호는 불쑥 손을 내밀었다.

"내 돈."

거친 숨을 진정시키던 소년은 흠칫 놀라며 유검호를 올려다보았다. 유검호는 무표정한 얼굴로 소년의 손에 들린 돈주머니만 보고 있었다.

'이 인간… 강도였구나!'

급히 빠져나갈 방도를 생각했으나 언제 산적들이 쫓아올지 모른다는 초조함에 아무 생각도 나지 않았다.

"이제 그만 내놓지?"

유검호는 당연히 받아야 할 것을 받는다는 듯 당당하다.

너무도 자연스러운 말투에 소년은 자신도 모르게 돈주머니를 내밀고 말았다. 손을 내밀고 나서야 아차 싶어 얼른 다시 가져오려 했지만 목표물을 발견한 유검호가 그냥 놓아둘 리가 없다.

유검호는 돈주머니를 꽉 쥐고 놓지 않는 소년의 작은 손가락을 힘으로 하나하나 폈다.

소년은 손에서 돈주머니가 빠져나가는 것을 뜬눈으로 보자 아까움에 손발이 발발 떨려왔다.

아무렇지도 않게 돈주머니를 강탈해 간 유검호는 돈주머니를 던졌다 받았다 하며 무게를 재어본다.

"잘됐군. 이걸로 탈것이나 하나 사면 되겠어."

유검호는 더 이상 볼일 없다는 듯 소년을 내팽개치고는 룰루랄라 흥얼거리며 걸음을 옮겼다.

땅바닥에 주저앉아 자신의 비어 있는 손과 유검호의 가득 찬 손을 번갈아 쳐다보던 소년은 입술을 질끈 깨물더니 그의 뒤를 쫓아갔다.

"이런 빌어먹을 강도 자식아! 내 돈 내놔!"

소년이 바락바락 달려들며 돈을 뺏으려 들자 유검호는 귀찮은 표정으로 뒤쪽을 가리켰다.

"오는 길에 보니 아까 그놈들이 쫓아오고 있던데. 듣자 하니 자기들 물건을 훔쳐 간 놈을 잡으면 사지를 찢는 것부터 하겠다더군. 아! 마침 저기 오고 있군."

"으악!"

대경한 소년은 기겁하여 뒤도 돌아보지 않고 도망쳐 버렸다.

가볍게 소년을 쫓아내 버린 유검호는 다시 흥얼거리며 마을로 향했다.

*　　　*　　　*

마을로 돌아온 유검호가 제일 먼저 찾은 것은 탈것이었다.

워낙 움직이기를 싫어하기에 자연스레 취한 행동이었다.

다행히 작은 마을임에도 불구하고 말을 가지고 있는 사람
이 있어 부실한 망아지 한 마리를 구할 수가 있었다.

부실하다고는 해도 말은 말이었기 때문에 소년에게 강탈
한 돈을 모두 써야만 했다.

비싼 돈을 지불하긴 했지만 대신 덤으로 다 부서져 가는 허
름한 수레도 하나 얻을 수 있었다.

비루한 망아지와 허름한 수레, 그리고 그보다 더욱 볼품없
는 사람 하나. 비웃음당하기 더할 나위 없는 행색이었지만 유
검호는 자신의 이동 수단에 꽤나 만족했다.

뿌듯함을 얼굴 가득 표현하던 유검호는 조심스럽게 수레
에 올라탔다.

끼익.

살짝 올려놓는 발에 수레가 비명을 질러댔지만 당장 부서
지지는 않았다. 수레에 올라탄 유검호는 길게 늘어진 말고삐
를 손에 쥔 채로 드러누웠다.

누운 채로 눈을 지그시 감고 흥얼거리며 손가락을 까딱거
리니 고삐가 크게 출렁이며 말을 움직이게 한다.

그 모습에 말을 판 늙은 농부가 혀를 차며 고개를 휘휘 저
었다.

"쯧쯧, 젊은 사람이 저렇게 움직이는 걸 싫어해서 어

쩌누?”

자신을 한심스럽게 쳐다보든 말든 유검호는 유유자적 수레에 누운 채로 이동한다. 그가 하는 일이라곤 간간이 손가락 하나 까딱거리는 것뿐이었는데, 희한하게도 말은 길을 따라 똑바로 수레를 이끌었다.

비루한 모습과 달리 머리는 영리한 모양이었다.

다른 주인이었다면 그 영특함에 감탄하고 아껴주었을 테지만 새로 만난 나태한 주인은 아예 신경조차 쓰지 않는다.

'배도 채웠고, 고향에 돌아오자마자 착한 일도 한데다 이동 수단까지 생겼으니 하늘이 나를 돕는가 보구나.'

사실 산적들 소굴에서 순순히 나온 것은 짚이는 것이 있었기 때문이다. 바로 사람들을 구해주려 했던 소년의 존재였다.

소년이 은밀하게 본청으로 들어가는 것을 보았고, 또한 나중에 도망치는 것도 보았다. 산적들이 눈치채지 못했던 도둑의 존재는 바로 소년이었던 것이다.

그것이 배를 채우자마자 산적들의 소굴을 떠나온 이유였다.

그 추측이 들어맞은 덕에 지금 이렇게 편하게 길을 떠날 수 있게 되었다.

'이대로 잠들었다 깼을 때 남경이면 좋겠군.'

유검호는 일신상의 편안함에 뿌듯해하며 꿈과 현실의 경계선을 오락가락했다. 그 몽롱함에 완전히 빠져들기 직전,

바로 옆에 벼락이 떨어져도 꿈쩍도 않을 것 같은 유검호의 눈이 슬며시 떠졌다. 등으로 느껴지던 흔들림이 사라졌기 때문이다.

의문을 품고 고개만 돌려 좌우를 살피는 그에게 번쩍이는 칼 한 자루가 겨누어진다.

"음?"

유검호가 어리둥절해하고 있을 때 그의 위로 얼굴 하나가 빠끔히 나타난다.

"개자식아! 내 돈 내놓을래, 아니면 칼에 찔릴래?"

다짜고짜 칼을 들이밀며 위협하는 것은 바로 유검호에게 돈을 빼앗겼던 소년이다.

상대의 정체와 그가 들고 있는 무기를 확인하고 나자 유검호의 얼굴에 실소가 지어진다.

"우, 웃지 마. 이거 진짜 칼이야!"

물론 진짜 칼이긴 했다. 단지 그 용도가 사람을 위협하기보단 부엌에서 생선을 써는 데 더욱 어울리게 생긴 것이 문제일 뿐.

게다가 무섭게 보이기 위함인지 잔뜩 인상을 썼지만 왜소한 체구와 엉거주춤한 자세는 동네 꼬마 아이들이 나무칼을 휘두르며 달려드는 것만도 못한 모습을 만들어내고 있었다.

한마디로 우습게 보인다는 것.

유검호는 그런 자신의 소감을 간략하게 표현했다.

"푸헤헤헤헤헤헤."

경박한 웃음소리에 진지한 소년의 얼굴이 더욱 일그러진다.

"돈 안 내놓으면 진짜 찌를 거야?"

결심을 굳히기라도 하듯 칼을 쥔 손에 잔뜩 힘이 들어가 있다.

유검호는 간신히 웃음기를 억누르며 손을 내저었다.

"참아, 참아. 그런 거에 어설프게 찔렸다간 한 번에 죽지도 못한다고. 일단 칼부터 치우고 천천히 이야기해 보자."

하지만 소년은 칼을 거둘 생각이 없는 모양이었다.

"내가 강도 말을 어떻게 믿어? 돈부터 내놔!"

소리치며 부엌칼을 찌르는 흉내를 한다. 완고한 소년의 어투에 유검호는 한숨을 쉬며 말했다.

"흐음. 그렇다면 어쩔 수 없지."

말이 채 끝나기도 전, 유검호가 누운 채로 발을 차올렸다.

슬쩍 움직인다 싶은 순간, 그의 발이 어느새 칼을 든 소년의 손을 후려친다.

파악.

"아악!"

가볍게 스치고 지나간 발길질에 소년은 비명을 지르며 비틀거렸다. 그의 손에 굳게 쥐어져 있던 칼은 어디론가 날아가 버렸다.

유검호의 움직임이 워낙 뜻밖이고 빨랐기에 소년은 미처 대응조차 하지 못했다.

소년은 급히 날아간 칼의 행방을 찾으려 두리번거렸으나 그때는 이미 유검호의 손이 뒷덜미를 낚아챈 후였다.

"이익! 이거 놔!"

소년은 있는 힘껏 발버둥 쳤으나 발이 땅에서 떨어지자 어쩔 도리가 없었다.

유검호는 한 손에 소년을 대롱대롱 든 채로 히죽거리며 물었다.

"다시 이야기해 보자. 뭘 달라고?"

이렇게 쉽게 제압당할 거라고는 생각지 못했던지 소년은 조금 주눅 든 얼굴로 소리쳤다.

"내 돈 내놓으라고……."

"어째서 네 돈을 나한테 달라고 하는 것이냐? 너에게서 가져간 것은 내가 탕평채의 산적 두목에게서 뺏은… 게 아니라 빌린 돈이다. 반면에 넌 그 돈을 훔친 것이지. 그러니 당연히 소유권이 내게 있는 게 맞는 거지."

유검호가 논리적으로 따지고 들자 소년이 흠칫한다.

설마 자신이 돈을 훔쳤다는 사실까지 알고 있으리라고는 생각지 못했다.

"더 이상 할 말 없지?"

유검호는 귀찮다는 듯 손을 휘휘 저으며 다시 몸을 눕히려 했다. 그러나 그 순간 소년이 악에 받친 듯 버럭 소리친다.

"그 돈은 내가 산적들에게 빼앗긴 거란 말이야!"

"엉?"

예상외의 주장에 유검호는 다시 몸을 일으켰다.

그 말을 듣고 생각해 보니 산적들이 가진 돈은 다른 사람에게 빼앗았을 것이 당연하다. 굳이 돈의 주인을 따지자면 애초에 산적들에게 돈을 빼앗긴 사람에게 소유권이 돌아가는 것이 옳았다.

거기에 관해서는 전혀 생각하지 못했는데 듣고 보니 정말 소년이 본주가 맞는다면 그는 돈을 강탈한 것이 돼버린다.

'이런, 살아오면서 적어도 남의 물건에 손대는 짓만은 하지 않았… 던 것은 아니군. 어쨌든 될 수 있으면 선량한 사람의 것은 안 건드리려 했는데, 이런 어이없는 일이 생기다니.'

적잖이 충격을 받은 것 같은 모습에 소년은 쾌재를 부르며 쐐기를 박았다.

"그 주머니에 들어 있던 돈은 정확히 스물네 냥. 내가 애지중지 키우던 망아지를 팔아서 번 돈이야. 그걸 산적들에게 빼앗겨서 되찾으려고 도둑질을 했던 거란 말이야."

유검호는 흠칫 놀라며 들고 있던 소년을 놓아버렸다.

실제로 주머니에는 스물네 냥이 들어 있었다. 스물다섯 냥 밑으론 팔지 않겠다는 망아지 주인과 흥정하느라 침 튀기는 설전을 벌였던 것이 불과 한식경 전이기에 기억하고 있었다.

주머니 속의 액수가 망아지 가격과 비슷하다는 사실이 소년의 말에 신빙성을 안겨주었다.

사실 주머니 속에 얼마가 들었는지가 소년이 권리를 내세울 수 있는 증거가 되지는 못했다.

단지 소년이 급한 와중에 생각해 낸 돈벌이가 망아지를 팔았다는 것이고, 우연히도 주머니 속의 액수가 망아지 가격과 일치했을 뿐이다.

하지만 우연과 소년의 교묘한 화술이 겹쳐지자 유검호로서도 딱히 반박할 만한 말이 생각나질 않았다.

'이거 어쩌지?'

일순간 고민하던 유검호는 갑자기 진지해진 얼굴로 주변을 두리번거렸다. 마치 범죄를 저지르기 전에 보는 사람이 있는지 없는지를 살피는 듯한 모습이다.

그의 행동에 왠지 모를 위기감을 느낀 소년이 빽 하고 소리지른다.

"지금 뭐 하려는 거야?"

"응?"

슬그머니 칼집으로 손을 가져가려던 유검호가 화들짝 놀라며 손을 뗀다.

"아, 아니, 난 그저 남은 돈이 있나 보려고……."

"뭐야? 그럼 설마 그 돈을 다 썼다는 말이야? 이깟 고물 수

레하고 다 죽어가는 망아지 하나 사는 데?"

소년의 목소리가 뾰족해진다. 이젠 입장이 완전히 뒤바뀌었음을 알리듯 소년이 거세게 몰아쳐 온다.

"이 더러운 강도 놈아! 내 돈 어떻게 할 거야? 내 돈 어떻게 물어낼 거냐고? 돈의 주인을 찾았으면 돌려줘야 할 거 아니야? 아무리 탈영을 했어도 군인 정신 같은 건 남아 있을 거 아니야? 군대에서 남의 돈 떼먹고 입 닦으라고 가르치디? 이유 없이 남의 것 강탈하고 사람 다치게 하는 짓은 무림인들밖에 하지 않는다고! 대체 내 돈 어떻게 돌려줄 건데?"

유검호는 소년의 말을 듣고 있자니 마치 자신이 천하의 패륜아이자 악당이 된 것 같았다. 마치 집 한 채쯤 훔치다 들킨 것 같은 유쾌하지 못한 기분에 몇 번이고 칼집에 손을 가져가다 말았다.

유검호는 이마에 불끈거리는 핏줄을 애써 가라앉히며 입을 열었다.

"이봐, 그렇게 소리 지른다고 이미 쓴 돈이 생기는 건 아니잖아."

"그럼 어쩌자고? 아저씨가 내 돈 삼켰으니 어떻게든 만들어내야지."

이젠 유검호가 돈을 내놓는 것이 아주 당연하다는 듯 당당하기까지 하다. 날카로운 소년의 목소리에 유검호는 머리가 지끈거리는지 관자놀이를 꾹꾹 눌렀다.

“보아하니 너도 여행 중인 것 같은데, 어디까지 가지?”

소년의 얼굴에 경계심이 떠오른다.

“그건 왜 묻는 거지?”

“지금 돈이 될 만한 건 이 망아지 하나밖에 없잖아. 난 남경까지 가야 되는데 거기까지 걸어가긴 싫거든. 그렇다고 지금 당장 너한테 줄 돈도 없고. 그런데 남경에 가면 돈을 구할 수 있을 것 같아서 말이지.”

“그럼 나보고 남경까지 같이 가자는 말이야?”

“뭐, 말하자면 그렇지.”

“말도 안 돼! 난 개봉으로 가야 한단 말이야.”

개봉과 남경은 상당히 멀었다. 그런 거리를 돌아간다는 것은 매우 무리한 요구라 할 수 있었다.

하지만 유검호는 더 이상의 타협은 없다는 듯 굳은 결심을 얼굴에 드러내며 칼집을 만지작거린다. 죽어도 말과 수레는 포기할 수 없다는 기세다.

소년의 얼굴에 갈등이 떠올랐다.

유검호에게 돈을 뺏기고 나자 새삼 억울한 생각이 들어서 부랴부랴 쫓아온 것인데, 그 돈을 벌써 다 써버렸을 줄은 몰랐다.

그로서도 유검호가 이렇게 배 째라는 식으로 나온다면 딱히 방법이 없었다. 아무리 봐도 자신보단 힘이 세 보였고, 또한 칼도 차고 있지 않은가? 간간이 짜증스러운 얼굴로 칼집을

매만질 때 살갗으로 느껴지는 살기는 충분히 위협적이기까지
했다.

이런 마당에 완전히 모르쇠로 나오지 않은 것만 해도 다행
한 일이었다. 소년은 미심쩍은 얼굴로 물었다.

"남경까지 갔는데 돈을 못 구하면?"

"그럼 이 말을 주도록 하지. 난 어차피 남경까지만 가면 되
니까. 그런데 아마 그럴 일은 없을 거다. 찾아갈 곳이 그렇게
냉담한 곳은 아니니까."

유검호의 말에 소년은 말을 힐끗 살펴보았다.

비록 외견상으로는 비루해 보이는 망아지였지만 갈만 키
우면 온전한 말의 육 할은 받을 수 있을 것 같았다. 다 큰 말
한 마리 값이 오십 냥은 족히 넘을 테니 얼추 잡아도 서른 냥
은 받을 수 있는 것이다.

물론 저 병색이 완연한 망아지가 무사히 자란다는 가정 하
에서 산출된 가격이다.

'서른 냥……'

남은 몇 달간의 여행길을 배부르고 등 따시게 지내기에 부
족함이 없는 돈이다.

고민하던 소년은 결국 돈 앞에 고개를 숙였다.

"좋아. 대신 남경까지 가면 확실히 돈을 받거나 말을 가질
수 있는 거지?"

"그래. 내가 이래 봬도 약속은 그런 대로 잘 지킨다고."

가슴을 탕탕 치는 유검호였으나 소년의 얼굴에는 여전히 의심이 사그라지지 않았다. 그런 소년을 보며 유검호는 기다렸다는 듯 말한다.

"그럼 그렇게 하는 것으로 하지. 아! 그런데 안됐지만 여긴 자리가 없으니 말은 네가 끌어야 될 것 같군."

그렇게 말하고는 재빨리 벌러덩 드러누워 등을 돌려 버리는 유검호를 보며 소년은 자신의 결정을 심각하게 고민해야만 했다.

그렇게 두 사람은 사소한 다툼 끝에 계약적인 임의 동행이 되었다.

*　　　*　　　*

"좋든 싫든 동행인데 통성명은 해야겠지? 내 이름은 유검호다. 넌?"

"강은… 아니, 설수강."

유검호는 고개를 갸웃거렸다.

"응? 여자 이름 같진 않은걸?"

그 말에 소년, 아니, 소녀는 깜짝 놀라며 돌아본다.

"어, 어떻게?"

"어? 너 설마 그걸 남장이라고 한 거였어? 에이, 세상을 너무 물로 보는군. 바보 아닌 이상 그런 어설픈 변장에 속아 넘어가는 사람은 없다고."

"어디가 어설프다는 거야? 지금까지 모두 몰랐다고."

"어설픈 데야 한두 군데가 아니지. 우선 체격 자체가 남자 같지가 않잖아. 목하고 팔다리도 가늘고. 게다가 굵직하게 흉내 내는 목소리도 너무 어설퍼. 걸음걸이 역시 종종걸음이고."

유검호의 정확한 지적에 소녀는 아무런 대꾸도 하지 못했다.

언행이 단순해서 어수룩하게만 봤는데 생각보다 눈썰미가 좋아서 당황한 것이다.

당혹스러움을 숨기려는 듯 소녀는 아무 말도 하지 않았다.

"……."

"……."

"……."

잠시간 침묵이 흘렀다.

유검호는 자신이 너무했다 싶었던지 조심스럽게 위로의 말을 꺼냈다.

"그래도 가슴은 완벽한 것 같아."

빠직.

소녀는 여전히 아무런 대꾸도 없었다. 대신 길 잘 가던 말이 어딘가 꼬집히기라도 했는지 비명을 지르며 앞발을 쳐들었고, 그 덕분에 수레가 뒤집히는 일이 벌어졌을 뿐이다.

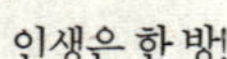

"제길. 원래 가슴이 그렇게 납작하다는 걸 내가 어떻게 알았겠냐고?"

유검호는 수레에 깔려 욱신거리는 허리를 주무르며 중얼거렸다.

멀쩡한 소녀의 가슴을 모욕한 대가였다.

그의 투덜거림에 소녀 강은설의 눈초리가 다시 날카로워졌다.

유검호는 양손으로 수레를 꽉 눌러 잡으며 급히 변명했다.

"아니, 뭐, 아직 나이가 어려서 발육이 제대로 안 된 것일 수도 있으니까 너무 신경 쓰진 말라고. 사실 너무 커도 좀 징

그럽더라고. 하… 하하하!"

"나 스물세 살이거든?"

강은설의 얼굴은 이미 건드리면 터질 것같이 붉어져 있었다.

남장을 한 것만 보아도 알 수 있듯이 여기저기 돌아다니며 많은 사람을 만나본 그녀였지만, 이렇게 무례한 이야기를 아무렇지도 않게 하는 인간은 처음이었다.

그녀가 만약 여염집의 처자였다면 자신을 능욕했다고 거품 물고 달려들었을 것이다.

하지만 유검호는 강은설이 화를 내는 것이 오히려 이상하다는 듯한 표정이다.

"하아."

강은설은 긴 한숨을 내쉬었다. 이젠 화를 낼 기력도 없었다.

두 사람이 동행한 지 이틀째.

날이 어둑어둑해질 무렵, 그녀는 유검호와의 계약에 심각한 오류가 있었음을 절실히 깨닫고 있었다.

남경까지 가서 돈을 받거나, 또는 말을 팔면 서른 냥이라는 거금이 생기지만, 문제는 그때까지 어떻게 버틸 수 있느냐는 것이다.

말이야 대충 길가의 풀이라도 뜯어 먹을 수 있지만, 사람이 그럴 수는 없지 않은가?

‘어쩌면 저 작자라면…….’

강은설은 유검호를 흘깃 보았다. 왠지 그라면 풀이라도 먹을 수 있을 것 같았다.

하지만 그녀는 그럴 수가 없으니 문제다.

애초에 그런 문제를 해결하기 위해 돈까지 훔쳤던 것인데 유검호와 얽히다 보니 처음의 목적은 까맣게 잊어버리고 생뚱맞은 남경 행이 된 것이다. 그것도 무일푼으로.

그 사실을 말했을 때, 유검호 역시 그건 미처 생각지 못했던지 깜짝 놀라는 표정을 지었다. 그리고 반각 동안 고민에 잠긴 후에 답이라며 내놓은 것이 ‘어떻게든 되겠지, 뭐’ 였다.

그러니 그녀로서는 걱정이 태산일 수밖에 없었다.

입 안에 음식물이 들어간 기억이 점점 희미해져 감에 따라 그녀의 고민은 더욱 커져만 간다.

더욱이 수레에 드러누워만 있는 유검호에 비해 그녀는 오로지 스스로의 힘으로 걸어가고 있었다. 당연히 소모되는 체력이 클 수밖에 없었다. 그렇다고 말에 올라타고 가자니, 안 그래도 기운 없어 보이는 망아지의 건강이 염려되어 그럴 수도 없었다.

마치 앞이 보이지 않는 막막한 수렁 속을 헤매는 기분이었다.

그녀가 답답한 심정으로 땅만 보고 걷고 있을 때였다.

천하태평으로 드러누워 있던 유검호가 부스럭거리며 몸을
일으킨다.

“좋지 않군.”

심각해진 그의 얼굴에 강은설 역시 긴장된 표정을 지었다.

“무슨 일이야?”

그녀는 혹시 산적들이 이곳까지 따라온 것이 아닐까 염려
되는지 급히 주변을 두리번거렸다.

그녀가 주변을 살필 때, 유검호가 괴로움이 묻어난 독소리
로 다시 말했다.

“아까 네가 했던 말이 실감나고 있어.”

강은설은 잠시 그 말뜻을 되새겼다.

“그 말은……..”

결국 배가 고프다는 말이다.

강은설은 주먹을 쥔 채 부들부들 몸을 떨었다. 대체 아무것
도 하지 않고 누워만 있는 인간이 어째서 걷고 있는 그녀보다
먼저 배가 고프다는 말인가?

그 불합리함과 여태까지의 고생을 모두 담아 고함을 지르
려 할 때였다.

“내게 좋은 생각이 있다.”

“또 뭔데? 이번엔 민가라도 털자고?”

강은설은 의심쩍은 표정을 숨기지 않았다.

근 이틀 동안 유검호와 옥신각신한 끝에 알 수 있었던 것은

이 인간이 상상을 불허할 정도로 단순하고 즉흥적이라는 것
이다.

당장 일각 후에 하늘이 무너져 내린다 해도 일각 동안 뒹굴
거리다 결국 머리에 구름이 박힌 후에야 움직일 위인이었다.

나중의 일은 철저하게 나중에 생각하고 지금 당장만 내다
보는 근시안적인 인물. 그것이 강은설이 본 유검호라는 인간
이었다.

그러니 유검호가 꺼내는 말이라 하면 일단 못미덥기부터
한 것이다.

하지만 그녀가 어떻게 생각하든 말든 유검호는 전혀 신경
쓰지 않고 꿋꿋이 자신의 생각을 밝혔다.

"자고로 인생은 한 방. 아무리 작은 돈이라도 뛰어난 실력
과 배짱, 그리고 행운을 효율적으로 발휘한다면 얼마든지 크
게 딸 수가 있지."

말은 번지르르한 것이 뭔가 그럴듯한 것을 생각해 낸 것 같
기도 했다. 하지만 조금만 생각해 보면 그가 말하는 것이 무
엇인지 알 수 있었다.

"설마 도박?"

"어허, 도박이라기보단 신성한 생업 활동이지."

"하지만 도박을 하려면 밑천이 있어야 되잖아."

그녀의 말에 유검호는 씩 웃는다. 그리고는 품속에서 무언
가를 꺼냈다. 바로 돈이 들어 있던 전낭이었다.

"이거면 동전 두세 개 정도는 나올걸."

호기 넘치는 유검호의 목소리에 강은설은 머리가 지끈거렸다.

왠지 결과가 뻔히 보이는 것 같았기 때문이다.

하지만 어차피 동전 세 개로는 한 끼 식사조차 간당간당했다. 잃으면 현상 유지고 따면 배부르게 먹을 수 있다. 말 그대로 밑져야 본전인 셈이다.

혹시나 운이 좋아 열 배만 부풀리면 열흘간은 끼니 때문에 골머리 썩힐 필요 없었다. 다만 한 가지 문제는 도박을 할 당사자가 전혀 신뢰가 되지 않는다는 점이다.

"도박할 줄 아는 거는 있어?"

강은설의 물음에 유검호의 얼굴에 피식 웃음기가 떠오른다.

"훗. 그런 질문은 실례잖아? 이래 봬도 한땐 선상의 도신이라 불렸던 몸이라고."

자신만만하게 큰소리치는 모습에 강은설은 약간은 안심이 되었다. 아무리 유검호라지만 근거도 없이 큰소리치는 것 같진 않았다.

'아무리 쓸모없는 인간이지만 뭔가 믿는 구석이 있으니 저러겠지.'

어차피 다른 대안이 있는 것도 아니었기에 그녀는 더 이상 고민하지 않기로 했다.

그렇게 모든 것을 운에 맡기기로 결정한 두 사람은 날이 완전히 저물기 전에 마을에 도착했다.

규모가 꽤나 큰 마을이니 필시 도박장이 있을 것이다. 과연 사람들에게 물어보니 바로 가르쳐 준다.

도박장은 대홍루라는 이름의 주루를 통해 들어갈 수 있었다. 대홍루는 겉으로 보기에는 평범한 주루와 다를 바가 없었다. 술 마시며 웃고 떠들어 그날의 피로를 푸는 사람들만 있는 것이다. 하지만 비밀스러운 벽 하나만 넘어가면 어두컴컴한 조명 속에 음습한 욕망과 열기가 가득한 공간이 나타난다.

도박장은 이미 뜨거운 열기로 한껏 달아올라 있었다.

강은설은 들어서자마자 전해져 오는 후끈한 열기와 사내들의 땀 냄새에 숨이 턱하니 막히는 것 같았다.

"아저씨, 난 밖에 나가 있을게. 우리 밥이 달려 있으니까 꼭 따가지고 와야 돼?"

"걱정 마. 난 지금까지 잃어본 기억이 없으니까."

유검호는 걱정 말라며 가슴을 두들긴다. 평소의 흐리멍덩하기만 하던 그의 눈이 초롱초롱 반짝이고 있었다.

강은설이 나가고 나자 유검호는 곧바로 도박장 한편에 마련되어 있는 현물소로 가서 주머니를 내밀었다.

주머니 값으로 철전 세 개를 건네받을 수 있었다.

돈도 생겼겠다, 도박장을 둘러보니 사람들이 위층으로 우르르 몰려가는 것이 보인다.

"큰 판이 벌어졌다! 도귀 만석보가 정체를 알 수 없는 홍모귀하고 한판 붙고 있대!"

"뭐? 홍모귀 따위가 감히 도귀에게 도전을 했어? 겁도 없는 놈이군."

"그런데 그게 아니라더군. 오히려 홍모귀가 도귀를 몰아세우고 있다던데?"

"뭐야? 그거 대단한 구경거리겠군. 당장 보러 가지."

때마침 큰판이 하나 벌어지고 있는 모양이었다. 사람들의 말을 듣자 유검호는 피가 끓어올랐다.

'감히 이 선상의 도신을 빼고 큰판을 벌인단 말이지?'

사람들 뒤를 따라 위층으로 올라가 보니 중앙에 벌어진 큰판을 제외하고 다른 판은 모두 치워져 있었다. 한 층을 통째로 사용할 정도라면 보통 큰판이 아닌 모양이다.

도박장 내의 대부분의 사람들이 중앙을 둘러싼 채 침을 삼키며 판을 구경했다.

큰판을 벌이고 있는 사람은 두 명이었다. 한 명은 마흔 살 정도 되어 보이는 평범한 중년인이었고, 맞은편에 앉아 있는 사람은 중원에서 흔히 볼 수 없는 거대한 덩치의 사내였다.

뒷모습을 보니 체구가 매우 장대하고 손에 불그스름한 털이 숭숭 나 있어 얼핏 보기에도 중원인은 아닌 듯했다. 그런데도 입에서는 조금의 어색함도 없이 매우 유창한 한어가 흘러나왔다.

"도귀라 불린다기에 꽤나 긴장했는데 막상 붙어보니 별 볼일 없군. 오늘 밤은 이 도박장 돈이 모두 소앵과 초희의 품으로 들어가겠구나. 하하하하!"

노골적인 도발에 상대편에 앉아 있던 중년인은 눈살을 찌푸렸다. 하지만 별다른 반박은 하지 못했다. 이미 몇 판째 일방적으로 지고 있었기 때문이다.

그러는 사이 또 한 번 색목인이 판돈을 따갔다.

색목인의 앞에는 돈 꾸러미와 전표가 산더미처럼 수북이 쌓여 있었다. 원래 얼마를 가지고 시작했는지는 모르지만 도귀라 불리던 사내가 꽤 잃은 것은 분명해 보였다.

유검호는 가만히 구경을 하고 있자니 손이 근질거렸다.

움직이는 것을 귀찮아하는 그가 유일하게 스스로 찾아서 하는 세 가지가 잠과 밥, 그리고 도박이었다.

'내가 구경만 하고 있을 실력은 아니잖아? 이놈들에게 하늘이 얼마나 높은지를 가르쳐 줘야겠군.'

자신이 빠진 승부라는 것은 인정할 수가 없다는 생각에 냉큼 앞으로 나서며 말했다.

"나도 끼지."

새로운 인물이 나서자 도귀가 눈살을 찌푸렸다. 지금 벌어지고 있는 판에는 이곳 도박장의 운명이 달려 있다고 해도 과언이 아니었다. 어중이떠중이들이 끼어들 만한 판이 아닌 것이다.

그러나 색목인은 크게 웃으며 유검호를 반겼다.

"하하하! 안 그래도 둘이 하는 도박이라 재미없던 참이오. 그래, 형씨는 얼마나 가지고 있나?"

번개같이 진한 눈썹과 부리부리한 푸른 눈.

앞에서 본 색목인의 모습은 뒤에서 보는 것보다 더욱 위압감이 있었다. 도귀는 그 위압감에 주눅이 들어 제 실력을 발휘하지 못하고 돈을 잃은 것이다. 하지만 유검호는 전혀 스스럼없이 그의 옆에 앉으며 자신의 재산을 꺼내놓았다.

"허, 동전 세 개?"

"설마 저걸로 저 판에 끼겠다는 건 아니겠지?"

"에이, 그럴 리가. 저기 판돈만 해도 이백 냥은 족히 될 텐데. 잘못 꺼낸 거겠지."

유검호는 구경꾼들의 웅성거림을 귓전으로 흘리며 자신있게 외쳤다.

"패 돌려!"

그때부터 판세는 급변하기 시작했다.

그로부터 반 시진 후.

유검호는 도박장 구석에 쪼그리고 앉아 넋 나간 사람처럼 멍하니 땅만 쳐다보아야 했다.

그의 옆에는 도귀를 낭패하게 만들었던 벽안의 사내가 나란히 앉아 있었다.

"후우."

"하아."

유검호가 한숨을 내쉬자 덩달아 들려오는 한숨 소리.

"제길. 어차피 잃을 거면 나한테나 잃을 것이지."

유검호의 밑천은 판돈의 만분의 일도 안 되는 돈이었다. 그럼에도 초반에는 무서운 기세로 돈을 따갔다.

색목인은 처음에는 '고작 동전 몇 개쯤이야' 하며 대수롭지 않게 여겼다. 그러나 유검호의 돈이 기하급수적으로 불어나서 나중에는 판을 양분할 정도가 되자 위협감을 느낀 듯 유검호를 견제하기 시작했다.

그의 견제에 자극을 받은 유검호 역시 반격을 하게 되었다.

그리고 마침내는 가진 돈을 모두 걸고 일대 승부를 하게 되었다.

엉뚱하게도 그 대결의 승리는 제삼자인 도귀에게로 돌아갔다.

두 사람이 서로를 견제하느라 등한시하는 사이 야금야금 세를 회복한 도귀가 종내에는 어부지리 격으로 판을 쓸어버린 것이다.

색목인은 유검호의 투덜거림에 욱하여 소리쳤다.

"시끄럽군! 고작 동전 몇 개 가지고 시작한 주제에! 이쪽은

달덩이 같은 소앵과 초희가 동시에 품 안에 들어왔다가 입김만 불고 나간 기분이다.”

“그것참 안됐… 이 아니라 이 자식! 나도 소앵과 초희를 안을 수 있었다고.”

유검호의 말에 색목인은 주먹을 쥐고 살기를 띠었다 지웠다를 반복하더니 고개를 저으며 일어났다.

“왠지 네놈하고 있으면 내가 바보 같은 짓을 하게 될 것 같군. 내 체면을 생각해서라도 이만 가야겠다. 여기에 내 부하들이 같이 있지 않았다는 것을 다행으로 여겨야 할 거야. 그렇지 않았으면 진작 도박판에 네놈 머리가 올라갔을 테니까.”

벽안의 사내는 매서운 눈초리로 한차례 노려보고는 사라져 갔다.

“별 싱거운 놈 다 보겠네. 젠장, 괜히 기운만 뺐군.”

유검호 역시 투덜거리며 도박장을 나갔다.

그리고 도박장 문을 열자마자 얼음처럼 굳어졌다.

득달같이 달려오는 강은설을 보았기 때문이다.

“강도 아저씨, 어떻게 됐어? 많이 땄어? 얼마나 땄는데? 우리 밥 먹을 만큼은 돼?”

강은설은 잔뜩 기대감을 품고 질문 세례를 퍼붓는다.

그녀의 말에 유검호는 굳은 얼굴로 답했다.

“저 안에 마귀가 살고 있었어.”

그리고는 터벅터벅 걸어서 수레 위에 드러누워 버린다.

잠시 그 말과 행동의 뜻을 생각해 보던 강은설의 눈썹이 점점 위로 치솟았다.

"니미럴. 아저씨 도신이라면서? 잃어본 적이 없다면서?"

패자가 무슨 할 말이 있으랴. 유검호는 움찔하며 그저 등을 돌려 버린다.

훗날 도귀 만석보는 친인들과의 술자리에서 그날의 일을 이렇게 회고했다고 한다.

"그 홍모귀 앞에 앉으니까 도저히 기술을 쓸 수가 없더라고. 그자의 벽안이 마치 나를 꿰뚫어 보는 것 같다고나 할까? 꼭 보이지 않는 그물에라도 걸린 것처럼 몸이 움직이지 않고 땀만 나더군. 그땐 '아! 내가 저승사자를 만났구나!' 싶었지. 그런데 정말 희한한 건 우스꽝스러운 사내 한 명이 판에 끼니까 그때부터 숨통이 트이더란 말이지. 오히려 무시무시하던 홍모귀가 그자에게 쩔쩔매는 느낌이었달까? 그래서 겨우 원래 실력을 발휘해서 이길 수 있었어. 아마 그 사내가 끼어들지 않았다면 그날 내 도박 인생은 끝났을 걸세."

*　　　*　　　*

강은설은 한참을 따지고 나자 더 이상 소리칠 기력조차 없었다.

"하아! 이러다간 남경까지 가기도 전에 굶어 죽을 것 같아."

"말이라도 잡아먹을까?"

"미쳤어? 그 말이 돈이 얼만데."

"죽고 나면 돈이 다 무슨 소용이야?"

"그래도 안 돼. 차라리 말을 다시 팔아서 그 돈을 나눠 가지고 각자 갈 길을 가는 건 어때? 그러면 강도 아저씨도 편하고 나도 편하잖아."

"뭐야? 지금 내 수족을 팔겠다는 거야?"

"상식적으로 말을 통째로 먹는 거보단 팔아서 음식을 사 먹는 게 당연한 거잖아."

"난 원래 상식 따위로는 측정할 수 없는 사람이라고!"

두 사람이 의미 없는 논쟁을 할 때였다. 어디선가 닭 울음소리가 들려왔다.

"어느 정신 나간 닭이 해도 저물었는데 울고 지랄이야? 저런 정신없는 닭은 얼른 잡아먹어야 되는데."

"울음소리가 우렁찬 게 잡아먹으면 참 맛있기도 하겠……."

강은설의 말에 무심코 응대하던 유검호가 말을 멈추었다. 의아하여 돌아보던 강은설이 그의 표정을 보고 입을 떡 벌린다.

두 사람의 눈이 같은 뜻을 품고 허공에서 마주쳤다.

"닭!"

"고기!"

두 사람은 누가 먼저랄 것도 없이 동시에 닭 울음소리가 들려온 곳으로 달리기 시작했다.

"야생 닭이겠지? 주인 없는 야생 닭일 거야. 워낙 영혼이 자유로운 닭이라서 저렇게 시도 때도 없이 울고 있는 걸 거야. 주인이 있는데 저렇게 울면 진작 잡아먹혔을 거야."

그러나 유검호의 기원과 달리 울음소리가 들리는 곳은 마을 외곽의 커다란 장원 안이었다.

"이런 제기랄. 주인이 있었다니."

유검호의 절망스러운 말에 강은설이 어이없다는 듯 쏘아붙였다.

"이 어려운 세상에 주인 없는 닭이란 게 있을 수가 없잖아."

"뭐, 뭐야? 없긴 왜 없어? 자유에 목말라서 용감하게 탈출을 감행한 용자의 닭이 있을 수도 있잖아."

"실없는 소리 하지 말고 빨리 담이나 넘어봐."

"담을 왜 넘어?"

"닭 먹기 싫어?"

"물론 먹고야 싶지. 하지만 닭을 먹고 싶다는 욕망과 담을 넘어야 하는 이유가 무슨 상관이 있는데?”

“가서 한 마리 훔쳐 오라고!”

“아하, 그 말이었군. 하지만 네가 아직 어려서 잘 모르는 것 같은데, 세상엔 법도란 게 있거든. 그 말은 내가 닭을 훔치면 난 도둑놈이 된다는 소리고, 도둑놈이 된다는 것은 정말 옳지 못하다고 생각…….”

근엄한 얼굴로 한바탕 설교를 늘어놓으려 하자 강은설은 우울한 표정을 지어 보이며 입을 열었다.

“휴우! 도 아저씨가 도박장에서 돈을 다 날리지만 않았어도 지금쯤…….”

“몇 마리 가져올까?”

“적당히 큰 놈으로 한 마리만.”

유검호는 그녀의 말이 끝나자마자 펄쩍 뛰더니 단번에 담을 타넘었다.

어른 키를 훌쩍 넘는 담벼락을 손도 대지 않고 가볍게 뛰어넘는 움직임은 매우 놀라운 것이었다. 그러나 강은설은 그저 배를 채울 수 있을 것이라는 생각이 가득하여 대수롭지 않게 보아 넘겼다.

그녀의 기억으로 마지막으로 음식을 먹은 것이 유검호와 동행하기 전이었으니 꼬박 이틀을 넘게 굶은 셈이었다.

아무리 여행을 하며 굶주림에 익숙하다곤 해도 이틀이나 굶으면 버티기 힘들어진다.

‘그래도 이번에 고기라도 먹으면…….’

그녀는 닭을 어떻게 요리할까 궁리하며 유검호가 나오기를 기다렸다. 그런데 한 식경이 지나도 유검호는 나올 생각을 하질 않았다.

‘걸린 걸까?’

그러나 사람들에게 들켰다고 하기엔 안이 너무도 조용했다.

또 지금에야 생각났지만 유검호의 민첩한 몸놀림을 생각하면 쉽사리 들킬 리가 없었다.

그녀가 어찌해야 할 바를 모르고 초조함에 발만 동동 굴리고 있을 때였다. 장원의 대문이 덜컹 열리더니 유검호가 당당히 걸어나오는 것이 아닌가?

“아저씨, 어떻게 된 거야? 닭은? 아니, 그것보다 왜 대문으로 나왔어?”

강은설의 질문 공세에 유검호는 활짝 웃으며 답해주었다.

“튀어!”

유검호는 뒤도 보지 않고 달려간다. 그의 뒷모습을 멍하니 바라보고 있는데, 장원 안이 환해지며 거친 고함 소리가 들려왔다.

“자객이다! 어떤 놈이 장주님을 암습했다!”

“당장 잡아서 사지를 부러뜨려 버리자!”

　　강은설은 더 이상 망설임 없이 한편에서 풀을 뜯고 있는 망아지 위에 올라탔다.

　　한가로이 노닐던 망아지가 난데없는 날벼락에 화들짝 놀라 미친 듯이 달리기 시작했다.

　　강은설은 장원에서 상당히 떨어진 산 중턱까지 달리고 나서야 유검호를 찾을 수 있었다.

　　"대체 어떻게 된 거야? 잡아오라는 닭은 어쩌고 장원 주인하고는 무슨 일이 있었던 건데?"

　　강은설이 숨을 헐떡이면서도 의문을 표시하자 유검호는 어색한 웃음을 지었다.

　　"하하, 그게 말이야. 막상 닭을 가져오려고 하니까 양심에 걸리더란 말이지. 그래서 닭장 앞에서 이걸 꺼낼까 말까를 두고 고민을 좀 했어. 근데 하필 그때 장원 주인이 달구경을 하러 나오지 뭐야? 나름대로 숨는다고 숨었는데, 장주라는 작자가 하필 내가 숨어 있는 곳으로 다가오더라고."

　　"그래서 안 들키려고 그냥 도망쳤단 말이야?"

　　"아니, 뭐, 꼭 도망쳤다기보단 난 그냥 우리 사정을 잘 말하면 닭 한 마리 정도야 얻을 수 있지 않을까 싶었지. 그게 도둑질하는 것보단 낫잖아? 그래서 나서서 말을 하려고 했는데, 또 하필이면 그 작자가 무공을 익히고 있지 뭐야? 나가자마자 대뜸 자객이니 뭐니 해가면서 공격을 해오더라고. 그러서 나도 모르게 반사적으로 때려눕혀 버렸어. 난 진짜 살짝 때렸는데 그대로 기절해 버리더라고.”

“그럼 닭은 왜 안 들고 나왔는데?”

“어? 닭?”

“기왕 그렇게 돼서 주인을 때려눕혔으면, 닭 한 마리쯤은 그냥 들고 나왔어도 상관없잖아.”

“아! 그걸 생각 못했군. 나도 모르게 기절시켜 버려서 당황했나 봐. 다시 가서 가져올까?”

“아니, 그럼 닭 때문에 숨어들어 가서 주인까지 때려눕혀 놓고 정작 닭은 안 가져왔다는 거야?”

강은설은 한숨이 절로 나왔다. 애초에 유검호를 믿고 의지한 스스로가 바보같이 느껴질 뿐이었다.

*　　　*　　　*

절강성 인근이 한차례 떠들썩해졌다. 절강성의 이름 높은 고수인 청수쾌검 이석겸이 암습을 받아 부상을 당했다는 소문이 돌았기 때문이다. 사람들은 평소 이석겸과 원한이 있는 흑성파의 소행이라 추측하며 이 일로 한차례 거센 혈풍이 일어나지 않을까 염려하기도 했다.

그리고 몇몇 사람은 이석겸의 쾌검수로는 절강 인근에서 세 손가락 안에 들 정도의 대단한 고수인데 미처 검을 뽑아

보지도 못하고 당했다는 점을 거론하며 흑성파와는 연관이 없는 전혀 새로운 고수의 소행일 수도 있다고 주장하기도 했다.

소문은 커지고 커져 나중에는 절강무림 전체가 이 일에 이목을 집중했다.

결국 흑성파에서 절대 그런 암습을 하지 않았다고 공개적으로 선포하고, 이석겸 스스로도 자신은 암습을 당한 것이 아니라 단지 새로운 운기법을 실험해 보다 기운을 제어하지 못해 잠시 의식을 잃었던 것뿐이라고 해명하여 소란을 수습해야만 했다.

고작 닭 한 마리로 인해 벌어진 그 일은 명예 때문에 진실을 밝히길 꺼려 하는 피해자의 의도대로 조용히 묻히게 되었다.

*　　*　　*

"하아."

강은설은 다시 한 번 한숨을 내쉬며 물었다.

"이제 어떻게 할 거야?"

딱히 유검호가 답을 줄 수 있을 것이라고 기대도 하지 않았지만 묻지 않을 수가 없었다.

그녀의 의미 없는 물음에 유검호는 심각하게 고민하는 듯

하더니 뭔가 떠올랐는지 손가락을 튕긴다.

"그렇군. 여긴 산이니까 조금 더 들어가면 분명 산짐승들이 살겠지. 그걸 사냥하면 되겠어."

그 말에 강은설은 주변을 둘러보았다. 하지만 한밤중의 산에 뭔가 보일 리가 없었다.

"이렇게 어두운데 무슨 사냥을 한다고? 환한 대낮에 해도 될까 말까 한 것을."

"그거야 보통 사람들의 경우고. 나를 보통 사람 취급하면 안 되지."

유검호의 목소리는 자신감이 충만했다. 마치 당연히 사냥이 성공할 것이라 믿고 있는 듯했다. 하지만 이미 유검호에 대한 불신이 가득한 강은설이었다.

"이 시간에는 동물들도 다 자고 있을 텐데, 어딜 가서 어떻게 잡으려고?"

못미더워하는 기색이 역력한 그녀의 말투에도 유검호는 근거없는 자신감으로 일관하며 산속으로 들어가기 시작했다.

"이 정도 어둠쯤은 내겐 아무런 지장도 줄 수 없다고. 나한텐 대낮처럼 환하게 보이는걸? 아얏! 누구야?"

"그냥 나뭇가지잖아."

"아하하! 그냥 한번 해본 소리야. 내 눈엔 다 보인다니까. 아야! 누구냐니까?"

"그냥 나뭇가지라니까."

강은설은 몇 걸음 나아가지도 못하고 여기저기 나뭇가지에 걸려 버벅거리는 유검호의 모습에 기가 막혔다.

유검호를 따라가야 할지 그냥 이곳에서 기다려야 할지 갈피가 안 잡혔다.

그녀의 상식으로는 당연히 이곳에서 망아지를 지키며 기다리는 것이 옳았다. 그나마 이곳은 내려가는 길이 보이고 약간의 달빛이라도 있으니 길도 모르는 산속으로 들어가는 것보다는 훨씬 안전한 곳이었다.

하지만 한밤중에 아무도 없는 산중에서 혼자 있어야 한다는 두려움이 그녀를 고민하게 만들었다. 아무리 여행 경험이 많다 할지라도 산속에 혼자 있어야 한다는 사실은 충분히 부담스럽기 때문이다.

물론 유검호의 곁에 있다고 안전함을 느낄 수 있을 것 같진 않았지만 아무래도 혼자 있는 것보다야 나을 것 같았다.

'그래도 강도 아저씨 옆에 있으면 무섭진 않겠지?

아마도 언제 어디서나 여유로운 말과 행동 때문에 그런 생각이 드는 모양이다. 게다가 비록 쉽게 볼 수 없을 정도로 특이한 인간이긴 하지만 적어도 다른 사람에게 해를 끼칠 것 같진 않았다.

강은설이 잠시 생각을 정리하고 있는 사이, 유검호는 어느새 산속으로 들어가는 길로 모습을 감추고 있었다.

"강도 아저씨, 나도 같이 가!"

강은설이 소리치며 그의 뒤를 쫓아갔다.

두 사람이 사라지고 난 산중턱에는 수레를 끌고 있는 망아지만이 달빛을 받으며 한가로이 풀을 뜯고 있었다.

이대륙에 있는 동안 나는 셀 수도 없을 만큼의 위기를 겪었다. 그 중에는 목숨을 잃을 뻔했던 적도 있고 불구가 될 뻔한 적도 있었다. 물론 대부분의 위기는 빌어먹을 영감의 공격을 피하지 못해 생긴 일이었지만, 어쨌든 남들이 평생 한두 번 경험할까 말까 한 일을 숱하게 겪은 것은 분명한 사실이다.

그리고 그런 위기 중에 단연 손꼽히는 위기 상황이 있었다. 정말로 목숨이 간당간당할 정도로 위험했던 순간.

바로 수인의 마을에 들어서게 되었을 때다. 천하에 무서울 것 없는 것처럼 거만하고 오만함 이상의 능력을 가지고 있던 영감조차 그것들을 언급할 때면 치를 떨면서 다시는 겪고 싶지 않다고 말했을 정도였으니……

그 초인적인 괴력과 눈으로 보고도 믿지 못할 만큼의 빠르기, 그리고 무엇보다 어떤 상처를 입어도 죽지 않는 불사의 치유력은 우리로 하여금 절망감을 안겨주기에 충분했다.

이 세상에 그런 괴물 같은 존재가 있을 수도 있다는 것이 원망스러울 정도였다. 수백 명의 수인에게 둘러싸여 죽음만을 기다리게 되었을 때, 우리를 구해준 것은 한 자루의 검이었다.

은사검. 우연한 기회에 손에 넣게 되었는데, 문양이 고풍스럽고 장식이 훌륭하여 팔면 꽤나 값어치가 나갈 것 같아 배낭에 넣어 가지고 다니던 검이었다.

전혀 뜻밖의 상황에 알게 되었지만 은사검은 자신 이외의 모든 사악한 존재를 소멸시키는 힘을 가지고 있었다.

그 신묘하다 할 정도로 뛰어난 검의 힘은 영감이 완전히 가루로 만들어 버려도 금세 다시 부활하던 수인들을 스치는 것만으로도 활활 타오르게 만들었다.

덕분에 우리는 목숨을 구할 수 있었다. 하지만 나는 마냥 기뻐할 수만은 없었다. 은사검의 외장과 효용만을 본다면 신물이라 불릴 정도로 훌륭했지만 정작 사용할 때마다 나는 피를 빨리게 되기 때문이었다.

요검. 그렇다. 이 빌어먹을 검은 요검이었다.

은사검의 힘을 사용하기 위해서는 주인의 피를 매개체로 사용해야 했고, 나는 위기 상황에서 본의 아니게 오백 년 만에 은사검의 숙주가 되고 만 것이다.

이 저주를 끊기 위해 검을 바다에 던져도 보았고 활활 타오르는 불더미 속에 집어넣어 보기도 했지만, 검은 어떻게든 다시 돌아오곤 했다. 그리고 자신을 떼어놓으려 했다는 것을 책망하듯 더욱 많은 피를 빨아먹었다.

재수 없기로는 빌어먹을 요검 못지않다 할 수 있는 영감조차 신기한 장난감이라며 탐내다가 세 번이나 손에 화상을 입은 이후로는 은사검을 쳐다 보지도 않았다.

그 빌어먹을 마물 덕분에 나는 항시 빈혈에 시달려야만 했다.

깨달음을 얻어 검의 마력에서 벗어나기 전까지.

마물을 잡아먹는 검

달이 기력을 잃어 먹구름에 빛을 빼앗기자 산속은 완전한 어둠에 잠기게 되었다.

강은설은 어둠을 헤치며 앞서가는 유검호의 뒤를 바짝 쫓으며 연신 불안한 표정을 지었다.

"우리 설마 길 잃은 거 아니지?"

"하하하! 길을 잃다니? 당연히 아니지. 난 똑바로 찾아가고 있다고."

"그런데 어째서 같은 바위를 세 번째 보고 있는 거지?"

"원래 산속의 바위는 다 비슷비슷하게 생겨서 자주 착각하곤 하지. 특히 이런 밤중에는 말이야."

애써 부인하는 유검호의 말에 강은설은 걸음을 멈추었다.

"저거 아까 두 번째 지나왔을 때 꺾어놓은 나뭇가지거든?"

그녀가 가리키는 것은 바위 옆에 드리워진 꺾어진 나뭇가지였다.

"진짜 길 잃은 것 같은데, 사냥 같은 건 포기하고 돌아가는 길이나 찾자."

사실 이런 밤중에 산속에서 사냥을 한다는 것은 숙련된 사냥꾼이라 해도 어려운 일이었다. 그런 사실을 알고 있기에 그녀도 애초부터 유검호가 사냥을 할 수 있을 거라고는 기대도 하지 않았다. 다만 산속에 혼자 남아 기다리기 싫어서 따라왔다가 길까지 잃게 된 것이다.

설마 산속이 자기 집 안방이라도 되는 양 자신있게 떠들던 유검호가 그녀보다도 길눈이 어두울 것이라고는 생각지도 못했다.

유검호는 강은설의 말에 당치도 않다는 듯 고개를 저으며 말했다.

"아직 네가 잘 모르는 것 같은데, 내 머릿속에 후퇴라는 단어는 없어. 어떻게 가든 앞으로만 나아가다 보면 결국 어딘가 나오게 되어 있다고. 그러니 두려우면 혼자서 돌아가."

왠지 모를 확신과 신념에 가득 찬 말에 강은설은 더 이상 따질 수 가 없었다.

유검호의 뒤를 따라 반 시진가량을 더 산속을 헤맸을 때다.

앞만 보고 걷던 그의 움직임이 갑자기 멈추었다. 강은설은 의아하여 고개를 삐죽 내밀고 그의 어깨너머를 훔쳐보았다.

앞에는 산중에 어울리지 않는 안락한 공터 같은 것이 있었다.

"호오, 산속에 이런 곳이 있네? 여기서 조금 쉬었다가……."

그때 유검호가 그녀의 말을 막았다.

"이봐, 내가 아까 한 말 기억해?"

"무슨 말? 앞으로만 나간다는 거? 아니면 후퇴라는 단어를 모른다는 말?"

"두 번째 거."

"그게 왜?"

유검호는 진지한 표정으로 몸을 돌렸다.

"지금 내 머릿속에 후퇴라는 말이 생긴 것 같아. 빨리 돌아가자."

돌아서는 유검호의 몸짓을 타고 스산한 바람이 비린 혈향을 실어 나른다. 냄새가 전해져 오는 방향을 쫓아 시선을 옮기던 강은설은 자신도 모르게 비명을 지르려 했다.

"아악!"

비명이 소리가 되어 나오기 직전, 유검호의 거친 손이 그녀의 입을 틀어막았다.

"소리를 질러서 두려운 감정을 표현하고 싶어하는 욕구는 알겠는데, 그렇게 되면 내 머릿속에 애써 생긴 후퇴라는 말을 실행하지 못하게 되잖아.”

유검호의 나직한 말에 강은설은 공터에서 시선을 떼지 못하면서도 고개를 끄덕거렸다.

그녀와 유검호의 시선이 향해 있는 곳. 공터의 한쪽 구석에는 원래의 형상을 구분할 수 없을 정도로 신체가 손상된 십여 구의 시체가 나뒹굴고 있었고, 그 사이로 몇몇 괴인이 맨손으로 시체를 뜯어 먹고 있었다.

어떻게 보아도 정상이라고는 볼 수 없는 광경이었다.

그녀 역시 여행을 많이 다니며 기괴한 일들에 대해 많은 이야기를 들었지만, 이런 일을 실제로 보게 된 것은 처음이었다.

유검호는 충격과 공포로 혼란스러워하는 강은설을 조심스럽게 끌어당기며 뒤로 물러났다.

그의 경험으로 볼 때 저렇게 인간의 형상을 잃은 괴물들은 한 가지 감각에 특화되기 마련이다.

‘조금 전의 비명을 듣지 못한 것으로 봐서 청력이 뛰어난 것 같진 않고, 눈이 마주치고도 알아차리지 못했으니 시력도 아니겠군. 그렇다면……’

유검호는 괴인들이 시체를 파먹고 있음을 떠올렸다.

‘피에 젖은 살점을 먹는다는 것은 미각과 후각 둘 중 하나일 텐데……’

미각이면 무사히 빠져나갈 수 있을 것이지만 후각이라면 일전을 불사해야 했다.

그런 생각을 하며 조심스럽게 강은설을 끌어당기는데 갑자기 손등에 툭하고 떨어지는 끈적끈적한 액체가 있었다.

'음?'

손등을 흘깃 내려다보자 검붉은 액체가 방울져 있는 것이 보인다.

'피?'

반사적으로 그것이 떨어졌음 직한 곳을 올려다보았다.

괴인 하나가 아무런 기척도 없이 나무를 타고 내려오고 있었다.

그자는 퀭하니 뚫린 눈과 살점이 군데군데 뜯겨져 나간 몸. 그리고 덜렁거리는 팔로 나무를 부여잡고 강은설 쪽을 향해 코를 벌름거리고 있었다.

'땀? 빌어먹을. 후각이었군!'

생각과 동시에 유검호의 오른쪽 허리에서 은사검이라 불리는 기형검이 뽑혀졌다.

촤아앙.

동시에 괴인의 입에서 기괴한 고함 소리가 터져 나오며 강은설을 향해 덮쳐 왔다.

"크아아아……!"

그 괴성이 미처 끝나기도 전에 별똥별같이 길쭉한 은빛 선이 괴성을 지르는 괴인의 입을 뚫고 지나갔다.

파앗, 화르르.

은빛 선에 뚫린 부위에서 시작하여 괴인의 몸 전체가 순식간에 붉게 타오르며 검은 재만 남아버렸다.

"아악!"

머리 위에서 검붉은 재가 날리자 뒤늦게 상황을 파악한 강은설은 비명을 지르다 스스로 입을 틀어막았다. 그녀도 지금 이 상황이 심상치 않음을 절실히 깨닫고 있었던 것이다.

하지만 유검호는 인상을 찌푸리며 그녀의 손을 치워주었다.

"젠장, 이미 늦었어. 이젠 그냥 마음껏 소리 질러도 돼."

그들의 앞에는 푹 파인 눈에 혈광을 번뜩이며 다가오는 괴인들이 있었다. 그리고 강은설을 더욱 기겁하게 만든 것은 괴인들이 파먹고 있던 시체들이 하나둘씩 일어나고 있다는 사실이었다.

강은설은 더 이상 참지 않아도 된다는 시원함과 공포를 동시에 느끼며 본능에서 우러나오는 비명을 질렀다.

"아아아아아아악!"

강은설의 비명을 뒤로하고 유검호는 앞으로 나섰다.

"이런 괴물들을 고향 땅에 와서까지 보게 되다니. 마검은 마물이 있는 곳을 찾게 만든다더니 그 말이 딱이었군."

유검호는 괴인들의 숫자를 파악해 보았다.

'처음에 있던 놈들이 다섯, 새로 일어난 놈들이 여섯, 바닥에 있는 시체도 곧 일어날 테니 전부 열다섯이군.'

상대가 사람이라면 무공이 얼마나 높든 유검호의 이목을 피할 수는 없다. 그러나 인간의 영역을 넘은 괴물이라면 다르다.

조금 전 해치운 괴인의 은밀하고 신속한 움직임은 능히 절정고수 이상의 것. 아무리 그라도 그들의 행동을 하나하나 모두 파악할 수는 없을 것 같았다.

'하나라도 놓치면 위험하겠어.'

유검호는 뒤에서 떨고 있을 강은설을 떠올렸다.

본능만 남은 괴물은 야생의 동물과 같아서 항상 약자를 먼저 노린다. 조금 전 유검호의 손에 한 마리가 죽은 것을 보았을 테니 그들은 모두 강은설을 향해 달려들 것이다.

그것은 그가 만약 하나라도 놓치면 강은설이 다치게 된다는 뜻이었다.

'한 번에 열다섯 마리라……'

유검호는 천천히 숨을 가다듬었다.

괴물들은 삼삼오오 유검호와 강은설 쪽으로 다가오고 있었다.

지금은 천천히 걸어오는 것처럼 보이지만, 틈이 보이는 순간 돌변하여 달려들 것임을 알 수 있었다.

숨을 고르던 유검호가 한 걸음 앞으로 내디뎠다.

그와 함께 괴인들이 일제히 몸을 날린다. 가히 번개와도 같은 빠르기였다.

그 순간 유검호는 자신을 둘러싼 벽을 허물어뜨렸다.

파앗!

유검호의 눈에 광채가 치솟는다.

허공에 둥둥 떠다니는 먼지와 빛의 입자들이 선명해진다.

색감이 보일 것같이 청명한 바람의 흐름이 온몸으로 전해져 온다.

눈으로 쫓기 힘들 만큼 빠르게 달려들던 괴인들. 그들이 마치 그 자리에 멈춰 버린 것처럼 느리게 움직였다.

그들의 발치에 튀어오르던 흙 알갱이 한 톨 한 톨마저 생생히 각인되었다. 마치 잘 그려진 그림과 같이 너무도 생생하지만 지극히 비현실적인 장내의 상황. 바로 모든 사물이 지닌 시간의 흐름이 변질되어 버린 순간이었다.

'할 때마다 적응 안 되는군.'

유검호는 한숨을 내쉬며 걸음을 옮겼다.

그 역시 평상시의 움직임에 비하면 턱없이 느릿느릿했으나 다른 사람이나 사물의 움직임에는 비할 수 없이 빨랐다. 그럼에도 그는 자신의 느린 움직임에 답답함을 느꼈다.

그것은 지금의 상황이 유검호 자신이 느끼는 시간의 흐름이 느려진 것 일 뿐, 실제로 모든 세상의 시간이 느려진 것이 아니기 때문이었다. 즉, 의식을 비롯하여 오감은 느려진 시간의 흐름을 정확히 인지하고 있지만 신체의 운동 능력이 머리가 인식하는 시간의 흐름을 따라잡지 못한다는 말이었다.

그나마 꿈에 나올까 무서울 정도의 혹독한 수련을 거쳤기에 이 정도라도 움직일 수 있게 되었다.

실상 유검호는 그런 수련의 결과로 인해 굳이 이렇게 시간의 흐름을 비틀지 않아도 다른 사람이 상상할 수 없을 정도로 빠르게 움직일 만한 신체적 능력을 지니고 있다.

하지만 그런 움직임만으로는 절정고수 급의 움직임을 보이는 괴물들을 모두 잡을 수 있다고 자신할 수는 없었다. 그래서 부득이하게 무공이라기보다 편법이라 할 수 있는 이 방법을 쓰게 된 것이다.

유검호는 빠르게 움직이며 거의 멈춰 있는 괴인들에게 은사검을 휘두르기 시작했다. 일어나 있는 자들은 말할 것도 없고 시체들에까지 검을 찌르고 나자 땀방울이 송골송골 맺혔다.

'힘들다, 힘들어.'

유검호는 땀을 닦아내며 한 손으로는 은사검을 허공에 한 차례 털어냈다. 금방 열여섯 명의 괴물을 베어내고도 검신에는 피나 살점은 고사하고 재하나 묻어 있지 않았다. 고귀한 은빛 광채를 자랑하듯 흩뿌리고 있는 모습이 마치 자신의 힘을 드러낸 것을 즐기고 있는 것 같아 고깝게 느껴졌다.

‘쳇, 고작 마물 몇 마리 해치운 것 가지고 좋아하기는.’

우웅.

유검호의 속내를 들었는지 은사검이 검신을 떨며 울음소리를 흘린다.

은사검을 허리에 꽂음으로써 일을 마무리한 유검호는 다시금 시간의 흐름을 원래대로 되돌려 놓았다.

파앗.

갑작스러운 시간의 변화에 눈앞으로 광채가 번쩍 스쳐 지나갔다.

그리고 다시금 그의 주변에 벽이 쳐지는 것을 느꼈을 때, 괴인들의 몸이 하나둘씩 터져 나가며 사방에 검붉은 재를 흩뿌리기 시작했다.

“아앗!”

강은설의 경탄성이 뒤를 이었다.

그녀의 눈엔 유검호의 몸이 그 자리에서 없어졌다가 괴인들의 앞에 동시에 나타나 검을 꽂은 것으로 보였다.

거의 시간 차 없이 벌어진 일이었기에 일순간 열다섯 명의 유검호를 보게 된 것이다.

환상이라 여겼던 유검호의 잔상이 모두 사라지고 나자 괴인들이 일제히 재가 되어 사라졌으니, 강은설로서는 방금 벌어진 일이 꿈인지 생시인지도 판단할 수 없었다.

유검호가 멍해 있는 그녀에게 다가가 어깨를 치며 말했다.

“그만 정신 차리고 어서 여길 벗어나자고. 아무래도 이놈들 말고도 더 있는 것 같아.”

강은설은 그 말에 퍼뜩 정신을 차리고 고개를 끄덕였다.

그녀로서도 보기만 해도 끔찍한 괴물들을 더 이상 상대하고 싶지 않았다.

그곳을 벗어나 시원한 공기를 마시자 피비린내로 혼탁하던 머리가 조금이나마 맑아지는 느낌이었다.

머리가 맑아진 강은설은 문득 거침없이 앞으로 나아가고 있는 유검호의 등을 보자 떠오르는 것이 있었다.

“저기……”

그러나 유검호는 바쁘다는 듯 뒤도 돌아보지 않고 손을 휘젓는다.

“하고 싶은 말이 있으면 나중에 해. 우선은 이 산을 벗어나는 것이 급선무니까.”

“아니, 그러니까……”

“아, 글쎄 나중에 하라니까. 길 찾기도 힘들어 죽겠는데.”

귀찮다는 듯 손을 휘휘 젓는 유검호의 모습에 강은설은 더 이상 참지 못하겠다는 듯 빽 소리 질렀다.

“우리 길 잃어버렸잖아! 지금 돌아가는 길은 알고 가는 거냐고?”

“헉! 그랬었지.”

유검호는 그제야 길을 모른다는 사실을 깨달았다는 듯 놀란 표정을 지었다. 강은설은 머리가 지끈거리는 것을 느꼈다.

"차라리 내가 길을 더 잘 찾을 테니까 아저씨가 뒤따라오는 게 좋겠어."

그녀의 말에 고개를 끄덕이며 동의하던 유검호가 멈칫했다.

"좋은 방법이긴 한데, 한 가지 치명적인 오류가 있군."

"또 뭔데?"

"너, 말끝마다 아저씨라고 좀 부르지 않았으면 좋겠어."

"그럼 뭐라고 부르라고?"

"오라버니 어때? 나이로 보나 뭐로 보나 오라버니가 딱 제격인 것 같은데."

"……."

강은설은 더 이상 대꾸하지 않았다. 그녀의 한심스러워하는 시선을 의식했는지 유검호는 괜스레 헛기침을 하며 먼 산을 바라볼 뿐이었다.

강은설이 선두에 서서 길을 찾자 반 시진도 되지 않아 산속을 빠져나올 수 있었다. 유검호가 앞장서서 갈 때 두 시진이 걸렸으니 시간이 이만저만 단축된 것이 아니었다. 무안함을 느낀 유검호는 기어들어 가는 목소리로 변명을 늘어놓았다.

"험험. 원래 길은 개척할 때가 힘들지, 일단 개척한 길을 되짚는 것은 쉬운 거야."

두 사람이 숲을 벗어나 처음 도착했던 산중턱의 공터에 도착했을 때는 구름에 가려졌던 달이 서서히 모습을 드러내고 있었다.

강은설은 한쪽에 묶어놓은 망아지를 발견하고 반갑게 걸어나가려 했다.

그때 갑자기 유검호가 그녀의 어깨를 잡아당기며 제지한다. 무슨 일인가 물어보려 하자 유검호는 입술에 손가락을 가져다 대며 조용하라는 표시를 했다.

유검호의 손짓에 따라 시선을 옮기던 강은설은 손으로 입을 틀어막았다.

망아지가 있는 공터에서 얼마 떨어지지 않은 곳에 사람 그림자가 보이고 있었던 것이다.

달빛에 비추어 파르스름하게 보이는 사람들 중에는 시체를 파먹던 괴물도 하나 있었다.

괴물은 상대편에 선 사람들을 위협하듯 다가가고 있었다.

그 모습을 본 유검호는 투덜거리며 은사검을 뽑아 들었다.

"망할 놈의 시체들."

*　　　*　　　*

"헉헉."

팽인수는 턱까지 차오르는 숨을 억지로 참으며 자신을 부축하고 있는 조카손녀를 쳐다보았다.

'하필 이 아이와 있을 때 그런 마물을 만나게 되다니…….'

그는 무림에 위명이 자자한 하북팽가의 가주인 벽력신도 팽욱의 친동생이었다. 젊었을 적부터 가문의 절예인 도법은 등한시하고, 가문에서는 등한시하는 경공 쪽에 모든 관심을 쏟아 나중에는 천리순풍이라는 팽가답지 못한 별호를 얻은 인물이었다.

익힌 무공의 성향과 별호답게 워낙에 여기저기 돌아다니는 것을 좋아하였기에 세가에 붙어 있을 날이 없었다.

그런데 어쩌다 들른 본가에서 조카손녀뻘인 팽연옥에게 여행담을 들려준 것이 화근이었다.

그의 걸출한 입담에 의해 강호의 협의와 풍류에 환상을 품게 된 팽연옥이 팽인수를 따라 강호에 나서겠다고 고집을 부리게 된 것이다. 더 넓은 세계를 경험하여 무공을 발전시키겠다는 것이 핑계였다.

팽인수는 난색을 표했지만, 팽연옥의 부모는 반색을 표하며 그녀를 맡겨 버렸다. 팽인수의 넓은 인맥을 이용하여 팽연옥에게 어울리는 영준한 짝을 찾아주길 바랐기 때문이다.

조카 내외의 바람을 차마 저버릴 수 없었기에 어쩔 수 없이 짐이라 할 수 있는 팽연옥에게 강호 구경을 시켜주기로 약속하고 말았다.

물론 대충 적당한 문파 몇 군데 정도 돌아다닌 다음에 돌려

보낼 생각이었다.

그러나 그의 의도는 세가를 나서기도 전에 어긋나게 되었으니, 팽연옥의 친조부이자 세가의 가주인 팽욱이 이때다 싶었던지 세가의 젊은 무사들까지 같이 데려가라 말한 것이다.

그들에게 강호 경험도 쌓게 해주고 타 문파와의 교류도 만들어주라는 뜻이었다. 이미 팽연옥을 데려가 주겠다고 약속한 마당에 요구를 거절할 명분은 없었다.

덕분에 팽인수는 팔자에도 없는 보모 역할을 하게 되었다.

평생을 혼자서 떠돌아다닌 팽인수였기에 동행자가 생긴다는 것은 매우 신경 쓰이고 불편한 일이었다.

하지만 단순히 불편하기만 했다면 견디지 못할 일까진 아니었다. 문제는 팽연옥과 젊은 무사들이 넘쳐 나는 협의지심을 잠재우지 못하고 가는 곳 마다 사고를 친다는 것이었다.

특히 팽연옥은 세가의 금지옥엽으로 자라나 뜻한 대로 행하지 못한 일이 없었기에 도무지 행동에 거침이 없었다.

그녀의 미모에 혹해서 조금이라도 수작을 걸려는 자들은 앞뒤 사정 볼 것도 없이 전부 음적으로 치부하여 흠씬 두들겨 패버렸고, 길 가다 싸움이라도 나면 중간에 끼어들어서 자신이 판관이라도 되는 양 잘잘못을 결정해 버렸다. 어떤 때는 객잔에서 떠들었다는 이유로 이빨이 몽땅 뽑힌 자들도 있었다.

그녀가 그렇게 스스럼없이 행동을 하자 원래 예의가 깍듯

했던 젊은이들까지도 차츰 물이 들어 자신들의 협의를 과도하게 드러내기 시작했다.

그리고 그들이 벌인 일의 뒷감당은 모두 팽인수의 몫이 되어버렸다.

그나마 지금껏 큰일을 당하지 않은 것은 이쪽이 머릿수가 많아 상대가 함부로 공격하지 못하는 점과 상대의 반응에 맞게 대응하는 팽인수의 노련함 덕분이었다.

그렇지 않았다면 팽가의 명성은 진작 땅에 떨어지고도 남을 일이었다.

따지고 보면 지금의 상황이 벌어진 것도 발단은 팽연옥의 부추김 때문이었다.

우연히 산을 지나다 사이한 괴성을 듣게 되었는데, 팽연옥이 소리의 정체를 조사해 보자고 주장했다.

물론 강호의 경험이 많은 팽인수는 의심스럽다고 함부로 끼어들다간 위험한 일에 휘말릴 가능성이 높다는 것을 잘 알고 있었기에 반대하려 했다.

하지만 이미 팽연옥의 부추김에 넘어간 젊은이들까지 그녀의 주장을 강하게 지지했기에 팽인수로서도 마냥 무시하고 넘길 수가 없었다.

만약 그가 존장의 권위와 위엄을 중요시하는 팽욱과 같은 성격이었다면 불호령을 내려서라도 그냥 지나치게끔 명령했을 것이다. 하지만 자유분방함을 좋아하는 그의 성격상 누구에게 강요하는 말을 하기는 싫었다.

그래서 소리를 따라 산속을 헤매다 맞닥뜨리게 된 것이 바로 그 떠올리기도 끔찍한 마물이었다. 마물의 흉측한 외모를 보고도 용기있게 덤벼들었던 세가의 젊은이들은 모두 죽었다.

남은 것은 그와 팽연옥 둘뿐. 그나마도 팽인수는 조카손녀의 도주를 도우려다 부상을 당해 이렇듯 부축을 받아야 하는 입장이었다.

그런 기억을 떠올리자 아무리 얼굴 두꺼운 팽연옥도 죄책감이 들었다.

"할아버지, 죄송해요. 괜히 저 때문에……."

"아니다. 그런 마물이 존재한다는 것을 알아낸 것만 해도 매우 큰일을 해낸 것이니 너무 마음에 두지 말거라."

하지만 위로의 말을 꺼내면서도 팽인수의 얼굴은 전혀 밝아지지 않았다.

물론 아까운 젊은이들이 목숨을 잃은 것도 통탄할 일이었지만, 그보다 괴물들의 가공할 위력이 그의 마음을 어둡게 만들었다.

'어떻게 그런 마물이…….'

마물이 처음부터 이렇게 많았던 것은 아니다. 그들이 처음 만났던 마물은 단 하나였다. 그 하나의 마물을 쓰러뜨리기 위해 세 명의 젊은이가 희생되었다. 세 명의 젊은이가 헛되이 목숨을 잃었다는 슬픔을 미처 지우기도 전에 죽은 줄 알았던 세 명이 부스스 일어나더니 공격을 해오기 시작했다. 그들의 움직임과 힘은 도저히 생전의 무공을 떠올리지 못할 만큼 빠르고 강력했다.

비록 경공을 주로 익히긴 했지만 일반적인 무공 수위도 결코 낮지 않은 팽인수였다. 그런데도 마물이 된 젊은이 한 명을 제대로 감당하지 못했다.

그들은 특이하게 공격 대상의 살을 물어뜯고 찢어발겼는데, 그렇게 당한 사람은 죽은 이후 얼마간의 시간이 지나면 또다시 마물이 되어버렸다.

세가의 다음 대를 지탱해 줄 젊은 기대주들이 속절없이 쓰러져 갔고, 그에 반해 마물의 수는 점차 늘어갔다.

팽인수를 더욱 절망스럽게 한 것은 일단 마물로 되살아난 이상, 아무리 베고, 가르고, 부숴도 끄떡도 하지 않았고, 어쩌다 강한 타격을 받고 쓰러져도 금방 일어나서 다시 덤벼든다는 것이었다.

일류고수라 할 수 있는 그조차 감당하지 못할 정도로 강하고 빠른데다 불사에 가까운 신체를 가지고 있었으니 도저히 상대할 엄두가 나지 않았다.

십수 명의 젊은이가 모두 마물이 되는 데는 그리 오랜 시간이 걸리지 않을 것 같았다.

팽인수로서는 그들을 포기하고 팽연옥이나마 구할 수밖에

없었기에 팽연옥을 안고 그곳을 빠져나왔다.

탈출 도중에 마물 한 마리가 던진 검에 허벅지가 베어 본래의 속력을 낼 수는 없었지만, 경공의 조예가 뛰어났기에 가까스로 마물들의 추격에서 벗어날 수가 있었다.

"그래도 할아버지의 경공으로 그것들을 따돌릴 수 있어서 다행이에요. 그렇지 않았다면……."

팽연옥은 생각만 해도 끔찍하다는 듯 몸을 부르르 떨었다. 비록 자신밖에 모르는 이기적인 그녀였지만 함께 웃고 떠들던 사람들이 생살을 뜯어먹는 괴물이 되는 장면을 목격했으니 충격을 받지 않을 수 없었다.

그녀의 말에 팽인수는 다시금 한숨을 내쉬었다.

그는 젊은이들의 혈기를 조금 더 강하게 저지하지 못한 스스로를 자책했다.

그때 멀지 않은 곳에서 낯익은 소리가 들려왔다.

잠시 귀를 기울여 본 팽인수는 그것이 말 투레질 소리라는 것을 알아챘다.

"투레질 소리가 들리는 것을 보니 산을 거의 벗어난 모양이다. 저쪽으로 가보자꾸나."

팽연옥의 부축을 받으며 소리가 들려온 곳으로 향하자 곧 산중턱의 공터가 나왔다. 투레질 소리는 공터 한쪽에 낡은 수레와 함께 묶인 망아지가 내고 있었다.

잠시 주변을 둘러보던 팽인수는 내려가는 쪽을 가리켰다.

"저쪽이 산을 내려가는 길인가 보구나."

두 사람이 팽인수가 가리키는 방향으로 움직이려 할 때였다.

어디선가 음산한 괴소가 흘러나왔다.

"크크크. 고작 여기까지 밖에 못 온 것인가?"

마치 까마귀가 우는 것같이 듣기 싫은 목소리였다.

"누구냐?"

팽인수는 벼락같이 소리 지르며 임전 태세를 갖추었다.

그러나 뒤이어 나타난 자들을 보자 침음성을 삼킬 수밖에 없었다.

음소를 흘리며 나타난 것은 시커먼 옷을 머리까지 뒤집어 쓴 괴인이었다. 괴인은 살이라곤 찾아볼 수 없을 정도로 삐쩍 말라 있어 마치 걸어 다니는 뼈다귀 같았다. 하도 말라서 움직이는 것이 신기해 보일 정도였는데, 유독 눈에서만큼은 푸르스름한 광채가 번뜩거렸다.

그리고 괴인의 뒤를 따라 모습을 드러낸 것은 바로 처음에 만났던 그 마물이었다.

팽인수는 그 마물을 보자 절망 섞인 탄식을 토해냈다.

"완전히 따돌리지 못했구나."

"크흐흐, 그럼 흡혈귀매에게서 벗어날 수 있을 거라 생각했더냐?"

괴인의 말에 팽인수는 경악하여 반문했다.

"흡혈귀매? 설마 이 마물이 흡혈귀매란 말이냐?"

"흐흐흐, 그렇다. 이 녹안혈마의 스승이신 사령신군님의 일생일대의 역작이지."

그의 말에 팽인수는 입을 딱 벌렸다.

사파의 전대 거두인 사령노조의 별호가 거론되었다는 사실도 놀라웠지만, 그보다 흡혈귀매라는 말이 도저히 믿기질 않았기 때문이다.

귀매라는 것은 민간 전설에 나오는 도깨비나 요괴를 통칭하는 말이었다. 그중에 흡혈귀매는 그야말로 전설상으로만 전해져 오는 괴물 중의 괴물이다.

옛날 남송 시대 때. 남강현의 구선유라는 사람이 죽을병에 걸려 오늘내일 하고 있었는데, 마침 지나가던 신통한 법사가 갓 죽은 시체의 피와 살을 먹으면 병이 낫는다고 알려주었다.

구선유가 그 말을 듣고 몰래 무덤에서 갓 죽은 시체를 파내 피와 살을 뜯어 먹었더니 정말로 병이 나았다. 구선유는 병이 나았다고 기뻐하며 사람들에게 자랑을 하려 했는데, 사람들은 그의 모습을 보더니 말도 붙이지 않고 도망을 쳐버리는 것이었다.

더 이상한 것은 도망가는 사람들의 뒷모습을 보고 있노라니 주체하지 못할 정도로 식욕이 치솟았다. 구선유는 처음엔 억지로 참아도 보고 사람이 먹는 음식을 토하도록 먹어보기도 했지만 치밀어 오르는 식욕을 참지 못해 결국 산 사람을 뜯어 먹고 말았다.

매일매일 마을 사람들이 사라지자 사람들이 힘을 합쳐 구선유의 집으로 몰려갔지만 그곳은 이미 비어 있었고 구선유의 모습은 어디에서도 보이지 않았다.

더욱 신기한 것은 구선유에게 당한 희생자들의 시체들조차 어디에서도 보이지 않았고, 집 뒤쪽 산속으로 이어지는 길에는 많은 발자국이 나 있더라는 것이다.

사람들은 구선유가 혼자 가기 쓸쓸하여 희생자들을 자신과 같은 요괴로 만들어 산으로 데려갔다고 추측할 뿐이었다. 그 후로 산에 들어간 사람들이 간혹 사라지기도 하고 정체를 알 수 없는 혈인들이 목격되기도 하자 마을 사람들은 모두 그곳을 떠났다고 전해진다.

그때 구선유와 그에게 끌려간 희생자들을 가리켜 사람들은 인육을 먹는다 하여 식인귀라 부르기도 하고 항상 피에 젖어 사람인지 시체인지 모른다 하여 흡혈귀매라고 부르기도 했다.

그런 흡혈귀매에 관한 전설은 어느 지역을 가든 각기 하나씩은 있었고 전해져 오는 이야기의 형태도 달랐지만, 공통된 것은 그들의 힘이 인간을 초월하고 어떤 경우에도 죽지 않는다는 것이었다.

하지만 그런 이야기들은 모두 입에서 입으로 퍼진 설화일 뿐이었다. 결코 이렇게 버젓이 존재할 수 없는 요괴인 것이다.

　게다가 도저히 통제가 불가능한 요괴가 사람의 명령을 따른다는 것은 더더욱 믿기 어려운 일이었다.

　하지만 이런 상황에 처하고 보니 믿지 않을 수도 없었다.

　'저자들은 저 요괴를 마치 강시와 같이 만든 모양이구나.'

　팽인수는 침울한 표정으로 녹안혈마와 흡혈귀매를 바라보았다.

　녹안혈마의 무공도 만만치 않아 보였지만 무엇보다 흡혈귀매를 감당할 자신이 없었다.

　팽인수가 좌절하는 기색을 보이자 녹안혈마는 득의한 표정으로 팽연옥에게로 시선을 돌렸다.

　"호호호."

　녹안혈마가 음소를 흘리며 쳐다보자 팽연옥은 섬뜩함을 느끼고 몸을 파르르 떨었다.

　보다 못한 팽인수가 그 앞을 가로막으며 호통 쳤다.

　"진작 관 속에 들어갔어야 마땅할 사령노괴의 제자라면 네 놈 역시 상종 못 할 패륜아겠구나! 내 결코 너 같은 악종이 이 아이에게 손대지 못하도록 하겠다!"

　사령노조는 백 년 전의 대마두로서 자신을 키워준 양부모를 살해하고 무공과 술법을 가르쳐 준 스승을 강시로 만들어 부려먹은 천하의 패륜아였다. 그가 한창 무림에서 활동할 때 그가 부린 강시에 희생된 사람의 수가 천여 명에 달할 정도였

다. 그런 악행을 저질렀으니 무림의 공적이 되는 것은 당연지
사. 결국 정파인들의 공세를 당해내지 못하고 자취를 감추어
버렸었다.

그런 인물의 제자임을 당당히 밝히는 자에게 인성을 기대
할 수는 없었다.

팽인수가 도를 뽑아 들고 싸울 태세를 갖추자 팽연옥도 자
신의 검을 뽑아 들었다. 하지만 단지 검을 들고만 있을 뿐, 검
끝은 바람에 휘날리는 가랑잎처럼 쉴 새 없이 떨리고 있었다.

그녀에게 뭔가 도움을 기대하긴 어려운 상태. 실전 한번 겪
어보지 못한 상태에서 동료들이 듣도 보도 못한 괴물에게 찢
겨져 나가는 광경을 보게 되었으니 그런 반응은 당연하다 할
수 있었다.

팽인수는 그 점을 감안하여 최대한 팽연옥을 드러내지 않
도록 앞을 막아섰다.

두 사람의 투지가 전해지자 흡혈귀매는 이빨을 드러내며
그르렁거렸다.

생전에 사냥꾼이었던지 동물 가죽으로 추정되는 옷을 입
고 있었는데, 발밑부터 머리끝까지 온통 피를 뒤집어쓰고 있
어 이목구비만을 겨우 구별할 수 있을 정도였다.

'무공도 모르던 자를 이토록 무서운 괴물로 만들다니.'

팽인수가 흡혈귀매의 가공함을 다시금 떠올리며 치를 떨
때였다.

"시간이 너무 지체되었군. 이제 마무리 짓도록 하자."

스산한 녹안혈마의 명령에 웅크리고 있던 흡혈귀매가 움직이기 시작했다.

흡혈귀매는 두 사람을 이미 먹을 것으로 여긴 듯 지독한 살기를 뿌리며 어슬렁어슬렁 다가왔다.

마물이 뿌리는 지독한 살기가 옥죄어 오자 팽인수는 몸을 움직이기조차 벅차게 되었다. 흡혈귀매는 슬금슬금 다가오더니 돌연 벼락같이 달려들었다.

그 가공할 속도는 팽인수가 미리 준비하고 있었다 할지라도 피할 수 없을 정도였다.

"물러가라!"

본능적으로 외치며 도를 휘둘렀으나 흡혈귀매는 그의 도영을 그대로 지나쳐 뒤에 있던 팽연옥을 덮쳤다.

흡혈귀매는 약해 보이는 팽연옥을 먼저 노렸던 것이다.

'이런!'

팽인수가 뒤늦게 그것을 깨닫고 급히 몸을 돌렸으나 이미 흡혈귀매의 피 묻은 손이 팽연옥의 몸을 움켜잡고 있었다.

"아악!"

팽연옥은 아무런 반항조차 하지 못하고 비명만 지를 뿐이었다.

'흐흑. 내가 이렇게 죽게 되다니……'

팽연옥이 모든 것을 포기하고 죽음을 받아들이려 할 때

였다.

쉬익.

어디선가 바람 소리가 난다 싶은 순간, 그녀의 뒤에서 은빛 광채가 튀어 나와 흡혈귀매의 입속을 관통했다.

파지직.

마치 불꽃이 튀는 것 같은 환영 속에 그토록 강력하던 흡혈귀매의 몸이 일시에 재가 되어 흩어졌다.

팽연옥은 목전에서 일어난 일임에도 대체 무슨 일이 일어난 것인지 알 수가 없어 그저 눈만 깜빡거렸다. 그것은 그녀뿐만 아니라 팽인수와 녹안혈마도 마찬가지였다.

다만 팽인수는 알 수 없는 상황에 대한 걱정보다 조카손녀가 무사하다는 기쁨이 더욱 컸다.

조용해진 장내의 분위기를 깬 것은 피곤함이 역력히 묻어 있는 목소리였다.

"여기 북망산이었어? 무슨 놈의 산에 시체가 이렇게 많아? 시체 썩는 냄새 때문에 숨을 못 쉬겠네."

목소리의 주인공은 마치 그림자 속에서 나오듯 팽연옥의 뒤에서 모습을 드러냈다.

항상 나를 괴롭히던 늙은이가, 어느 날 산에서 이상한 구멍을 발견했는데, 안에 뭐가 있는지 궁금하다더니 나를 보고 음흉한 웃음을 지었다. 정말 가기 싫다며 발악을 했지만 영감은 결국 나를 그 구멍에다 집어 던지고 말았다. 물론 말로는 몸을 단련하게 해준다는 좋은 명목이었다.

구멍의 밑에는 지하수가 흐르고 있었는데, 물살이 매우 세서 자칫 몸이 찢겨 나갈 뻔했다. 물살을 가르고 겨우 땅에 올라서서 위를 보니 구멍이 꽤나 깊어 위에서 꺼내주지 않으면 도저히 빠져나갈 수 없을 것 같았다.

할 수 없이 땅이 있는 곳으로 걸어가다 보니 알 수 없는 동굴로 들어서게 되었다.

그리고 나는 어둠 속을 열흘 동안 헤매고 수십 개의 함정을 지난 다음 온갖 기괴한 괴물 수백 마리와 혈투를 벌여야만 했다.

나중에는 그 동굴이 지옥으로 연결되는 통로가 분명할 것이라고 확신할 정도였다.

처음에는 지옥에 가면 그 늙은이한테 벗어날 수 있다고 좋아했지만 나중에는 왠지 억울한 생각이 들어 지옥의 악귀들을 꾀어서 빌어먹을 영감에게 복수할 계획을 짰다.

그렇게 스스로의 자아를 보호하며 헤매다 보니 마침내 동굴의 끝에 당도할 수 있었다.

그러나 동굴의 끝에는 지옥도 없었고 동굴을 나가는 출구도 없었다. 단지 괴상하게 생긴 검 한 자루만이 덩그러니 누워서 나를 반길 뿐이었다.

당시엔 정말 화가 나고 분통이 터져서 검을 내동댕이쳤다.

하지만 분을 삭이고 보니 그 검을 이용하면 동굴을 탈출할 수도 있을 것 같았다. 그 생각이 적중하여 쇠꼬챙이같이 얇디얇은 검을 벽에 찍어 박으며 겨우 동굴을 기어올라갈 수 있었다.

늙은이에 의해 강제로 던져진 지 보름이 지난 후였다.

워낙에 황당했던 일이라 아직도 가끔 그때의 악몽을 꾸곤 한다.

유검호의 등장은 매우 갑작스러운 것이었다.

팽인수나 녹안혈마가 전혀 기척을 감지하지 못한 것은 둘째 치고 흡혈귀매를 그렇게 쉽게 소멸시켜 버린다는 것은 정말 상상도 할 수 없었던 일이다.

특히 그 놀라움은 흡혈귀매의 강함을 잘 알고 있는 녹안혈마가 가장 컸다.

이 자리에 데리고 왔던 흡혈귀매는 사령신군이 직접 만든 원혈귀매였다. 원혈귀매는 흡혈귀매를 처음 퍼뜨리는 역할을 하는 시체를 말한다. 그것들은 사악한 기운이 담긴 매개체를 직접 육신에 머금어 공격당하는 대상에게 그 기운을 뿌림으로써 흡혈귀매를 만들게 된다.

즉, 일종의 모체와도 같은 것이다.

그렇기에 원혈귀매는 매개체를 간접적으로 접하게 되는 여타 흡혈귀매보다 두 배 이상 빠르고 강했다. 그런데도 상대의 접근을 전혀 눈치채지 못하고 당했으니 녹안혈마가 입을 다물지 못하는 것은 당연한 일이었다.

게다가 상대가 들고 있는 은빛 날이 번쩍이는 검은 왠지 보는 것만으로도 몸이 떨릴 정도로 강한 위협감이 느껴졌다.

'저게 뭐기에 흡혈귀매를 한 번에 소멸시킬 수 있단 말인가?'

녹안혈마는 상대의 정체를 알아내기 위해 고심했다.

유검호는 그런 녹안혈마를 보며 혀를 찼다.

"이보쇼, 영감. 보아하니 시체 믿고 큰소리치던 중이었나 본데, 이제 슬슬 꽁무니 빼야 할 차례 아닐까?"

그 말에 녹안혈마의 눈에 녹색 광망이 솟구쳤다.

"가소로운 놈. 네놈이 무슨 방법을 썼는지는 모르겠으나, 내게는 통하지 않을 것이다."

녹안혈마는 더 이상 복잡하게 머리를 굴리지 않기로 했던지 양손을 들어 합장하듯 모았다.

그러자 그의 쌍수에서 피와 같이 붉은색이 일렁거리며 작은 원형으로 뭉쳐지기 시작했다. 그것을 본 팽인수는 대경하여 소리쳤다.

"헉! 사령혈강! 조심하시오! 사령노괴의 독문강기요!"

하지만 팽인수가 경고 했을 때는 이미 녹안혈마가 강기를 완성한 후였다.

"흐흐, 이미 늦었다. 죽어라, 애송이!"

녹안혈마는 쾌속하게 혈강을 발출했다.

사령혈강은 스치는 모든 것을 죽게 만든다. 마치 독강과 같이 강기 자체에 죽음의 기운을 담고 있었기 때문에 아무리 그보다 무공이 강한 자라 할지라도 함부로 맞받을 수 없었다.

하물며 녹안혈마가 보기에 유검호가 특출한 고수로 보이지는 않았다. 그를 고수로 여기기엔 풍기는 기운과 행동거지가 너무도 평범하고 경박하다.

그런 생각으로 자신만만하게 쏘아낸 혈강이 막 유검호를 향해 날아가려는 찰나, 혈강이 채 반 장도 전진하기 전에 은빛 광채가 번뜩인다. 이어서 한 자루 기형검이 허공에서 뚝 떨어지며 혈강을 내리찍고는 땅에 박혀드는 것이 아닌가?

검에 뚫린 혈강은 마치 꼬챙이에 꽂힌 생쥐마냥 몇 번 퍼덕거리더니 이내 기형검의 검신으로 스르르 스며들어 버렸다.

마치 물을 빨아 마시듯 혈강을 쪼르르 빨아들인 기형검은 더욱 광채를 빛내며 존재감을 드러냈다.

달빛조차 없는 밤에 홀로 광채를 내는 기형검의 모습은 섬뜩할 정도로 아름다웠다.

모두가 그 요사한 광채에 시선을 빼앗기고 있을 때 다시금 유검호의 목소리가 고요함을 깨뜨렸다.

"그놈은 은사검이라는 건데, 세상의 모든 사악함을 용납지 않는다더군. 뭐, 사실 알고 보면 제일 사악한 건 그놈이지만 말이야. 어쨌든 이놈이 가끔은 먹잇감을 스스로 찾을 때가 있단 말이지. 그런데 지금 은사검이 영감을 보고 웃는 걸 보니 영감도 못할 짓을 어지간히 많이 했나 보지? 아마 조심해야 할 거야."

그 말에 녹안혈마는 흠칫 놀라며 물러섰다. 유검호의 말대로 은사검을 본 순간 천적이라도 본 듯 온몸이 떨려와서 제대로 서 있기도 벅찰 지경이었다.

게다가 더욱 그를 주저하게 만드는 것은 검에 담긴 힘보다 유검호가 언제 검을 던졌는지 전혀 보지 못했다는 사실이다.

대체 그가 검을 던지기는 했는지조차도 의문이 들 정도였다.

'그러고 보니 흡혈귀매를 처치할 때도 그가 언제 나타났는지 전혀 눈치채지 못했다.'

녹안혈마는 등골이 오싹해졌다.

검만 아니면 별 볼일 없는 인물일 것이라 단정짓고 있었는데 이제는 진짜 고수인지 아닌지 전혀 알 수가 없었다.

느껴지는 기운이나 기도는 평범할 뿐인데 마치 산보라도 나온 듯 전혀 긴장감없는 얼굴을 보면 그저 평범하진 않아 보인다.

게다가 조금 전의 사태를 겪으니 이젠 유검호가 귀신이 아닌가 의심이 들 정도였다.

녹안혈마는 더 이상 모험을 하고 싶지 않았다.

'일단 돌아가서 사부님께 보고를 하자. 온갖 사술에 통달한 사부님이라면 뭔가 방법을 찾을 것이다.'

생각을 굳힌 녹안혈마는 망설이지 않고 몸을 날렸다.

우선 숲으로 들어가 어둠 속에 몸부터 숨길 생각이었다.

그러나 그는 채 반 장도 나아가지 못해서 떨어져 내려야 했다.

복부에 화끈한 고통을 느껴 고개를 숙여보니 은빛 검신이 뱃가죽을 뚫고 삐죽이 튀어나와 있었다.

쉬이익.

검이 날아왔던 파공음이 뒤늦게 들려왔다.

"어… 어느새……."

녹안혈마는 믿을 수 없다는 듯 눈을 부릅뜨고 쓰러졌다.

기이하게도 검에 찔린 상처에서는 피 한 방울 흘러나오지 않았다. 단지 그의 눈에서 녹색 안광이 조금씩 옅어져 종내에는 하얗게 탈색될 뿐이었다.

"쯧쯧, 그러게 조심하라니까."

유검호는 혀를 차며 쓰러져 있는 녹안혈마에게 다가갔다.

은사검은 오랜만의 포식에 기분이 좋은 듯 더욱 강한 광채를 발하였다. 아마 조금 전 녹안혈마에게서 빨아들인 사악한 기운이 입맛에 맞았던 모양이다.

“그만 까불고 잠이나 자라.”

유검호는 나직이 중얼거리며 은사검을 허리춤에 꽂았다.

신기하게도 그의 허리에 들어간 은사검은 언제 광채를 드러냈냐는 듯 본래의 기형검이 되었다.

녹안혈마까지 쓰러지고 나자 무겁게 가라앉아 있던 공기가 일시에 거두어졌다.

털썩.

팽연옥은 다리에 힘이 풀렸는지 그 자리에 주저앉아 버렸고, 팽인수는 유검호를 뚫어지게 바라보고 있었다.

“노부는 팽인수라 하네. 소협은 누군가?”

팽인수는 경계심을 담아 물었다.

비록 절체절명의 상황에서 목숨을 구해준 은인이라 할 수 있지만, 이런 산속에서 위험한 순간에 딱 맞추어 나타난 것이 미심쩍었기 때문이다.

팽인수가 수십 년 동안 강호를 떠돌아다니며 배운 것 중 으뜸은 바로 모든 것에 의심을 해야 한다는 것이었다.

—무림에 우연이란 없다.

팽인수는 그 말을 믿기에 아무리 고맙다 하더라도 상대의 정체를 우선적으로 알고 싶었다.

하지만 그런 팽인수의 심중은 알 바 아니라는 듯 유검호는 손만 휘휘 저으며 말했다.

"굳이 당신들을 구하려고 나선 것은 아니었으니까 고맙다
는 인사는 들은 걸로 칩시다."

유검호는 어이없어하는 팽인수를 뒤로하고 구석에 묶여
있는 망아지에게 다가가더니 숲을 보고 외쳤다.

"이봐, 납작 아가씨! 빨리 안 나오면 그냥 확 가버린다?"

유검호의 고함에 한쪽 숲이 부스럭거리며 강은설이 신경
질적으로 소리치며 뛰쳐나왔다.

"강도 주제에 누구보고 납작하다는 거야?"

그녀의 등장에 그제야 팽인수는 긴장을 풀었다. 유검호가
어떤 무공을 익히고 있는지는 짐작도 가지 않았지만 강은설
이 무공을 전혀 익히지 않은 평범한 소녀라는 것 정도는 한눈
에 알 수 있었기 때문이다.

아무리 한시도 의심을 늦추지 않는 그였지만 무공도 모르
는 소녀를 악한과 한패라고 가정하는 것은 지나친 억측이었
다.

팽인수는 의심의 눈초리를 지우고 유검호에게 다가갔다.

"허허, 의도야 어쨌든 소협 덕분에 저 아이와 내가 목숨을
건졌으니 우리의 은인이라는 사실은 변함없지. 정말 고맙네.
소협은 팽가의 은인이라 할 수 있네."

노인이 고개 숙이며 정중히 인사를 해왔음에도 유검호는
별다른 반응 없이 멀뚱멀뚱 쳐다보며 고개만 끄덕거렸다. 오

히려 곁에 있던 강은설이 황공하여 어쩔 줄을 몰라 했다. 유검호는 강은설이 왜 그러는지 모르겠다는 듯 고개를 갸웃거리며 말했다.

"이봐, 아무래도 이 산에선 사냥 못할 것 같아. 다른 데로 가지."

유검호의 말에 강은설은 당황하여 고개 숙이고 있는 팽인수의 눈치를 살폈고, 별다른 답례의 말이 나오지 않자 팽인수 역시 무안한 듯 고개를 들었다.

눈이 마주친 두 사람은 서로 어색한 웃음을 지었으나 또다시 유검호의 목소리가 그 사이를 파고들었다.

"빨리 가자니까. 시체 나오는 산에서 밤을 보내고 싶어서 그래?"

자신은 수레에 대 자로 드러누워 꼼짝도 하지 않으면서 강은설에게 말을 끌도록 시키는 유검호였다.

"저… 그럼."

강은설은 팽인수에게 꾸벅 인사하고는 망아지를 끌고 산길을 내려갔다.

그러나 몇 걸음 나아가지 않아서 돌연 유검호가 수레에서 뛰어내리며 말했다.

"이보쇼, 영감님. 혹시 돈 좀 있어요?"

유검호의 외침에 팽인수는 어리둥절해하며 돈주머니를 꺼내 보였다. 돈주머니는 얼핏 보기에도 묵직해 보였다. 그것을 본 유검호의 입이 헤벌쭉 벌어졌다.

*　　　*　　　*

"그러니까 자네는 원래 남경에 있는 팔선문이란 곳의 대제 자였는데, 피치 못할 사연으로 고향을 떠나 타국의 군인이 되어 복무하다가 며칠 전에 돌아왔다는 말인가?"

"피치 못할 사연이 아니라 어떤 고약한 영감한테 걸려서 그렇게 되었다는 점만 빼면 뭐, 대충 맞는 것 같군요."

유검호는 음식을 먹는 것인지 아니면 입에 쑤셔 넣는 것인지 구분할 수 없는 행동을 하면서도 팽인수의 물음에 대답했다.

하지만 그것을 듣는 팽인수는 의문이 풀리긴커녕 더욱 머리가 복잡해졌다.

"허허."

일찍이 젊어서부터 중원 곳곳 돌아다니지 않은 곳이 없는 그였지만 팔선문이라는 문호는 생전 처음 들어보았고, 또한 바다를 수십 일 건너야 도착한다는 나라의 군인이었다는 말 역시 곧이곧대로 믿기 어려웠다.

그렇다고 명색이 은인인데 믿지 않는다는 것을 내색할 수도 없었으니 답답하기만 할 뿐이었다.

팽인수가 곤혹스러움에 잠시 아무 말도 못하고 있을 때, 지금껏 조용하던 팽연옥이 조심스레 물었다.

"그런데 그 검은 어디서 난 건가요? 범상치 않아 보이던데."

팽연옥이 가리키는 것은 유검호의 허리에 대롱대롱 매달려 있는 은사검이었다.

그녀의 물음에 유검호는 모락모락 김이 나는 국물을 냉수 마시듯 벌컥벌컥 들이켜며 말했다.

"응? 이거? 별거 아냐. 그냥 주운 거야."

"길에서… 주워요?"

"아, 그때는 좀 궁핍했었거든. 길 가다 값나가는 게 보이면 일단 주워 담고 봤었지."

팽연옥은 잠시 할 말을 잃었다. 그의 대답이 워낙 황당하여 그가 자연스럽게 반말을 하고 있다는 사실도 의식하지 못했다.

그도 그럴 것이, 그녀가 보기에 은사검은 보통 신물이 아니었다. 불사에 가까운 마물을 소멸시킨다거나 검이 스스로 사악한 기운을 쫓는다는 것은 직접 눈으로 보지 않았으면 믿기 어려웠을 정도로 경이로운 일이었다.

무림에 많은 신검병기가 전해져 온다지만 이런 능력을 지녔다는 무기는 듣도 보도 못했다.

'그런데 그런 절세의 신검을 그냥 길에서 주웠다고? 혹시 옳지 못한 방법으로 얻은 게 아닐까?'

팽연옥은 은사검에 대한 호기심과 함께 신검을 소유하고 싶은 욕심이 생겨났다. 만약 신검의 소유자가 검의 품격에 맞는 고수로 보였다면 그런 생각을 하지 않았겠지만, 유검호는 아무리 봐도 신검의 주인이 될 만한 인물은 아니었다.

"그럼 그 검이 그냥 땅에 떨어져 있는 걸 보고 주웠다는 거군요?"

"뭐, 그렇다고 할 수 있지."

유검호는 잠시 은사검을 얻을 당시의 기억이 떠올라 부르르 몸을 떨었다.

그런 유검호의 행동을 본 팽연옥은 자신의 생각에 확신을 가지게 되었다.

'말을 하면서 몸을 떠는 걸 보니 거짓말인가 보군. 틀림없이 훔친 것일 거야.'

한편 두 사람의 대화를 듣고 있던 팽인수 역시 손녀와 크게 다르지 않은 생각을 하고 있었다.

'검에 관해 거짓말을 하는 것을 보니 숨기고 싶은 과거가 있는 모양이구나. 더 이상 묻지 말아야겠군.'

팽인수는 은사검이 신기하긴 했으나 딱히 욕심이 생기진 않았다. 오랜 세월 강호를 겪어오다 보면 보물이란 것은 단순히 화를 불러올 뿐임을 자연스레 깨닫기 마련이다.

은사검이라는 기물이 없어도 팽가는 나날이 발전하고 있으니 굳이 화를 불러올지도 모를 신검에 관심 쏟을 필요는 없다는 것이 팽인수의 생각이었다.

물론 은사검과 같이 대단한 보물은 하늘이 정해준 주인이 있기 때문에 유검호가 신검을 소유할 능력이 없다면 결국 다른 사람의 손에 들어가게 될 것이고, 그 과정에는 추악한 싸움이 필연적으로 따르게 될 텐데 굳이 그런 더러운 싸움에 끼고 싶지 않다는 계산도 있었다.

그래서 유검호에 대한 관심을 돌려 이번에는 잠자코 음식을 먹고만 있는 강은설에게 고개를 돌렸다.

"그런데 소저는……."

팽인수는 유검호에게만 신경을 쓰느라 강은설에게는 이름조차 물어보지 못했다는 것이 떠올라 미안한 표정을 지었다.

"이거 정신이 없다 보니 여태 이름도 묻지 않았군."

"강은설요."

여자답지 않게 투박한 말투에 팽인수는 부드럽게 웃으며 말했다.

"허허, 예쁜 이름이구먼. 그럼 소저도 함께 남경으로 가던 중이었나?"

팽인수의 물음에 강은설은 잠시 유검호를 노려보고는 답했다.

"원래는 개봉으로 가려 했는데 어쩌다 보니 남경에 먼저 들르게 됐어요."

그녀의 말투가 곱지 않음을 느낀 팽인수는 화제를 돌려 말했다.

"여기서 남경까지는 뱃길이 빠르긴 하네만 요즘 왜구가 득세하여 여러 가지 검문이 심하다네. 그러니 관도로 가는 것이 나을 걸세. 마침 우리도 이곳에서의 일을 알리러 무림맹에 들러야 할 것 같으니 장흥 근처까진 같은 방향이로군. 자네들만 괜찮다면 동행하고 싶은데, 어떤가?"

"정말요?"

그의 말에 강은설은 대번에 안색이 환해졌다.

유검호와 함께한 시간은 그리 길지 않았음에도 불구하고 수많은 역경과 고생을 경험해야만 했다. 그에 비해 팽인수는 돈이 있다는 점 하나만으로도 정말 훌륭한 동행자라 할 수 있었다.

'무림인이라는 게 조금 꺼림칙하지만.'

강은설은 생각하고 말 것도 없이 동의하며 유검호를 쳐다보았다. 워낙 엉뚱한 인간이라 혹여나 거절을 할까 봐서였다.

하지만 유검호 역시 팽인수와의 동행이 주는 이점을 떠올리며 고개를 끄덕였다.

'이 영감님하고 같이 다니면 적어도 사냥하러 산에 올라갈 필요는 없겠지?'

＊　　　＊　　　＊

　팽연옥은 수레에 드러누워 흥얼거리고 있는 유검호를 한심스럽게 바라보았다.

　하루 동안 같이 다니며 관찰한 유검호는 그야말로 게으르기 짝이 없는 파락호였다.

　먹고 싸고 자러 갈 때 아니면 당최 움직일 생각을 안 했다.

　강은설은 그런 유검호의 태도에 익숙한지 신경도 쓰지 않는 듯했다. 그녀가 신경 쓰는 것은 오직 유검호의 수레를 끌고 있는, 말이라 부르기도 무안할 정도로 비루먹은 망아지뿐이었다.

　팽인수 역시 동행한 이후 달리 말이 없었다.

　그도 그럴 것이, 세가의 창창한 젊은이들이 십수 명이나 죽었는데 시체조차 찾지 못했으니 마음이 무거운 것이 당연한 노릇이었다. 게다가 사령노조와 그가 부리는 흡혈귀매의 등장은 무림을 아끼는 노강호의 마음을 더욱 어둡게 만들었다.

　사정이 그렇다 보니 유검호에게 신경 쓰는 것은 팽연옥뿐이었다. 팽연옥은 수시로 유검호, 아니, 그가 차고 있는 은사검을 곁눈질했다.

　가느다란 검신과 화려한 장식은 보면 볼수록 그녀를 매료시켰다. 마치 '날 가져' 라고 속삭이는 듯한 환청까지 들릴 정도였다.

　검에 대한 욕심이 커지면 커질수록 유검호에 대한 평가는 낮아질 수밖에 없었다.

아무리 생명의 은인이라지만 그녀가 보는 유검호는 본신 무공보다는 천고의 기물 하나만을 믿고 잘난 척하는 한량일 뿐이었다.

'생각해 보면 그때도 무공은 하나도 쓰지 않았잖아. 단지 신검의 능력을 빌어 마물을 물리친 것이 틀림없어!'

그렇게 결론을 내린 팽연옥은 슬금슬금 유검호에게 다가 갔다.

"이봐요."

나름대로 머리를 굴려 팽인수에게 들리지 않을 정도의 작은 목소리로 그를 불렀다.

"응?"

유검호는 눈을 감고 따사한 햇빛을 즐기고 있다 그녀의 부름에 눈을 떴다. 팽연옥은 잠시 주변을 둘러보고는 유검호에게 얼굴을 바짝 들이대며 말했다.

"얼마면 되겠어요?"

"뭐가?"

유검호는 모르겠다는 듯 되물었다.

팽연옥은 답답하다는 듯 목소리를 조금 높여 다시 말했다.

"그 검 얼마면 팔겠냐고요?"

유검호는 그제야 이해했다는 듯 아, 소리를 내며 은사검을 가리켰다.

“아하, 이거 사려고?”

“그래요. 내가 살 테니 얼마인지 말만 해요.”

“흠. 물론 돈만 많이 준다면야 나도 팔고는 싶은데…….”

뭔가 거래가 될 법한 기색이 보이자 팽연옥의 얼굴이 금세 환해진다. 하지만 이어지는 유검호의 말은 그녀의 기대를 깨뜨려 버렸다.

“문제는 이 빌어먹을 놈의 검이 나한테서 떨어지려고를 안 해.”

“그게 말이 돼요?”

욱한 마음에 버럭 소리치자 앞서 걷던 팽인수가 무슨 일인가 싶어 돌아본다.

팽연옥은 아무 일도 아니라는 듯 웃음으로 넘기며 팽인수가 다시 고개를 돌리자 날카로운 눈초리로 유검호를 째려봤다.

“내가 알아서 떨어지게 할 테니 당신은 팔기나 해요.”

“물론 나도 팔고는 싶다니까.”

“그러니까 얼마를 원하는지 말하라고요.”

“하지만 가격을 말한다 한들 검을 가져갈 수가 없으니 결국은 내가 사기를 치게 되는 거잖아. 난 사기꾼이 되긴 싫다고.”

“으으, 대체 얼마를 원하기에 그러는 거예요? 참고로 말해두지만 힘으로 뺏으려고 했으면 얼마든지 뺏을 수 있었을 거예요. 단지 할아버지가 당신한테 빚이 있다고 생각하는 것 같아서 참는 거라고요. 그러니 적당히 가격 쳐줄 때 파는 게 신상에 이로울 거예요.”

팽연옥은 위협적으로 보이기 위해 검을 살짝 뽑았다가 넣었다.

“허참, 답답한 아가씨네. 그럼 한번 검을 들어봐. 검을 들고 움직일 수 있으면 싸게 넘길 테니.”

“정말이죠? 두 번 말하기 없는 거죠? 분명 방금 넘긴다고 했어요? 약속 어기면 삼 대가 저주받을 거예요.”

자신의 위협이 통했다고 여긴 팽연옥은 크게 흥분하며 벌써 은사검의 주인이라도 된 듯 기뻐했다.

“아니, 그러니까 검을 무사히 가져갈 수만 있으면 말이야.”

팽연옥은 애초에 유검호의 조건 같은 것은 생각도 하지 않았다는 듯 은사검을 낚아채려 한다.

“얼른 이리 내놔요.”

은사검과 같은 신검을 한시라도 유검호에게 맡길 수는 없다는 듯 다짜고짜 은사검을 뽑아가는 팽연옥이었다.

“호호호! 고작 검을 드는 게 뭐가 어렵다고…….”

쿵!

득의만만하게 웃던 팽연옥은 더 이상 말을 하지 못하고 쓰러졌다.

그녀의 얼굴은 핏기 한 점 없이 창백하게 질려 있었고 눈동

자는 하얗게 뒤집혀졌다. 게다가 입에는 거품을 물고 팔다리
는 주체할 수 없이 경련을 일으켰다. 은사검을 잡았던 손은
빨갛게 화상을 입기까지 했다.

"쯧쯧, 그러게 안 된다니까."

유검호는 혀를 차며 은사검을 다시 가져갔다. 그때 놀란 기
색이 역력한 팽인수의 목소리가 들려왔다.

"어떻게 된 일인가?"

조카손녀의 상태를 본 팽인수는 깜짝 놀라며 그녀의 안위
를 살피려 했다.

"그냥 살짝 닿은 정도니까 별 이상은 없을 겁니다. 반 시진
쯤 지나면 알아서 일어나겠죠."

"대체 이 아이가 왜 이런 건가?"

그도 팽연옥이 은사검을 욕심내고 있다는 것쯤은 알고 있
었다.

다만 명문정파의 후손으로서 극단적인 방법을 쓰진 않을
것이라 믿고 그냥 내버려 두었을 뿐이다.

조금 전에도 팽연옥이 하는 말을 모두 듣고 있었다. 하지만
유검호가 어떻게 반응할지가 궁금하여 그냥 놓아두었다.

그로서는 설마 유검호가 이렇게 쉽게 검을 팔아버릴 것이
라고는 생각지 못했다. 게다가 단지 검을 잡은 것만으로 이
런 심각한 상황이 일어날 것이라고는 더더욱 생각할 수 없었
다.

　일단 이런 상황이 벌어지게 된 것이 전적으로 팽연옥 스스로 자초한 셈이었지만 어쨌든 유검호가 해명을 해주기를 바랐다.

　"은사검은 보기와 달리 성격이 매우 더러워요. 능력이 안 되거나 마음에 안 드는 인물이 자기를 가지려 들면 그 사람을 공격하죠. 저 아가씨는 손가락 세 개가 닿자마자 저렇게 됐으니 딱 그만큼의 능력을 가지고 있다는 말이 되겠군요."

　"허허, 스스로 주인을 선택하는 검이라……. 정말 신검이라 부를 만하군."

　그의 말에 유검호가 피식 웃으며 고개를 저었다.

　"신검이라니 턱도 없죠. 이거 요사한 검이에요. 그것도 저주받은 요검."

　유검호의 말에 은사검이 기분 나쁘다는 듯 요사한 광채를 번뜩였다.

　유검호의 말대로 팽연옥은 반 시진가량 지나자 정신을 차렸다.

　하지만 당한 충격이 워낙 컸던지 눈을 뜨고도 잠시간 아무것도 하지 못하고 멍하니 앉아 있기만 했다.

　"괜찮으냐?"

　팽인수의 말에 한참 동안 대답하지 못하다가 겨우 정신이 들었는지 고개를 젓는다.

“마치 온몸의 피가 모두 빨려 나가는 것 같은 기분이었어요. 게다가 머릿속에는 이상한 소리가 계속 들리고 살심이 막 솟구쳤어요. 그 순간엔 제가 꼭 살인마가 된 것 같은 기분이었어요. 흐흑.”

울먹이는 손녀의 말에 팽인수는 한숨을 내쉬며 유검호가 해준 말을 들려주었다. 무서움을 직접 몸으로 체험한 팽연옥은 더 이상 은사검을 욕심내지 않았다. 대신 은사검을 파괴하고 싶어했다.

“이봐요, 그런 사악한 검을 없애 버리지 않고 왜 가지고 다니는 거예요? 그건 세상에 해를 끼치는 마물이잖아요. 당장 땅속에 파묻어 버리든지 강물에 던져 버려요. 아니면 어디 대장간에서 녹여 버리던가요.”

우우웅.

하루종일 쫓아다니며 검을 없애라 부르짖을 때마다 은사검은 검신을 떨어대며 불쾌함을 표시했다.

유검호는 검과 사람의 신경전 사이에 끼인 죄로 괴로움을 겪어야만 했다.

“싸우려면 니들끼리 싸워!”

유검호가 괴로움을 겪은 것만 제외하면 행로는 매우 순탄했다.

평생을 떠돌아다녔다는 말이 결코 허언이 아님을 보여주듯 팽인수는 이동할 때와 쉴 때를 정확히 구분하여 결코 무리

하지 않으면서도 속도는 매우 빠른 편이었다.

게다가 날이 저물 무렵에는 근처의 객잔을 귀신같이 알아내서 편안한 잠자리와 식사를 제공받을 수 있었다.

별 탈 없이 동행 목적지였던 장흥까지 도착하자 팽인수는 마지막으로 함께 식사를 한 후 헤어지자고 제안했다.

마지막이라 생각해서 그런지 팽인수는 지금까지와 달리 상당히 고급스러운 음식들을 많이 시켰다.

"다시 한 번 말하지만 우리를 구해주어서 고맙네. 혹시 팽가 부근에 들를 일이 있거든 꼭 한 번 찾아와 주게. 팽가는 친구의 방문을 언제나 환영한다네."

팽인수가 감사의 뜻을 담아 말했지만 유검호는 이미 음식에 정신이 팔려 있었다.

마치 백 년 굶은 아귀가 재림한 듯 음식을 그릇째 들고는 입에 들이붓는데, 그 기세가 말리는 사람이 있다면 일전을 불사할 정도였다.

마치 커다란 빈 통에 음식을 채우듯 가공할 속도로 먹어대는 유검호의 모습은 무섭기까지 할 지경이었다.

반면에 강은설은 유검호와는 다른 의미로 열심히 음식을 먹고 있었다. 유검호가 닥치는 대로 많이 입에 집어넣고 있다면, 강은설은 부지런히 젓가락을 옮기며 이것저것 맛을 음미하고 있었다.

그녀는 유검호가 식사를 마치고 올챙이처럼 부풀어 오른

배를 두들기고 나서도 젓가락을 멈추지 않았다. 결국 전체적인 식사량은 유검호에 크게 뒤지지 않는 것이다.

마치 석 달 보름은 굶은 것 같은 두 사람의 식탐은 보는 사람으로 하여금 혀를 내두르게 만들었다.

"허허허, 자네들이 어째서 식사로 은혜를 갚으라고 말했는지 이제야 알 것 같군. 자네들에게 보답하려면 팽가의 기둥을 뽑아야 될지도 모르겠어."

한참 만에 식사가 모두 끝난 것을 본 팽인수의 농담에 유검호가 정색을 하며 반박했다.

"고작 이 정도로 가문의 기둥을 뽑아야 한다면 재정상에 크나큰 문제가 있는……."

강은설이 차를 머금어 입가심을 하며 핀잔을 준다.

"어휴, 그냥 농담이잖아."

"아, 농담이었군. 난 식사 한 끼 사주고 생색내려는 건 줄 알았지."

유검호의 말에 강은설이 당치도 않는다는 듯 고개를 저었다.

"생색이라니? 아저씨도 참, 말조심해야지. 하북팽가가 얼마나 대단한 곳인데. 무림에서도 손꼽히는 명문 중의 명문이라고. 그런데 그런 분들이 어디 이런 식사 같은 걸로 생색을 내겠어? 그건 말이 안 되지. 혹시 노잣돈 하라고 여비라도 좀 준다면 모르겠지만……."

앞부분은 팽 씨 세가를 열렬히 떠받들더니 결국 끝에는 뭔가 기대하는 눈빛으로 팽인수를 힐끔거린다. 그 모습에 유검호는 박수를 치며 감탄했다.

"이야! 난 지금까지 얻어먹을 것밖에 생각 못했는데. 너 정말 사람 등쳐먹는 데는 일가견이 있구나. 좋았어. 네 옆에 있으면 굶어 죽진 않을 것 같아."

두 사람의 능청스러운 대화에 팽인수는 유쾌한 웃음을 터뜨리며 전낭을 꺼냈다.

"여행을 하면서 이렇게 돈을 많이 써본 것은 오랜만이구만. 내 원래 사치하며 다니는 성격이 아니라 가진 돈이 얼마 없었다네. 조금 남긴 했을 테니 급한 대로 그거라도 쓰게나."

돈주머니를 보자마자 강은설이 눈이 벌게져서 손을 뻗었다.

하지만 누구보다 빠르게 뻗었다 생각했던 손은 그저 빈 허공만을 쥐었고, 옆에서는 흥얼거리며 돈을 세는 소리가 들려온다.

"이익… 반씩 나눠!"

강은설은 악을 쓰며 유검호에게 매달렸다.

그들이 툭탁거리며 다투는 동안, 팽인수는 어리둥절해하며 눈을 비비고 있었다. 유검호가 언제 자신의 손에 놓여 있던 전낭을 가져갔는지 전혀 보지 못했기 때문이다.

  그저 뭔가 스쳐 갔다 싶은 순간, 전낭은 이미 유검호의 손
으로 옮겨져 있었다.
  '나도 이젠 늙은 건가?'
  팽인수는 심각하게 자신의 노안을 의심해야만 했다.

움직이는 것을 싫어하는 성격 탓에 전혀 활동적이라 할 수 없는 내게
도 친구는 있었다. 물론 그 친구라는 호칭이 양방향인지는 알 수 없지
만, 적어도 함께 웃고 떠들 수 있었다는 의미에서 보자면 그는 친구라
할 수 있었다.

그의 고향은 조선이었다.

나보다는 오 년 정도 늦게 오게 되었다고 한다. 어쩌면 고향을 떠나
머나먼 이역 타국에서 헤매고 있다는 동질감이 그를 그렇게 친숙하게
느끼게 했는지도 모른다. 아니면 그가 살아온 인생을 듣게 되었기 때문
일 수도 있었다.

그는 원래 대장장이였었다.

어릴 때부터 쇠를 다루어 뛰어난 기술을 지니고 있긴 했지만 딱히 두
드러지거나 한 인물은 아니라고 했다. 그저 사랑스러운 아내와 눈에 넣
어도 아프지 않을 아들과 함께 오랫동안 오순도순 살아가기를 바라던
평범한 가장일 뿐이었다.

하지만 그의 작은 소망은 이루어지지 못했다.

우연히 근처를 지나던 유명한 풍수사가 인근의 터를 보고 친분있는
관료에게 역모가 일어날 지형이라는 말을 한 모양이었다. 그 말을 들은
관료는 깜짝 놀라 조정에 보고를 올렸고, 역모라는 말에 민감한 왕실에
서는 역모의 기운을 없애라는 특명을 내렸다는 것이다.

특명을 받은 풍수사가 벼락 맞은 쇠로 검을 만들어 지기를 끊어야
한다고 주장하자 관료는 인근 마을의 모든 대장장이를 끌고 와 보검을
만들도록 시켰다. 석 달 동안 실력 좋은 장인들이 혼신의 힘을 다하여

진정 보검이라 불릴 수 있을 만한 검이 만들어졌는데, 검을 본 풍수사는 고개를 저으며 검이 너무 가벼워 땅의 기운을 누를 수가 없다고 말했다.

관료가 방법을 묻자 풍수사는 대장장이들의 가족을 불에 태워 그 불을 이용하여 검을 만들어야 한다고 말했다. 아무리 봐도 미친 짓이었지만 역모에 대한 조선 왕실의 반응은 상식을 벗어나 있었던 모양이다. 풍수사의 말이 그대로 실행된 것이다.

그렇게 검이 거의 완성되었을 때 대장장이 한 명이 우연히 일의 전모를 알게 되었고, 그 사실을 동료들에게 알렸다. 그렇지 않아도 시체를 태워 검을 만든다는 사실에 거부감을 가지고 있던 대장장이들은 자신들이 두들기는 쇠를 가열시키는 것이 자신들 가족의 시체였다는 사실을 알게 되자 피눈물을 흘렸다.

분노와 슬픔에 이성을 잃은 대장장이들은 각자 무기를 들고 가족의 원한을 갚으려 했지만 체계적으로 훈련을 받은 병사들을 이길 수는 없는 일. 그를 제외한 모든 이가 처참하게 목숨을 잃게 되었다. 죽은 대장장이들의 시체 역시 불에 태워졌다.

싸우던 중에 부상을 당한 탓에 죽지 않고 사로잡혔던 그는 족쇄를 차고 공방에 감금당하게 되었다. 죽이지 않고 살려둔 이유는 검을 완성시킬 사람이 필요했기 때문이다.

하지만 그는 오히려 공방의 도구를 이용하여 족쇄를 잘라내고 만들다 만 검으로 감시하던 병사들을 죽이고 그곳을 탈출했다.

그리고 관병들의 추적을 피하여 배를 타고 왜국으로 도망쳤는데, 그곳에서마저 풀기게 되어 우연히 숨어 타게 된 배가 이역만리로 오게 된 것이었다.

그는 조국이 지어준 이름을 버렸다며 자신을 흑암이라 부르라고 했다.

이게 모래라고?

팽인수에게 받은 돈주머니에는 은자가 스무 냥이나 들어 있었다.

"확실히 좋은 가문에서 사는 사람은 씀씀이가 다르군. 여비하라고 던져준 돈이 스무냥이라니."

유검호는 돈주머니를 만지작거리며 연신 싱글벙글했다.

"내가 얻은 돈이잖아. 이리 내놔!"

강은설이 따지며 손을 내밀었지만 유검호가 곱게 넘길 리가 없었다.

"물론 돈을 달라고 한 건 너지만, 돈을 준 직접적인 원인은 내가 영감님하고 손녀를 구해줬기 때문이잖아. 그러니 당연히 나한테 권리가 더 있지."

"그럼 내 권리는?"

"음, 일 할 정도?"

"말도 안 돼. 내가 말을 안 했으면 결국 한 푼도 못 받았을 거잖아. 그러니 최소 사 할은 줘야 한다고."

"말은 아무나 할 수 있지만 괴물들을 물리칠 수 있는 건 나밖에 없었지. 하지만 네가 그렇게까지 돈이 필요하다면 삼 할까진 양보해 주지."

"좋아, 삼 할."

돈은 그렇게 유검호에게 열네 냥, 강은설에게 여섯 냥이 돌아가게 되었다. 강은설은 자신의 돈이 적다는 사실에 불만스러워했지만, 유검호는 그녀에겐 조금도 신경 쓰지 않았다.

"하하하! 수중에 돈이 있으니 세상을 다 가진 기분이군. 왠지 뭐든 할 수 있을 것 같은 자신감이 마구 솟구쳐."

크게 웃으며 돈주머니를 던졌다 받았다 하는 모습이 강은설에게는 매우 얄밉게만 보였다.

돈이 생기자 더 이상의 불편함은 없었다.

다만 유검호와 강은설의 입장이 바뀌게 되는 일이 생겼다.

일의 발단은 객잔에서 배부르게 먹고 침상을 뒹굴던 유검호의 귀에 옆방에서 수군거리는 소리가 들려온 것이었다.

"취화루 옆에 도박장이 새로 문을 연다며?"

"패 좀 본다는 사람은 다 모였다던데?"

도박이라는 한마디에 유검호는 망설임없이 달려나갔다.

그리고 그날 새벽, 객잔에 돌아온 유검호는 그때부터 강은설의 눈치를 살펴야만 했다.

"이봐, 저기 식당이 있는데 우리 배 좀 채우고 가자."

"시끄러워! 내 돈은 절대 안 쓸 거야."

"아니, 그래도 같이 번 돈인데."

"같이 벌어서 불공평하게 나눈 돈이잖아. 배고프면 풀이라도 뜯어 먹던가, 아저씨가 알아서 해결해."

"제길. 한 끝만 높았으면 부자가 될 수 있었는데."

유검호는 혼자서 구시렁거리며 입맛만 다셔야 했다.

결국 식사는 날이 완전히 저물고 나서 할 수가 있었다.

하지만 식탁에 올라와 있는 음식들은 모두 푸르죽죽한 것들뿐이다. 유검호는 울상을 지으며 말했다.

"기왕 먹는 거면 좀 풍족하게⋯⋯."

"먹기 싫으면 그냥 굶던가."

냉랭하게 말하며 그릇을 빼앗으려 하자 유검호가 정색을 하며 말했다.

"사실은 꼭 먹어보고 싶은 거였어."

검소한 식사는 다음날 아침에도 이어졌다. 유검호는 간밤에 떠올렸던 생각을 밝히기로 결심했다.

“이봐, 납작… 아니, 강 소저. 내가 진짜 진지하게 제안하고 싶은 게 있는데.”

“뭔데?”

“자고로 인생은 한 방을 노려야 한다고. 다섯 냥만 투자하면 내가 다섯 배, 아니, 열 배로 불려줄게. 이번엔 정말 자신 있다고. 그럼 굳이 남경까지 갈 필요도 없이…….”

말이 채 다 끝나지도 않아서 강은설의 눈매가 날카로워진다.

“하… 하하하! 음식이 참 맛있군.”

애써 말을 돌리는 유검호였다.

“흥! 남경에 도착하면 다 받아낼 거야. 투숙비랑 밥값까지 전부.”

강은설의 가시 돋친 말에 유검호가 어색하게 웃으며 딴전을 피울 때였다.

와장창!

객잔 문가에서 요란스러운 소리가 들려왔다.

아침나절 몇 없던 손님들의 시선이 소리가 들려온 곳으로 몰렸다. 그곳에는 예닐곱 살쯤 되어 보이는 여자 아이가 주저앉아 훌쩍이고 있었는데, 그 앞에는 깨어진 그릇 조각과 여러 가지 식재료가 뒤엉킨 채 널브러져 있었다.

“에잉. 어린놈의 새끼가 왜 이렇게 어른 말을 안 들어 처먹어? 하긴 어미가 홍모귀하고 붙어먹었을 정도니 애새끼라고

다를 게 있을까? 퉤!'

　소리치고 있는 것은 배가 불룩하고 얼굴에 심술보가 덕지덕지 붙은 중년남자였다. 유검호는 그가 이곳에 들어올 때 보았던 객잔 주인이라는 것을 기억해 냈다.

　'여기 이름이 왕보객잔이던데, 그럼 저자 이름이 왕보인 건가?'

　유검호가 뜬금없이 객잔 주인의 이름에 관해 궁금해하는 동안, 객잔 주인은 아이의 옆에 서서 어쩔 줄을 몰라 하고 있는 늙은 아낙을 삐딱한 눈초리로 노려보았다.

　"홍씨 아줌마, 일 그만두고 싶어? 내가 분명히 말했지? 개새끼한테 던질 밥은 있어도 홍모귀 자식 놈한테 동냥할 밥은 없다고!"

　"그렇지만 애가 며칠 동안 아무것도 못 먹었다고 하기에……."

　"이년이 굶던 말던 나하고 무슨 상관인데? 한 번만 더 이따위 짓 하다가 걸리면 아줌마도 일 안 시킬 줄 알아!"

　객잔 주인은 그래도 화가 가라앉지 않는지 쓰러져 있는 아이에게 연신 손찌검을 하며 욕을 퍼부었다.

　그 모습에 식사를 하던 손님들이 혀를 차며 수군거렸다.

　"쯧쯧, 아주 애를 잡는구먼, 잡아. 저렇게까지 하고 싶을까?"

　"그러게 말일세. 왕보도 젊었을 땐 참 착하고 인정 많은 친구였는데 마누라가 홍모귀하고 눈 맞아서 달아난 이후로는 완전 딴사람이 되어버렸어. 홍모귀만 보면 완전 눈이 돌아버리니.”

“그렇다고 애가 무슨 죄가 있다고. 들어보니까 홍모귀 아비는 도망갔고 어미는 병에 걸려서 약은 고사하고 끼니도 못 때우고 있다던데. 오죽 사정이 딱했으면 홍씨 아주머니가 주방에서 남은 음식을 싸주기까지 했겠나?”

대화 중에 목소리가 높아진 탓에 수군거림이 들렸는지 객잔 주인 왕보가 사나운 눈길로 그들을 노려보았다.

“험험. 밥이나 먹으세.”

사내들은 짐짓 헛기침을 하며 왕보의 눈을 피했다.

아이가 딱하긴 했지만 그들 역시 홍모귀를 경원시하는 것은 매한가지. 그런 홍모귀의 딸을 위해 괜히 왕보와 척을 지고 싶진 않았다.

주변 사람들도 나 몰라라 하자 왕보는 더욱 기세등등하여 아이를 핍박했다. 아이는 너무나 놀라서 크게 울지도 못하고 그저 웅크린 채 덜덜 떨고만 있었다.

그 모습에 강은설은 잔뜩 화가 난 표정으로 씩씩거렸다.

“뭐 저런 인간이…….”

더 이상 참지 못한 그녀가 일어서려 할 때였다.

그런 소동 속에서도 잠자코 식사만 하고 있던 유검호가 돌연 비명을 질렀다.

"어이쿠! 이빨아! 이거 뭐야? 음식에 왜 바위가 들어 있어?"

곁에서 듣기에는 혼잣말을 한 것 같은 목소리였는데, 희한하게도 다른 소란스러운 소리 사이를 파고들며 객잔 전체는 물론이고 객잔 밖에까지 똑똑히 울려 퍼졌다.

객잔 안의 사람들과 입구 근처에서 소란을 피우던 왕보의 시선이 모두 유검호에게로 몰렸다.

유검호는 사람들의 시선을 한 몸에 받으며 입에서 뭔가를 끄집어냈다.

강은설은 뭔가 싶어 눈을 크게 뜨고 자세히 살펴보니 보일까 말까 할 정도로 작은 돌멩이 하나가 보였다. 돌멩이는 식탁 위의 먼지보다 약간 크다 싶을 정도로 작아서 모래알이라 불러도 될 정도였다.

무슨 일인가 싶어 다가왔던 점소이 역시 이리저리 살펴보고서야 그것이 음식에서 나온 이물질임을 깨닫고 얼른 고개를 숙였다.

"이런. 손님, 죄송합니다. 음식을 나르다 실수로 들어간 것 같군요. 다음부터는 이런 일 없도록 하겠습니다."

점소이는 나름대로 깎듯이 사과를 하며 식탁 위의 돌멩이를 치우려 했다. 하지만 그의 손은 허공에서 얼어붙듯 멈추고 말았다.

콰앙!

손과 모래 사이에 칙칙한 검 한 자루가 박혔기 때문이다.

"뭐야? 증거 인멸을 하겠다고? 이런 천인공노할 놈들! 차라리 날 죽이고 가져가라, 이 나쁜 놈들아!"

마치 세상에서 가장 억울한 일을 겪었다는 듯 고래고래 소리치는 유검호를 보며 점소이는 어쩔 줄을 몰라 했다.

뭔가 억지를 부리고 있다는 것은 알겠는데, 그것을 말하기엔 식탁에 깊숙이 박혀 있는 검이 너무나 무서웠다.

점소이가 당황하여 머뭇거리는 동안 객잔 밖에서 소란을 피우던 왕보가 벌겋게 달아오른 얼굴로 달려왔다.

"이보쇼, 어디서 힘 좀 썼던 모양인데, 여기가 흑성파 협객님들의 관할인 건 알고 있소? 괜히 여기서 소란 피우다 괴로운 일 당하지 말고 그냥 조용히 나가는 게 좋을 거요."

식탁에 박혀 있는 검을 보고도 주눅이 들기는커녕, 위협까지 하는 것을 보면 이런 일을 처음 겪는 것이 아닌 모양이었다.

그가 그렇게 자신만만한 데는 이유가 있었다.

흑성파는 인근 마을을 모두 휘어잡고 있는 대조직이다. 조직원들 개개인이 암흑가에선 잔혹하기로 유명한 이들이었고, 한번 적으로 삼은 상대는 끝까지 용서치 않아 모두가 두려워했다. 적에게는 수단과 방법을 가리지 않기 때문에 어지간한 무림인이라도 흑성파의 이름에는 한발 물러날 정도였다.

게다가 무엇보다 흑성파의 뒤에는 강소성의 유명한 무림 문파인 흑권문이 버티고 있다는 사실은 인근의 삼척동자도

다 아는 사실이었다.

왕보가 이토록 주변 인심에 신경 쓰지 않고 함부로 행동할 수 있는 이유는 그의 동생이 흑성파 간부였기 때문이다.

하지만 그가 간과하고 있는 것이 있었다. 유검호는 그가 생각하는 것 이상으로 무지하다는 점이었다.

"뭐야? 흑성파? 그건 뭐 하는 데야? 점치는 집단이야?"

유검호의 말에 왕보는 어이없는 표정을 지었다.

"아니, 흑성파도 모른다는 말이야? 이거 완전 얼치기구먼. 이봐, 좋게 말할 때 음식값이랑 수리비 계산하고……."

왕보는 짜증을 내던 중에 문득 바닥이 흔들리는 것을 느꼈다.

뭔가 싶어 아래를 내려다본 왕보는 할 말을 잃고 눈을 부릅떴다.

유검호의 검이 꽂혀 있는 식탁을 중심으로 주변 삼 장의 바닥에 무수한 균열이 생겨 있었기 때문이다.

그것은 마치 툭 건드리면 땅이 갈라져 버릴 것같이 불안해 보였다.

더 놀라운 점은 분명 유검호의 검에서부터 흘러나온 균열인데, 검이 꽂혀 있는 식탁은 조금도 부서진 기색이 없다는 것이다.

'고, 고수다!'

뻣뻣하던 왕보의 허리가 금세 낮춰진다. 유검호가 그런 왕보를 보며 한 손으로는 식탁에 박혀 있는 검을 만지작거렸다.

"응? 밥 먹다 이빨 부러질 뻔했는데, 나보고 돈을 내라고? 이거 확 뽑아버릴까?"

왠지 검을 뽑으면 무슨 큰일이라도 생길 것 같은 말투다. 왕보는 땀을 뻘뻘 흘리며 급히 고개를 저었다.

"그, 그러니까 제 말은 당연히 계산은 하지 않으셔도 되고, 음식은 새로 가져다 드린다는 말이었지요."

"그래? 물론 내 이빨 부러질 뻔한 보상금도 있겠지?"

"보, 보상금. 물론 드려야죠. 헤헤."

왕보는 일그러진 얼굴로 억지로 웃었다.

잘못해서 진짜 고수를 건드리게 되면 흑성파가 나서도 감당이 되지 않는 상황이 벌어질 수도 있었다. 일이 흑성파의 손을 벗어나서 흑권문이 나서게 되면 행동비 조로 많은 돈을 뜯기게 될 테니 결국 손해가 너무 커지게 된다.

'어떻게든 좋게 넘어가자.'

왕보가 그런 생각을 하며 웃는 얼굴로 일을 덮으려 할 때 상황을 지켜보고 있던 강은설이 얼른 말을 덧붙였다.

"힘쓰게 한 대가도 받아야지. 괜히 밥 먹다 말고 칼을 휘두르게 만들었잖아."

강은설은 유검호의 생각을 눈치챘다. 그렇지 않아도 왕보의 행동에 분노하고 있던 차라 옳다구나 싶어 유검호를 거든 것이다.

유검호는 강은설의 보조에 당연하다는 듯 고개를 끄덕이며 동의를 표했다.

"안 그래도 요즘 나이를 먹어서 그런지 어깨도 쑤시고 근력도 떨어져 갔었는데 이거 꽂느라 남은 힘 다 써버린 것 같더라고. 왠지 앓아누워야 될 것 같아."

"원래 나이 먹으면 몸이 축난다잖아. 아저씨가 조금 전에 쓴 힘 회복하려면 뭔가 보신이 될 만한 훌륭하고 '비싼' 음식 같은 걸 먹어야 될걸?"

"그렇지. 넌 꼭 내 머릿속에 사는 요정 같구나. 내 마음을 어떻게 그렇게 잘 알아?"

두 사람이 주거니 받거니 이것저것 요구하는 모습에 왕보는 인내의 한계를 맛보며 이를 갈았다.

"손님, 고작 모래 같은 거 하나 나왔다고 너무하시는 거 아닙니까?"

왕보의 말에 유검호가 황당하다는 듯 아직도 탁자 위에 놓여 있는 돌멩이를 가리키며 성난 목소리로 소리쳤다.

"모래? 이게 모래야? 난 평생 살면서 이렇게 큰 바위는 처음 보는데 이게 모래라고? 강 소저가 한번 말해봐. 이게 모래야?"

강은설은 신난 목소리로 응답했다.

"그게 모래면 태산은 뒷동산이지."

"그것 봐. 고명한 강 소저도 그러잖아. 감히 내 음식에 바위를 넣고도 지금 이게 너무한 거라고?"

"듣기로는 제남지방의 한 객점에서는 음식에서 벌레가 나왔다고 주인 혓바닥을 잘라 버린 일도 있었다죠?"

"옳거니! 혓바닥 좋군! 잘라 버릴까? 응? 잘라 버려?"

"에이, 혓바닥을 자르면 죽을 수도 있으니까 좀 봐주자. 대신 다른 걸로 보상받는 게 낫잖아?"

"좋아, 나는 관대하니까. 합당한 보상을 제시한다면 봐주도록 하지."

주거니 받거니, 위협했다 말았다, 쥐고 펴는 두 사람의 대화에 왕보는 정신이 쏙 빠졌다.

'이것들이 나한테 무슨 원한을 지었다고 이러는 거지?

하지만 아무리 기억을 더듬어봐도 처음 보는 얼굴들이었고, 과거에 무림인에게 밉보일 만한 짓을 한 기억은 없었다.

유검호는 왕보가 혼란에 빠져 어쩔 줄 몰라 하자 그를 내버려 두고 관심을 돌려 객잔 바깥쪽을 쳐다보았다.

그곳에는 왕보에게 핍박당하던 아이가 여전히 쭈그리고 앉아 있었다.

"어이, 꼬맹이."

유검호의 목소리는 많은 사람들 사이를 비켜 지나가 정확히 아이의 귓전에 당도한다. 아이는 흠칫 놀라며 고개를 들다가 유검호와 눈이 마주치자 얼른 눈을 내리깔았다.

부드러운 유검호의 목소리가 다시금 아이의 귓전에 들려

왔다.

"해치지 않을 테니 겁먹지 말고 이리 와봐."

적의없는 유검호의 말투에 아이는 머뭇거리면서도 일어서서 객잔 안으로 들어왔다.

왕보가 그 모습에 눈을 부라리며 호통 치려다가 유검호가 검을 쓰다듬는 걸 보고는 얼른 입을 틀어막는다.

아이는 아직 두려움과 고통이 가시지 않아 제대로 걷지도 못하고 있었다. 거기다가 왕보를 보게 되자 조금 전의 기억이 떠올랐는지 다리에 힘이 풀려 넘어지고 말았다.

"엇?"

강은설이 놀라서 소리칠 때, 한줄기 바람이 살랑이더니 아이가 그 자리에서 꺼지듯이 사라졌다.

"뭐, 뭐야?"

구경하던 사람들이 놀라며 주변을 두리번거리다가 유검호에게 시선이 닿자 모두 경악하여 눈을 부릅떴다.

유검호는 원래의 자리에 그대로 앉아 있었는데 그의 품에는 힘없이 꺼꾸러지던 아이가 안겨 있었던 것이다.

아이는 아무것도 모르는 듯 유검호의 옷자락만 꼭 쥐고 있었다.

아이가 넘어지는 그 짧은 시간에 무슨 일이 일어났는지 본 사람은 아무도 없었다.

사람들이 놀라든 말든 유검호는 전혀 상관치 않고 아이를 내려다보며 물었다.

"이름이 뭐냐?"

"소린……."

"소린이라……. 중원식 이름인가?"

가까이에서 보자 아이가 확실히 한인이 아님을 알 수 있었다.

머릿결은 갈색에 가까웠고 눈동자는 푸르스름한 색이 감돌았으며, 피부가 백옥같이 하얘서 땟국에 찌든 얼굴조차 창백하게 보일 정도였다.

소린은 유검호의 품에 안겨서도 불안함에 그저 손가락만 꼼지락거리고 있었는데, 푸른 눈망울에는 눈물이 가득 고여 있었다.

울고 싶어도 너무 두려워 울지도 못하고 꾹 눌러 참고 있는 것이다. 그나마 왕보도 일말의 양심은 남아 있었던지 손찌검을 당했음에도 어디 크게 다치거나 멍든 데는 없었다.

아이의 상태를 확인한 유검호는 식탁에 방치된 음식들을 앞으로 가져오며 말했다.

"꼬맹아, 아저씨가 이 집 음식은 별로 먹고 싶지 않아서 그러는데 네가 좀 먹어주면 안 되겠냐?"

유검호의 말에 소린은 쉽게 움직이지 못하고 머뭇거렸다.

그러나 워낙에 굶주렸기 때문인지 쭈뼛거리면서도 음식에 손을 가져간다. 꼬질꼬질한 맨손으로 음식을 집어먹어 보더니 이내 정신없이 먹기 시작했다.

그 모습을 본 왕보는 그제야 유검호가 시비를 건 이유를 알았는지 잔뜩 인상을 찌푸렸다.

'어째서 내가 저런 천한 것 때문에 이런 꼴을 당해야 한단 말이냐?'

하지만 지금 이곳에서 그의 의견에 귀 기울이는 사람은 아무도 없었다.

차마 왕보를 말리지 못하던 사람들도 아이가 허겁지겁 먹는 모습을 흐뭇하게 지켜보았다.

그런데 소린은 그렇게 정신없이 먹으면서도 기이하게도 맛있을 만한 음식들은 접시 한구석에 모아놓고 있었다.

그 모습에 의아한 강은설이 물었다.

"그건 왜 안 먹고 따로 빼놓니?"

소린은 고개를 숙이며 기어들어 가는 목소리로 답했다.

"엄마 주려고……."

그 말을 들은 유검호가 돌연 멀뚱멀뚱 서 있는 왕보에게 윽박질렀다.

"당신 지금 애도 안 먹는 음식을 나보고 먹으라고 내놓은 거였단 말이야?"

왕보가 맑은 하늘에 날벼락이라도 맞은 것같이 어리둥절해하고 있는데 옆에서 강은설이 부채질까지 해준다.

"게다가 내온다던 비싸고 훌륭한 음식도 아직 안 나왔어.

아무래도 우릴 놀리려는 것 같아.”

“정말 헛바닥이라도 잘라야 말을 듣겠단 말이지?”

유검호의 억지 협박에 왕보는 볼 살을 부들부들 떨며 주방 쪽에 소리쳤다.

“야! 있는 거 다 내와!”

시간이 아침인지라 주방에는 온갖 신선한 재료들이 많이 있었다. 주방장도 이미 밖의 소란을 알고 있던 터라 금세 솜씨를 부려 온갖 요리들을 내보내기 시작했다.

이내 식탁 위에서는 게걸스러운 식사 장면이 연출되었다.

먹지 않겠다던 유검호와 강은설은 팔을 걷어붙이고 먹어 댔고, 소린 역시 부지런히 먹으며 한편으로는 모친에게 줄 음식들을 따로 모아두기도 했다.

그리고 왕보는 피 같은 재료들이 헛되이 사라져 가는 광경을 애타는 마음으로 구경해야 했다.

혹여 조금이라도 움직이려 한다 싶으면 여지없이 유검호가 검을 건드렸고, 그럴 때마다 객잔 바닥이 쩍쩍 갈라지며 균열의 범위가 더욱 넓어졌다.

자칫하면 객잔이 무너질지도 모른다는 끔찍한 생각에 왕보는 오도 가도 못하고 어정쩡한 자세로 선 채 진땀을 흘려야 했다.

그렇게 어색한 분위기 속에서 식사를 하고 나자 유검호는 남은 음식들을 모두 싸서 소린에게 들려주었다.

"집에 가져가서 아끼지 말고 먹도록 하고, 또 필요하면 저기 심술궂은 돼지같이 생긴 아저씨한테 가서 달라 그래라. 만약 안 주겠다고 그러면 돌 씹은 아저씨가 반드시 혼내주러 온다고 전해주고."

마지막 말은 객잔에 있는 모든 사람이 들을 수 있었다.

소린은 왕보의 눈치를 살피며 조심스럽게 음식 보따리를 들고 객잔을 벗어난다.

소린이 가고 나자 왕보는 한껏 일그러진 얼굴로 절규하듯 소리쳤다.

"이제 속이 풀렸으면 당신들도 당장 나가시오!"

왕보는 화가 나서 어쩔 줄 몰라 했으나 유검호는 다 이해한다는 듯 그의 어깨를 툭툭 쳐주더니 말했다.

"자, 이제 일차 합의가 끝났으니 이차 합의에 들어가 볼까?"

"이, 이차 합의라니?"

"조금 전에 먹은 거는 밥에 돌 나온 것에 대한 보상이었고, 이차는 그 때문에 내가 힘을 쓰게 만든 실질적인 금전 보상에 대한 합의지. 뭐, 그렇게 긴장할 건 없고, 우선 입가심하게 차부터 좀 내와봐. 마시면서 크게 폐 끼치지 않는 한도 내에서 생각해 보도록 할 테니."

쉽게 말해 돈 내놓으라는 말이었다.

이쯤 되자 왕보는 유검호가 정말 순수하게 소린 때문에 나

선 것인지, 아니면 어린아이 괴롭히는 못된 어른을 혼내준다
는 대의명분을 빌어 자신의 사욕을 채우고 있는 것인지 헷갈
리기 시작했다.

그를 더욱 환장하게 하는 것은 이젠 자신이 시키지도 않았
는데 점소이들이 알아서 차를 내온다는 것이다.

그들도 힘의 서열을 확실히 알고 있는 것이다. 왕보로서는
미치고 팔짝 뛸 노릇이었다.

뜨거운 차를 냉차 마시듯 후루룩 마셔 버린 유검호는 한
잔 더를 외치다가 문득 강은설의 표정이 편치 않음을 발견했
다.

강은설은 뭔가 생각에 잠긴 채 팽인수에게 받았던 돈을 만
지작거리고 있었다. 유검호는 그녀가 무슨 생각을 하고 있는
지 대충 짐작할 수 있었다.

"이봐, 불쌍하다고 무조건 도와줄 수는 없다고. 우린 충분
히 선의를 베풀었고 그 아이도 고맙게 받아들였으니 그걸로
된 거야. 그 이상의 도움은 선의가 아니라 동정이 되어버리는
거라고."

그러나 강은설은 고개를 저으며 일어났다.

"아무래도 안 되겠어. 가서 좀 살펴봐야겠어."

그녀는 대답을 기다리지 않고 객잔을 뛰쳐나갔다.

"쳇. 마음대로 하라고. 난 배 꺼지면 또 맛있는 거나 먹고
있을 테니."

유검호는 점소이가 따라주는 뜨거운 차를 또다시 한입에 털어 넣으며 의자에 몸을 깊숙이 넣고 식탁 위에 발을 올렸다.

"등 따시고 배부르니 여기가 바로 천국이구나! 여자가 없어 아쉬우니 꿈에서 선녀나 만나볼까?"

왕보는 기가 막혀 말이 나오지 않았다.

자신 때문에 객잔 안이 긴장감에 사로잡혀 있는데 어찌 태평하게 잠을 청할 수 있단 말인가?

'이 자식이 누굴 놀리나? 잠만 들었단 봐라. 바로 머리통을 쪼개주마.'

왕보는 이를 바드득 갈며 유검호에게 복수하는 상상을 하며 분을 풀었다.

잠시 후 유검호는 정말로 잠이 들었는지 코까지 드르렁 골았다.

그가 잠들자 눈치 보느라 꼼짝 못하고 있던 손님들이 앞 다투어 도망치듯 객잔을 빠져나갔다.

이내 객잔 안에는 그와 점소이들만이 남아 유검호를 지켜보아야 했다.

그나마 점소이들은 이리저리 돌아다니며 자기 할 일을 하고 있었지만, 왕보는 유검호의 근처에 꼼짝없이 붙어 서서 오도 가도 못하고 멍하니 있어야만 했다.

'이대로 꼼짝 않고 있어야 하나? 아니야. 저놈은 자는 것 같은데 그냥 도망가도 모르지 않을까? 어디 조용한 곳에 숨어서 며칠 지내다 오면 저놈도 제 갈 길을 가겠지. 하지만 도망치다 들키면 어떻게 하지? 아니면 도망쳤다고 내 객잔에 해코지라도 하면?

생각은 꼬리에 꼬리를 물었고, 왕보는 과도한 생각으로 머리에 연기가 날 정도였다.

그때 어쩔 줄 몰라 하는 그의 귀에 낯익은 목소리가 들려왔다.

"형님, 내 귀한 손님을 모셔왔으니 돈 걱정은 말고 무조건 비싼 요리로만 한 상 가득 내오쇼."

호기롭게 소리부터 지르며 들어서는 것은 바로 든든한 동생 왕악이었다. 왕악은 흑성파의 부두목 급답게 비곗덩어리인 형과는 체격 자체가 완전히 달랐다.

우락부락한 생김과 울퉁불퉁한 근육은 매우 강인해 보였고, 허리춤에 달고 다니는 환두도는 보는 이로 하여금 절로 위압감이 들게 하였다.

왕악의 뒤에는 각자 검은 옷, 흰옷을 입은 중년인 두 명과 흉악한 인상의 장한 대여섯 명이 따라 들어오고 있었다. 그중 중년인 두 명은 처음 보는 얼굴이었지만 그 뒤의 흉흉한 덩치들은 왕악의 직속 부하들이었다.

그들을 본 왕보는 살았다는 안도감에 자신도 모르게 부르짖었다.

“아우야!”

집 나간 마누라가 돌아온다면 이렇게 기쁠까?

왕악은 눈물까지 흘리며 반기는 형의 반응에 당혹스러워하며 객잔을 두리번거렸다.

“무슨 일 있소? 아니, 그러고 보니 아침나절인데 왜 이렇게 손님이 없소?”

동생의 물음에 왕보는 반사적으로 바닥을 바라보았다. 그 시선을 따라 왕악 역시 바닥의 균열을 발견했다.

“이건 뭐요? 무슨 공사라도 한 게요?”

“그게 아니고, 저 씹어 먹을 놈이…….”

드러누워 자고 있을 유검호를 가리키며 험담을 하려던 왕보는 뭔가 이상함을 느끼고 고개를 돌렸다. 그리고 흥미롭다는 표정으로 쳐다보고 있는 유검호와 눈이 마주치고 말았다.

‘허억!’

눈이 마주치자마자 드는 생각은 자신의 경솔함이었다. 왕악이 비록 싸움 실력이 매우 뛰어나다고는 하나 그것은 일반인들끼리의 이야기이지 무공을 익힌 자들과 비교할 수는 없다.

애초 흑성파를 끌어들여 봤자 해결이 되지 않는다는 것을 알고 있었기 때문에 그토록 참았던 것인데, 동생을 보자 반가운 마음이 앞서 그 사실을 잠시 잊어버렸던 것이다.

유검호의 악마 같은 웃음을 보는 순간 그의 칼질 한 번에 객잔 바닥이 쩍쩍 갈라지던 광경이 떠올랐다. 아울러 객잔이 무너지는 광경이 뒤를 잇는다.

"저놈은 뭐요? 혹시 저 비리비리하게 생겨서 매가리없게 생긴 놈이 무전취식이라도 한 거요?"

왕악의 말투가 싸늘해지자 뒤에 버티고 서 있던 덩치들이 나설 준비를 한다. 왕보는 급히 그들을 막으며 의아해하는 동생의 귀에 속삭였다.

"아무래도 무림의 고수인 것 같다. 검을 한 번 내리찍으니 바닥이 이렇게 되었어."

형의 말에 왕악은 약간 움찔했다.

흑성파 전체는 무림인을 겁내지 않지만, 개개인으로 만날 때는 아무래도 꺼려지기 마련이다.

결국 나중에는 복수를 할 수 있겠지만 당장의 부상은 피할 수 없다. 자칫 일이 잘못되면 불구가 될 수도 있기 때문에 조심해야 한다.

왕악이 머뭇거릴 때 뒤에 가만히 서 있던 중년인 중 백의인의 입에서 싸늘한 목소리가 흘러나왔다.

"검 한 번 내리찍어서 이런 일을 벌일 수 있는 능력자는 무림 전체에 스무 명도 되지 않지. 그중에 저렇게 젊은 나이의 고수는 다섯 명뿐인데 저자는 아닌 것 같군."

흑의인의 거친 목소리가 그 말을 받았다.

"게다가 내가 보기에 외공 수련은 제법 많이 한 것 같지만,

내공은 형편이 없군. 전형적인 삼류무사 수준이야."

"흥미롭군. 그럼 내공도 없는 놈이 무슨 방법으로 이렇게 할 수 있었을까?"

"뭔가 특이한 속임수를 썼겠지."

두 사람이 주고받는 말을 듣자 왕악의 얼굴에 다시금 자신감이 솟아올랐다. 그들을 쳐다보는 왕악의 눈에는 경외에 가까운 감정이 담겨 있었다.

의아한 왕보가 조심스럽게 물었다.

"그런데 저분들은 누구냐?"

"하하하! 이분들은 대 흑권문의 장로이신 흑백쌍권이오. 이번에 우리 흑성파의 강소 북부 진출 문제 때문에 방문하셨소. 이분들이 고수가 아니라고 하면 무조건 아닌 것이니 형님이 저 사기꾼에게 속은 것이라오."

그 말에 왕보는 화들짝 놀라며 고개를 숙였다.

그가 비록 일개 객잔 주인이지만, 지나다니는 객이 많기에 무림의 유명인사에 관해서는 꽤나 들은 것이 많았다.

그중엔 두 사람에 관한 이야기도 있었다.

그들의 원래 별호는 흑백쌍귀였다. 무공이 매우 고강한데도 항상 같이 다니며, 자신들의 마음에 들지 않는 상대가 있으면 귀신같이 달라붙어 죽을 때까지 괴롭히기 때문에 붙은 별호였다.

행동이 무례하고 손속이 악독하기 때문에 정파보다는 사

파 쪽으로 분류되는 자들이었다. 다만 그들에게 당한 자들은 전부 시시비비가 명확했고, 이유없이 사람을 함부로 해치거나 하는 일은 하지 않았기에 정파에서도 일부러 건드리진 않는 인물들이었다.

항간에는 쌍귀의 무공이 마교에서 나온 것이라는 소리도 있었지만, 몇 년 전에 흑권문에 몸을 담은 이후로는 그런 소문은 사라졌다.

당시에 작은 문파였던 흑권문은 두 사람의 영입으로 단번에 강소지방에서 유명해져 작금의 세력을 일궈낼 수 있었다.

사파에 속하는 흑권문이 쟁쟁한 정파의 세력들과 어깨를 나란히 하고 큰소리칠 수 있게 된 것은 전적으로 두 사람의 명성과 실력 덕이 컸다.

사정이 그러니만큼 강소지방에서 두 사람의 존재감은 흑권문의 문주보다도 훨씬 대단한 것이었다.

"두, 두 분 대협을 뵙게 되어 영광입니다."

왕보가 딱딱하게 얼어붙은 자세로 인사했으나 흑백쌍귀의 관심은 이미 유검호에게로 향해 있었다.

"자네는 저놈이 무슨 속임수를 써서 이렇게 한 것인 줄 알겠나?"

냉혹한 백귀의 물음에 흑귀가 잠시 생각하다 대답했다.

"내 생각엔 들어오면서 바닥에 폭약을 조금씩 뿌려놓고 검을 내려칠 때의 마찰로 폭약을 발화시킨 것 같군."

"하지만 그렇게 하면 폭약이 튀어 오르기 때문에 바닥이 파이긴 해도 이렇게 균등하게 갈라지게 하진 못하지. 내가 볼 땐 처음부터 미리 부숴놓고 마지막으로 균열의 중심점에 힘을 가하여 일시에 전체적인 균열이 일어나게 한 것 같아."

"그럼 누구 생각이 맞을지 내기하겠나? 지는 사람이 한 달 동안 동생이 되면 되겠군."

흑귀의 제안에 백귀는 웃으며 고개를 끄덕였다.

"자네에게 형님 소리를 들을 수 있다니, 그거 재미있겠군. 그럼 누구 생각이 맞는지 저놈에게 직접 물어보도록 하지."

서로간에 합의가 끝나자 흑귀가 유검호에게 다가갔다.

"네놈도 들었을 테니 길게 말하진 않으마. 무슨 방법을 쓴 것이냐?"

흑귀는 약간의 살기를 일으켜 자신의 말에 힘을 실어 넣으며 물었다. 원래 인상 자체가 험악한 흑귀였기에 그 정도만으로도 장내의 공기를 살벌하게 만들어 버렸다. 험악한 상황을 밥 먹듯 겪는 흑성파의 인물들도 몸을 떨 정도다.

그의 물음에 유검호가 턱을 괴고 있던 손을 떼며 입을 열었다.

"흥미롭군. 이거 정말 흥미로워."

조금도 긴장하지 않은 듯한 유검호의 목소리에 흑귀가 의외라는 표정을 지었다.

"네놈은 곧 죽을지도 모르는 상황인데 뭐가 그리 흥미롭다는 거지?"

혹귀의 말에 유검호는 천천히 일어서며 검을 잡아갔다.

"어째서 너희들이 그 영감과 같은 칙칙한 기운을 풍기고 있는지 정말 모르겠거든."

흑암은 항상 죽은 아내와 아들을 그리워했다. 마지막까지 그들을 지켜주지 못했다는 사실이 항상 그의 마음을 짓누르는 것 같았다.

그래서인지 그는 항상 스스로를 학대했다.

영감에게 무공을 배울 때도 몸이 부서질 정도로 수련을 했고, 싸움이 일어나면 목숨을 등한시하고 가장 먼저 달려들었다. 그는 마치 죽고 싶어 안달하는 사람처럼 보였다.

그렇게 해서라도 가족에 대한 그리움을 잊고 싶었던 모양이다. 하지만 그런 생각이 그의 마음을 편하게 해주었을지는 모르지만 그의 몸은 완전히 망가지게 만들었다.

그가 조금이라도 몸을 아끼는 마음이 있었다면, 그날 해변 마을을 약탈하던 해적들을 보았을 때 홀로 달려들기 전에 나나 영감을 불렀어야만 했다.

그가 아무리 혹독하게 수련을 했다고 하지만, 때 지나 배운 어설픈 무공으로는 근 오십여 명에 달하는 해적들과 싸워 무사하기를 바랄 수는 없었다. 결국 오십 명의 해적들은 모두 죽었지만 그 역시 한 팔을 잃어야만 했다.

하지만 팔을 잃었음에도 흑암은 조금도 달라지지 않았다. 하나 남은 팔로 여전히 자신을 채찍질할 뿐이었다.

그가 팔을 잃은 지 몇 달이 지났을 무렵, 하필 영감과 내가 자리를 비웠을 때 어떻게 알아냈는지 흑암에게 죽은 해적의 잔당들이 우리 거처를 공격해 왔다. 흑암은 팔을 잃어 몸이 불편함에도 숨거나 도망가지 않고 처절하게 맞서 싸웠다.

하지만 몸도 불편한 그 혼자서 작정하고 몰려온 해적들을 당해낼 수는 없었다.

흑암을 사로잡은 해적들은 자신들에게 대항한 것이 실수였다는 것을 알려주기 위함이었는지 그를 잔인하게 고문하며 가지고 놀았다. 그리고 그들의 실수는 놀이가 너무 길어져서 내가 볼일을 마치고 돌아왔을 때까지도 그곳에 머물러 있었다는 것이다.

특별히 화를 내본 기억이 거의 없던 내가 사지 불편한 사람들 괴롭히는 것을 보면 눈이 뒤집힐 정도로 분노하게 된 것이 아마 그 일 때문인 것 같다.

뒤늦게 돌아온 영감이 갈기갈기 찢어진 시체들을 보자마자 드디어 나를 변화시켰다고 뛸 듯이 기뻐했을 정도였으니 굳이 그때 무슨 일이 있었는지 떠올리고 싶지는 않다.

그 일로 흑암의 육체는 나날이 병약해져 갔다.

영감은 그가 이미 마음이 죽어가고 있어서 살릴 수가 없다고 말했다.

자신의 죽음을 직감한 것인지 흑암은 대장간을 빌려 고향에서 가져온 검의 마지막 작업을 하기 시작했다.

백 일. 혼자서는 제대로 걷지도 못하는 병약한 몸으로 백 일 동안 혼을 불사른 끝에 결국 그는 검을 완성할 수 있었다. 십 년 전 풍수사에 의해 흑암이라는 불리게 되었을 그 검을.

그는 자신의 이름으로 바꿔 부를 정도로 강한 집념과 한이 서려 있었던 흑암을 내게 맡기고는 조용히 숨을 거두었다. 그렇게 나는 많은 사람의 죽음으로 만들어진 흑암이라는 검을 가지게 되었다.

그리고 내 친구 흑암의 유골은 머나먼 바다에 뿌려졌다. 그가 죽어서나마 고향으로 돌아가 가족들을 볼 수 있도록.

유검호의 말에 흑백쌍귀는 어리둥절한 표정을 지었다.

그러거나 말거나 유검호는 식탁에 꽂혀 있는 검, 흑암을 잡으며 말했다.

"설명하지 못하면 꽤나 괴로워해야 할 거야. 아니, 사실은 설명해도 괴롭힐 것 같아."

흑백쌍귀는 너무도 어이없어 아무 말도 못하자 왕악이 환두도를 뽑아 들며 소리쳤다.

"건방진 놈! 감히 누구에게……!"

하지만 그의 외침은 끝까지 이어질 수 없었다.

유검호가 흑암을 잡는 순간,

쿠쿠쿠쿵!

뭔가 터져 나가는 소리가 연이어 울리며 갈라져 있던 객잔 바닥이 통째로 가라앉아 버렸기 때문이다.

"으악!"

갑자기 발밑이 푹 꺼지자 왕씨 형제와 흑성파 조직원들은 모두 비명을 지르며 나뒹굴었다. 여유롭던 흑백쌍귀 역시 표정이 잔뜩 굳어졌다.

원래의 높이에서 한 자가량이나 낮아진 바닥 곳곳에는 균열을 뚫고 흙과 돌이 솟구치고 있었다.

마치 누군가 힘으로 짓눌러 객잔 전체가 땅속으로 파고들어 간 것 같은 기이한 형상이었다.

"이놈, 멈춰라!"

흑귀가 호통을 치며 몸을 날려왔고, 동시에 백귀 역시 달려든다. 둘 다 권장을 주특기로 쓰는지라 움직임이 여간 빠른 것이 아니었다.

거무스름한 주먹이 번뜩인다 싶은 순간엔 이미 흑귀의 권영이 전면을 가득 채우며 밀려들고 있었다.

어느 한곳 피할 틈 없이 밀려드는 주먹. 그것에 맞아 피를 토하며 날아가는 것이 너무나도 자연스러울 상황이다. 그때 유검호가 흑암을 뽑아 들었다.

쇄아악!

그저 검을 뽑아 들었을 뿐인데 가공할 풍압이 생성되며 흑귀의 권영을 단번에 반으로 갈라 버린다.

"커헉!"

흑귀는 가슴을 짓누르는 압력에 비명을 지르며 나동그라졌다.

그의 뒤를 바짝 따르던 백귀가 대경하여 고개를 숙이며 흑귀를 피했다. 그때 아래에서부터 거무스름한 검신이 턱을 후려쳐 왔다.

"큭."

그나마 날이 없는 쪽으로 맞아 턱이 잘리진 않았지만, 충격만은 날이 있는 것과 큰 차이가 없었다. 백귀는 강제적으로 제자리에서 반 장이나 떠올라야 했다.

그러는 사이에 몸을 바로 한 흑귀가 유검호의 측면을 노려온다.

"죽일 놈!"

이미 한차례 낭패를 본 흑귀는 살기가 등등하다.

유검호를 향해 달려드는 그의 주먹에는 불꽃이 이글거리듯 타오르고 있었다. 그 모습에 입을 벌리고 지켜보던 왕씨 형제가 일제히 경악하며 소리쳤다.

"헛! 열화마공!"

소리치고 나서야 자신들이 못 볼 것을 보게 되었다는 사실에 급히 입을 틀어막는다.

흔히 배화마공이라 불리는 그 무공은 마교를 지탱하는 삼

대세력 중 배화교의 독문절기다. 배화교의 장로급 이상이 되어야 익힐 수 있었다. 한번 시전하면 상대를 완전히 태울 때까지 꺼지지 않는 필사의 무공이라 할 수 있었다.

흑귀가 자신의 절기를 펼치자 객잔 안이 금세 뜨거워진다. 보는 것만으로도 땀을 흘리게 만들 정도로 무시무시한 권력이 유검호를 덮쳐 갔다.

하지만 유검호는 열화마공의 무서움 따위는 조금도 신경 쓰지 않았다. 그가 원하는 것은 오로지 단 하나, 쌍귀가 자신을 괴롭히던 영감과 같은 수법을 쓰는 것을 확인하는 것이었다. 그리고 열화마공을 보자 주먹을 불끈 쥐고 소리쳤다.

"좋아, 이제야 영감이 쓰던 수법이 나오는군. 드디어 분풀이를 할 수 있겠어."

기뻐하던 유검호는 이글이글 타오르는 불꽃이 코앞까지 다가와서야 흑암을 내리그었다.

콰아아아!

흑암의 검날이 흑귀가 만들어낸 불꽃과 충돌하자 기괴한 소음이 흘러나왔다. 뒤이어 세상에 존재하는 모든 부정함을 태워 없앤다던 배화의 불꽃이 마치 무거운 바위에 짓눌리기라도 한 듯 급격히 사그라지더니 그대로 픽 하고 꺼져 버리는 것이었다.

검의 압력으로 불꽃을 억눌러 버린 흑암은 흑귀의 머리 위에 사뿐히 내려앉았다.

"이럴 수가!"

흑귀는 자신의 머리에 검날이 닿아 있다는 사실보다 절대의 위력을 자랑하는 신공이 깨어진 것에 더욱 충격을 받아 일시간 아무런 행동도 하지 못했다.

그때 턱을 맞고 나뒹굴었던 백귀가 역시 불꽃을 일으킨 채 유검호의 뒤를 공격하려 했다. 그러나 달려들던 그의 눈앞에 뭔가 나타난다.

콰직!

백귀는 달려들던 자세 그대로 꼿꼿이 넘어갔다.

넘어지는 그의 얼굴에는 유검호의 발자국이 선명히 새겨져 있었다.

순식간에 두 명의 고수를 제압해 버렸음에도 유검호의 모습에는 조금의 변화도 없었다. 상처나 그을림 같은 것은 고사하고, 옷에 먼지조차도 묻지 않았다.

만약 싸우는 모습을 직접 보지 않았다면 결코 유검호가 그들을 제압했다고는 생각지 못할 것이다.

흑귀는 망연자실하여 서 있다가 백귀가 쓰러지는 것을 보고야 정신을 차렸다.

"네, 네놈은 누구냐?"

"그건 지금 중요한 게 아니고, 너희가 그 무공을 누구에게 배운 것인지가 중요한 것이지."

유검호는 말을 하다가 보지도 않고 흑암을 뒤로 휘둘렀다.

뒤에서 은밀하게 일어나 기습을 하려던 백귀가 그것에 맞아 퍽 소리를 내며 다시 쓰러졌다.

유검호의 움직임은 기가 막히게 빠르고 자연스러웠다. 흑귀는 두 눈 멀쩡히 뜨고 보아도 그가 대체 어떻게 움직였는지 알 수 없었다.

"빨리 말하지 않으면 너도 저 꼴이 될 거야."

그의 위협에 흑귀는 머뭇거리며 대답했다.

"우리는 태상교주님께 직접 사사하였다."

그의 대답이 의외였기에 유검호는 잠시 머릿속으로 자신을 괴롭히던 영감과 교주라는 단어를 연관시켜 보고는 다시 물었다.

"교주라……. 흐음, 혹시 그 교주라는 양반이 무공은 강하지만 성격은 엄청나게 더럽고, 다른 사람을 괴롭히는 것을 낙으로 아는 변태 같은 영감이냐?"

"감히!"

"욱하는 걸 보니 맞는 모양이군. 허참, 그런 미친 영감을 교주로 모시는 사이비 종교도 다 있었다니. 세상이 미쳐 돌아가는구나."

"닥쳐라! 교주님은 중원 땅에서 소외받고 핍박받던 삼이교(배화교, 경교, 마니교)를 비롯한 수많은 소수 교종의 구원자와 같은 분이셨다!"

"그래, 네 스스로 그 영감의 부하임을 자처한다니 듣던 중

반가운 소리구나. 내 진작부터 영감의 부하들을 만나면 하고 싶었던 것이 있는데 정말 잘됐군."

"무슨 짓을 하려는 것이냐? 그리고 갑자기 교주님 이야기는 왜 꺼낸 것이지?"

흑귀의 다급한 질문에 유검호는 흑암을 집어넣으며 말했다.

"별건 아냐. 단지 네놈들이 교주 관리를 잘못해서 내가 얼마나 고생을 했는지 조금이나마 알게 해주고 싶었을 뿐이야."

그로부터 유검호의 한 맺힌 구타가 시작되었다.

전의를 상실한 흑귀는 물론이고 이미 쓰러져 있는 백귀마저 유검호의 주먹과 발길질을 피해갈 수 없었다.

그것은 딱히 고수의 움직임이라기보단 단순히 고통을 주기 위한 구타에 지나지 않았다. 마치 뭔가 맺힌 것을 풀기 위한 행동처럼 유검호는 숨을 헉헉거리며 쌍귀를 두들겨 팼다.

뒷골목에서 평생을 살아온 흑성파의 주먹꾼들마저 눈살을 찌푸릴 정도의 저급한 구타였다.

유검호는 구타를 마치고 나서도 의자에 앉아 한참을 씩씩거렸다.

"내가… 헉헉… 응? 네놈들… 헉헉… 교주 때문에… 헉… 몇 번을… 죽을 뻔한 줄 알아?"

절정고수인 쌍귀와 싸울 때도 숨 한 번 고르지 않던 때와는 사뭇 다른 모습이었다.

"젠장. 간만에 움직이니 목마르군. 어이, 주인장! 차 한 잔 가져와 봐!"

숨을 고른 유검호가 왕보를 보며 손을 까딱이며 말했다.

"네, 넵!"

왕보는 바짝 얼어붙어 후다닥 찻잔을 들고 달려갔다.

이미 유검호를 어찌해 보겠다는 생각 따윈 머릿속에서 지워진 지 오래다.

그것은 그의 동생 왕악과 흑성파의 부하들 역시 마찬가지였다.

흑백쌍귀가 비록 정파의 눈치를 살피며 조용히 살아가고 있다곤 하지만 이렇게 쉽게 무너질 만한 고수들이 아니었다.

강소지방에서 다섯 손가락에는 못 들어도 열 손가락을 꼽으면 충분히 한 자리 차지할 수 있을 정도의 실력을 지닌 이들이었다.

결코 자신들과 같은 뒷골목 싸움패들이 쳐다볼 수 있을 만한 인물들이 아닌 것이다.

그런데 그렇게 대단한 두 사람이 비 오는 날 먼지 나듯 두들겨 맞았으니, 그들에게 유검호는 저승사자와 동격으로 보였다.

그런 압박감은 왕보가 가장 심하였다.

애초에 유검호의 비위를 건드린 것도 그였고, 나중에 왕악이 등장하자 험담을 늘어놓은 것도 그였다.

덕분에 객잔 전체가 가라앉아 버렸지만 그런 건 아무래도 좋았다. 지금으로서는 그저 유검호가 아무 짓도 하지 않고 가 버렸으면 하는 바람뿐이었다.

찻주전자를 통째로 입에 대고 들이붓던 유검호가 갑자기 눈치를 살피고 있는 왕보를 보며 말했다.

"아까 꼬마에게 한 말 들었지? 배고프다고 찾아오면 잘 챙겨주라고."

"그럼은입쇼. 여부가 있겠습니까? 재산을 다 털어서라도 잘 돌봐주겠습니다요."

"그리고 보니 돈 주러 간다던 납작 아가씨가 좀 늦는군. 이 봐, 아까 그 꼬마가 사는 곳이 어디지?"

유검호의 물음에 왕보는 침을 튀기며 열심히 설명했다.

"덕분에 배부르게 잘 먹고 가는군. 객잔을 부쉈으니 이차 합의금은 수리비로 받은 셈 치지. 그런데 다음에 또 와도 되겠지?"

마지막 말에 왕보의 안색이 창백하게 질렸다. 그는 정말 하늘에 맹세코 다시는 유검호의 얼굴을 보고 싶지 않았다. 하지만 차마 속마음을 드러낼 용기가 나질 않았기에 그저 고개만 끄덕거릴 뿐이었다.

유검호가 객잔을 나서려 하자 바닥에 쓰러져 있던 흑귀가 심각하게 부은 얼굴을 들어 올렸다.

"이놈, 아까 내 질문에 답해주고 가거라. 대체 십오 년 전에 돌아가셨다던 태상교주님 이야기를 왜 꺼낸 것이지?"

의문을 감출 수 없다는 흑귀의 말에 유검호는 고개를 갸웃거리며 반문했다.

"너희 교주가 죽어? 두 달 전에 몰래 떠나오기 전까지도 한 대 때려보겠다고 쌩쌩하게 날뛰고 있었는데? 그럼 설마 너희 교주가 적 씨 성을 가진 영감이 아니었던 거야?"

유검호의 말에 흑귀는 크게 놀라더니 이내 감격에 젖어 소리쳤다.

"역시 내 예상이 맞았구나! 정정하시던 태상교주님이 갑자기 돌아가셨다고 할 때부터 믿지 않았었다! 역시 살아 계셨던 거군."

감격하여 눈물까지 흘리는 흑귀의 모습에 유검호는 짧은 소감 한마디를 남기고 객잔을 나가 버렸다.

"미친놈들."

유검호가 그렇게 나가고 나자 객잔 안은 정적에 휩싸였다.

장내는 마치 폭풍이 한차례 불어치기라도 한 듯 엉망이었고, 그 속에서 쌍귀를 제외한 인물들은 어찌할 바를 모르고 있었다.

그런 와중에 비교적 경험이 많은 왕악이 부하들에게 소리쳤다.

“뭣들 하느냐, 어서 저분들을 부축하지 않고!”

그의 말에 부하들이 허겁지겁 흑귀와 백귀를 부축했다.

그나마 흑귀는 정신이라도 있었지만 백귀는 완전히 인사 불성이었다. 흑귀는 그들의 부축을 받아 의자에 앉으며 깊은 생각에 잠겼다.

‘태상교주님이 살아 계셨다면 조 총사는 어째서 그분이 죽었다고 말했을까? 게다가 그 이후에 일어난 본 교의 행사들은 도저히 이해가 되지 않는 것들이었다.’

사실 흑백쌍귀는 중원무림에 마교라 불리는 세력, 자신들 스스로는 배화교라 부르는 곳의 신도였다. 둘 다 부모가 배화교의 독실한 신도였기에 모태신앙부터 시작하여 성인이 될 때까지 항상 배화교의 신도임을 자랑스럽게 여겼다.

그래서 중원인들에게 마교의 주축이라 불리며 경멸받는 것도 조금도 창피하지 않았다.

원래 마교라는 명칭은 배화교만을 가리키는 것이 아니라 중원에서 핍박받는 소수 종교 모두를 가리키는 말이었다. 하지만 천하제일인이라 불리던 적무양이 배화교의 교주가 되면서 그의 그늘 밑으로 경교와 마니교를 비롯하여 근원이 무림에 있는 혈사교까지 가세를 하게 되었고, 그 외에도 기라성 같은 사마외도들이 구름같이 몰려들게 되었다.

그들은 각자의 교리를 존중해 주면서도 중원에서 정교를 자처하는 이들에게 핍박받을 때는 마도맹이라는 명칭하에 똘

똘 뭉쳐 그 힘을 과시하였다.

정파인들은 마도맹의 힘이 감당이 안 될 정도로 커지자 배화교를 중심으로 뭉쳐 있는 자들을 마교라 지칭하며 배척만 할 뿐 일부러 싸우려 들지는 않았다.

이후 그들 마도맹 산하의 신도들은 새외와 중원의 경계선에 자리 잡고 양쪽 모두를 자유자재로 왕래하게 되었는데, 그 모든 것이 바로 적무양 한 명의 영향력으로 이루어진 결과들이라 해도 과언이 아니었다.

사정이 그러했으니 적무양의 갑작스러운 사망 소식은 그를 영웅으로 떠받들고 존경하던 이들을 충격에 빠지게 만든 것이다.

게다가 그가 죽었다는 소문이 퍼지고 난 후 똘똘 뭉쳐 있던 각 종교들이 분쟁을 일삼고 서로의 세력을 과시하며 마도맹의 패권을 잡으려 들었다.

세력 다툼 같은 것에 관심없이 오직 적무양의 강인함에 이끌려 왔던 강자들은 교인들의 이전투구에 질려 하나둘씩 떠나가기 시작했다.

흑백쌍귀 역시 배화교가 본래의 교리를 잊고 정말로 마교 집단이 되어가는 과정을 차마 볼 수가 없어 뛰쳐나왔던 것이다.

그런데 적무양이 아직 살아 있다면 변질되어 가는 마도맹이 처음과 같이 돌아갈 가능성이 생긴 것이다.

그들로서는 마지막 희망이라 할 수 있는 정보인 것이다.

'일단 이곳에서의 일을 정리한 후에 곧바로 돌아가서 소식을 전하자.'

흑귀는 적무양이 살아 있다는 소식을 전한다는 사실에 가슴이 뿌듯해졌다. 어둠뿐이던 현실에 한 가닥 희망이 보이는 기분이었다.

그가 그렇게 기쁨과 희망에 가득 차서 미래를 그리그 있을 때였다.

등 뒤에서 거친 파공음이 들려왔다.

아무리 딴생각에 정신을 빼앗기고 있었다지만 고수의 감각을 완전히 벗어날 수는 없는 노릇. 흑귀는 등 뒤로 권풍을 쏘아 날아오는 물체를 막으려 했다.

그러나 생각과 달리 몸이 제대로 움직이질 않았다.

급히 고개를 돌린 그의 눈에 양팔을 꽉 잡고 있는 흑성파 졸개들의 모습이 보였다. 그들을 뿌리치며 뒤늦게 주먹을 날리려 했으나 이미 머리에는 서늘한 칼날이 박혀들고 있었다.

"왜……?"

그는 '왜?'라는 외마디 의문만을 남긴 채 목숨이 끊어졌다.

퍽!

마치 수박이 갈라지듯 쪼개지는 흑귀의 머리를 보며 왕악은 침을 뱉었다. 가슴팍이 뻑적지근한 것이 마지막에 날린 권풍에 스친 모양이었다. 새삼 무림에서 고수 취급받는 자의 능력에 치가 떨려왔다. 흑귀에게 지금처럼 여러 가지 악재가 겹치지 않았다면 이 암습은 절대로 성공하지 못했을 것이다.

"빌어먹을 새끼. 그렇게 부상당하고 애들까지 매달았는데도 반격을 하다니. 하마터면 골로 갈 뻔했네. 야, 저 새끼도 처리해."

왕악의 명령에 부하 한 명이 기절해 있는 백귀의 머리를 칼로 내려쳤다.

"아우야, 대체 이게 무슨 짓이냐? 저분들을 왜 죽인 거냐?"

왕보는 도저히 영문을 알 수 없었다. 언제는 흑귀를 부축하라 명령했던 왕악이 느닷없이 뒤에서 환두도를 내려쳤으니 대체 무슨 일인지 짐작조차 할 수 없었다. 게다가 왕악의 부하들 역시 당연히 그럴 줄 알았다는 듯이 흑귀를 꼼짝하지 못하게 붙잡은 것을 보면 뭔가 분명한 이유가 있을 것 같았다.

왕보의 물음에 왕악은 다시금 침을 뱉으며 설명했다.

"형님, 나라고 죽이고 싶어 죽였겠소? 이자들은 흑권문의 장로이기도 하지만 우리 흑성파에도 중요한 손님인데 왜 이런 짓을 하고 싶겠소? 다만 우리가 살자면 다 어쩔 수 없는 일이었을 뿐이오."

"우리가 살기 위한 일이라니?"

"형님은 잘 모르겠지만 중원은 이미 정파의 지배하에 놓여 있어서 마교의 세력은 어디서든 발붙이기가 힘들다오. 그런 상황에 흑백쌍귀가 마교인이라는 사실을 우리에게 들키게 되었소. 그들은 당연히 자신들의 신분이 탄로나서 곤란을 겪길 원치 않을 것이란 말이오.”

“그럼 그들이 우리를?”

“그들 입장에서 우리를 죽이고 입막음을 하는 것은 정해진 수순 같은 것이오. 그러니 우리가 살려면 그들이 정상이 아닌 지금밖에 기회가 없었던 것이라오.”

왕악의 설명을 듣고 나자 왕보는 고개를 끄덕일 수밖에 없었다.

하지만 이내 표정을 굳히고 물었다.

“이들은 흑권문의 장로잖아. 두 사람이 너와 함께 나간 것은 이미 알려졌을 터인데, 그건 어떻게 설명을 하려 그러는 게냐?”

왕악은 진작 생각해 두었던 변명을 꺼냈다.

“일단은 아까 그놈한테 뒤집어씌울 생각이오. 그자와 쌍귀가 이곳에서 시비가 붙었는데, 상대가 너무도 강한 고수라서 쌍귀가 일 합에 당했다고 말하면 흑권문에서도 함부로 나서진 못할 것이오. 거기에 쌍귀보다 고수가 있는 것도 아닐 테니.”

예컨대 고수의 이름을 빌어 흑권문이 깊숙이 파고드는 것을 꺼리게 만든다는 말이었다. 흑권문으로서도 쌍귀를 일격에 죽일 정도의 고수라면 상대하고 싶지 않을 것은 자명한 일이었다.

그제야 마음이 놓인 왕보는 크게 감탄하며 동생의 어깨를 두들겼다.

"역시 너밖에 없구나. 네가 없었다면 내가 어떻게 장사를 했을지 모르겠다."

"일단 형님은 싸움이 난 후에 주방으로 피신해서 무슨 일이 있었는지 무조건 못 봤다고만 하시오. 나머진 내가 다 알아서 할 테니."

"알겠다. 내 꼭 그리 말하마."

두 형제가 작당을 하는 동안 왕악의 부하들은 흑귀와 백귀의 시체에 여러 가지 작업을 했다.

한때 마도맹의 유망한 고수였고, 근 몇 년 사이에는 강소성을 떨쳐 울리던 흑백쌍귀는 그렇게 무공도 모르는 파락호에게 등 뒤에서 칼을 맞아 비참한 최후를 맞이하고 말았다.

*　　　*　　　*

강은설은 가진 돈을 만지작거리며 소린의 집으로 향했다.

'그래, 나도 착한 짓 한번 해보자.'

돈 욕심 많은 그녀로서는 남에게 돈을 나눠 준다는 것이 매우 낯설고 어려운 일이었다.

하지만 소린을 보고 나자 돕지 않고 그냥 가면 마음이 무거울 것 같았다. 비록 가진 것 없고 자신을 최우선으로 생각하는 그녀였지만 고작 다섯 냥 때문에 두고두고 후회하고 싶진 않았다.

소린의 집을 찾는 것은 그리 어렵지 않았다.

색목인 아이가 사는 집을 물으면 모르는 사람이 없었기 때문이다. 게다가 어느 마을이나 빈민촌은 확연히 눈에 띄었고, 소린은 그런 빈민촌 중에서도 가장 외곽의 허름하고 빈곤한 집에 살고 있었기에 딱히 여러 번 물을 필요도 없었다.

다른 집들과는 외따로 떨어져 있어 멀리서도 한눈에 알아볼 수 있었다.

'피부랑 눈 색깔 좀 다른 게 그렇게 이상하게 보이나?

강은설은 유검호의 품에서 꼼지락거리던 푸른 눈의 소녀를 떠올려 보았다. 비록 제대로 입고 씻지 못해 꼬질꼬질하긴 했지만, 한인 아이에게서는 찾아볼 수 없는 귀여움이 있었다.

'쳇. 내 눈엔 예쁘기만 한데.'

강은설은 중얼거리며 소린의 집으로 다가가다가 의아한 표정을 지었다. 어렴풋이 보이는 초가집 안쪽에 덩치 큰 사내 셋이 요란스럽게 소란을 피우고 있었기 때문이다.

'뭐야, 저 사람들은?

강은설은 깜짝 놀라 나무 뒤에 몸을 숨겼다.

'몇 달이 가도 찾는 사람이 없다고 했는데 저놈들은 누구지?

강은설은 조심스럽게 초가집에서 가까운 곳으로 다가가 수풀 뒤에 몸을 숨기고 그들의 말을 들어보았다.

"…아무리 찾아봐도 여긴 없는 것 같은데?"

"그놈이 아무리 급해도 마누라하고 자식한테까지 소식을 끊었을 리는 없을 거야."

"그래, 조금 더 물어보자. 괜히 아무것도 못 듣고 빈손으로 갔다가 소종사의 더러운 성질에 어디 한 군데 부러질 수도 있다고."

강은설이 듣기에 말투가 약간 어설프다 싶은 것이 중원인 같지는 않았다.

대화를 주고받던 그들은 다시 집 안을 샅샅이 뒤지기 시작했다.

그들은 달리 물건을 조심스럽게 다루고 싶은 생각 같은 것은 없었던지, 손에 닿는 것은 일단 무조건 집어 던지고 보았다.

우악스러운 사내 셋이 헤집자 그나마 좁은 방에 자리를 차지하고 있던 가구며 살림이 부서지고 찢어져 집 밖으로 내동댕이쳐졌다.

하나같이 손때가 덕지덕지 묻어 있는 고물들이었다.

돈 좀 있는 집이라면 한 끼 식사비로도 마련할 수 있을 만큼 허름하고 보잘것없는 가구들. 그러나 그것으로 생활해 온 사람들에게는 단순한 고물들이 아니었다.

“흐흑, 그만두세요. 대체 왜 이러시는 거예요?”

여인은 겨우 쥐어짜 내는 목소리로 울먹였다.

그녀는 마당 한구석에 쓰러져서 일어설 생각도 못했다.

그저 기어들어 가는 목소리로 사내들이 멈춰주기를 바랄 뿐이다.

그녀의 옆에는 객잔에서 보았던 소린이 잔뜩 겁먹은 표정으로 안겨 있었다.

아마도 병약해 보이는 여인이 소린의 모친인 듯했다.

여인의 간청에도 아랑곳 않고 온 집 안을 헤집던 사내들은 원하던 것을 찾지 못했는지 여전히 불만족스러운 표정으로 밖으로 나왔다.

정면에서 보니 그들은 역시 색목인이었다.

잠시 쑥덕거리던 그들 중 한 명이 여인에게로 다가왔다. 그리고 거칠게 그녀의 멱살을 잡아 일으키며 말한다.

“이봐, 네 서방이 있는 곳을 말만 해주면 그냥 곱게 물러나 줄게. 우리도 너같이 곧 죽을 것 같은 여자는 건드리기 싫다고.”

우악스러운 사내의 손길에 여인은 금세 숨이 가빠져 얼굴이 창백해진다.

“몰… 라요. 상공하고 소식이 끊긴 지 오 년이 넘었어요.”

그녀의 대답에 장한들의 얼굴이 일그러졌다.

“그놈이 네년하고 붙어먹기 전까지는 우리하고 호형호제

하던 놈이었어. 그래서 그놈 성격을 잘 아는데, 절대 마누라
랑 자식 버리고 그냥 도망갈 녀석이 아니라고."

그의 말에도 여인은 그저 고개를 저을 뿐이었다.

그때 지켜보던 다른 사내가 좋은 생각이 났는지 눈을 빛냈
다.

"어이, 조코."

조코가 그가 가리키는 것을 보았다.

무릎 근처에도 오지 않을 정도로 작은 소린이 여인의 뒤에
숨어 있는 모습이 보인다.

"호오, 역시 우딘 너는 머리가 잘 돌아가는군. 라자, 그년
을 놓아줘."

동료의 대화에 이미 감을 잡은 라자가 여인을 놓아주고 대
신 소린의 머리를 덥석 잡아 들어 올린다.

"아악!"

어른이라도 참아내기 힘들 만한 압력이 머리에 가해지자
소린은 자지러지게 비명을 지르며 울어댔다. 여인은 자신이
당하던 때보다 더욱 얼굴이 창백해지며 급히 라자에게 매달
렸다.

"그가 어디 있는지 정말 몰라요! 그이에게 마지막으로 받
은 편지는 무슨 책 같은 것을 연구하고 있는데 곧 끝난다는
것이었어요!"

그녀의 말에 세 사내는 안색이 돌변했다.

“그 빌어먹을 자식이 결국 금서의 해독에 성공했나 보군.”

“사실이라면 일이 정말 심각하군.”

“일단 금서가 풀려 마물이 만들어지기 시작하면 대종사께서 직접 나서서도 어려울지 몰라.”

잔뜩 굳은 표정으로 말을 주고받던 세 사내는 다시 여인을 쳐다보았다.

“진작 그렇게 말해주면 좋았잖아. 그거 말고 아는 것이 있다면 더 말해봐.”

라자는 우악스럽게 쥐고 있던 소린을 땅에 닿게 살짝 내려주었다. 하지만 머리를 놓아주진 않았다. 언제라도 손에 힘을 가하면 소린이 끔찍한 일을 당할 것 같은 위협감을 풍겼다.

여인은 소린을 껴안으며 애원했다.

“정말 그 이상은 아는 것이 없어요! 우릴 그냥 가만히 놔주세요! 흐흑흑!”

그녀의 말에 사내들은 난감한 기색이 역력했다.

“정말 모르는 것 같은데?”

“배신자 새끼가 마누라한테까지 숨기고 있을 줄이야.”

“우선은 그놈이 금서를 해독했다는 정보라도 보고하는 게 좋겠어.”

의견을 주고받은 후 라자는 소린의 머리를 놓아주었다.

“아아……!”

여인은 허겁지겁 딸의 상세를 확인했다. 다행히 놀라서 떨고 있는 것만 빼면 크게 다친 곳은 없어 보였다.

"흑흑! 소린아, 엄마가 있으니까 괜찮아. 겁내지……."

그녀가 울먹이며 딸을 다독거려 주려 할 때였다.

푸욱.

화끈한 통증이 가슴을 꿰뚫는다고 느끼는 순간, 아이의 얼굴에 붉은 피가 촤악 튀겼다.

여인의 가슴을 뚫고 널찍한 칼날이 삐죽 튀어나왔다. 그녀는 떨리는 손으로 딸의 눈을 가리며 힘겹게 속삭였다.

"소린아, 전에 네가 다쳤을 때 엄마가 발라주던 약 기억나지? 엄마가 조금 다친 것 같으니까 가서 좀 가져다주겠니? 여기 나쁜 사람들이 있으니까 절대 눈은 뜨지 말아야 한단다. 알았지? 눈만 감고 있으면 나쁜 사람들이 절대 해치지 못할…… 거야."

마지막 말을 하며 여인은 의식을 잃고 쓰러졌다.

소린은 얼굴에 미끈거리며 흐르는 액체를 느끼며 고개를 끄덕였다. 엄마의 말대로 눈을 감고 안으로 달려간 소린은 더듬거리며 약을 찾으려 한다.

어이없는 얼굴로 그 광경을 지켜보던 라자가 고개를 갸웃거리며 말했다.

"정말 알다가도 모르겠군. 자긴 다 죽어가는 판에 애새끼는 충격 받게 하고 싶진 않다는 건가?"

"그건 라자 네가 몰라서 그런 거야. 원래 엄마라는 존재는 애한테 모든 걸 바치게 되어 있다고."

"우리같이 어린 시절을 처절하게 보낸 놈들이 모성애가 뭔지 알게 뭐야? 난 보고 있자니 그냥 짜증만 나는군."

라자는 성큼성큼 다가가 이제 막 약병을 찾은 소린을 발로 걷어차 버렸다.

"아악!"

소린을 비명을 지르며 나뒹굴었다. 그러나 손에 든 약병을 놓치지도, 눈을 뜨지도 않았다.

"꼬맹아, 눈을 뜨고 네 어미의 얼굴을 봐라. 지금 못 보면 평생 못 보게 될 거다."

라자의 말에 소린의 눈꺼풀이 파르르 떨렸다. 어린아이라도 눈치가 없는 것은 아니다.

소린 역시 엄마에게 좋지 않은 일이 생겼다는 정도는 알고 있었다. 하지만 엄마와의 약속을 어길 수는 없었다.

라자는 짜증스러운 표정으로 소린의 머리를 움켜쥐고 여인에게 데려갔다. 그리고 강제로 소린의 눈꺼풀을 들어 올려 여인을 보게 만들었다.

"어, 엄마! 으아아앙! 엄마!"

소린은 피에 젖어 누워 있는 엄마를 보게 되자 울면서 달려들었다. 라자는 그런 소린을 붙잡고 놓아주지 않았다.

그 모습에 동료인 조코와 우딘조차 눈살을 찌푸렸다.

"저 변태 같은 녀석은 다른 사람이 고통에 잠기는 것을 너무 즐긴다니까.”

“자길 버렸다고 나중에 찾아가서 낳아준 여자를 죽인 놈이 잖아. 저런 눈물겨운 모정은 오히려 라자를 자극할 뿐이지.”

소린은 자신을 놓아주지 않는 라자에게서 벗어나려고 악을 쓰고 바동거렸다. 기둥같이 굵은 다리를 고사리 같은 손으로 때리고 차고 할퀴었지만 라자는 꿈쩍도 하지 않았다. 마지막으로 소린이 종아리를 있는 힘껏 깨물어 버리자 그제야 라자는 억 소리를 내며 손을 놓았다.

“어엉! 엄마! 엄마!”

소린은 악을 쓰고 울면서 엄마에게 달려들더니 약을 바르려 했다.

그 약은 일전의 소린이 개울가에서 놀다가 무릎이 까졌을 때 여인이 발라주던 것이었다.

가난해서 끼니조차 때우기 힘든 형편에 약 같은 게 있을 리 없는 노릇. 사실은 약이 아니라 진흙과 풀을 적당히 섞어 만든 것이다.

그녀는 그것으로 불안해하는 아이의 마음을 풀어주려 했던 것이다.

질 좋은 금창약을 써도 어쩔 수 없을 만큼 치명적인 상처에 지혈조차 될 수 없는 가짜 약을 들이붓는다고 피가 멎을 리가 없다.

하지만 소린은 포기하지 않았다. 마치 그렇게 하면 정말 피가 멈추기라도 할 것처럼 바르고 또 바른다.

“그런 거 발라봤자 네 어미는 살아나지 않아.”

라자의 짜증스러운 얼굴로 약을 바르는 소린을 걷어차 버렸다.

데굴데굴 구르던 아이는 고통을 참지 못해 목 놓아 울면서도 엉금엉금 여인에게 기어가서 다시 약을 바르려 한다.

“뭐 이런 끈질긴 애새끼가 다 있어?”

라자는 소린이 들고 있던 약통을 걷어차 버렸다. 소린은 꼭 쥐고 놓지 않으려 했지만, 손이 금세 피투성이가 되고 약통은 땅에 엎어지고 말았다.

소린이 엎어진 약을 주워 담으려 하자 라지는 그것을 무참히 짓밟아 흙과 뒤섞어 버렸다. 그것을 보는 아이의 얼굴에 절망감이 떠오른다.

“으아앙! 우리 엄마 살려내!”

소린은 울고불고 악을 쓰며 덤벼들었다. 하지만 라자에게 그런 반항은 개미에게 물린 것만큼의 통증조차 줄 수가 없었다.

“크하하하! 이제야 뭔가 속이 좀 시원하군. 생각 같아서는 좀 더 비참하게 만들어주고 싶지만 이쯤 해두지.”

라자는 눈물범벅이 된 소린의 모습에 흐뭇하게 웃으며 칼을 뽑았다. 그는 애초부터 아이든 어미든 살려줄 생각 같은 것은 없었다. 다만 죽이기 전에 마음에 상처를 입는 것을 즐졌을 뿐이다.

"그래도 죽을 땐 고통없이 보내주마."

말과 함께 라자가 칼을 휘두르려 할 때였다.

"야 이 개자식들아!"

덤불 뒤편에서 버럭 소리지르며 뛰쳐나오는 인영이 있었
다.

강은설은 원하는 대답을 들었음에도 불구하고 소린의 어
머니를 죽일 것이라고는 전혀 상상도 하지 못했다.

그래서 여인이 살해당하고 나자 충격에 휩싸여 쉽게 정신
을 차릴 수가 없었다.

'어떻게 그렇게 쉽게……'

병든 여인을 찔러 죽이고도 아무렇지 않은 사내들의 모습
이 더없이 두렵게만 느껴졌다.

그녀가 무림인들을 경계하고 꺼려했던 이유가 바로 다른
사람을 해치는 행동에 거리낌이 없다는 점 때문이었다.

그런데 지금 그녀가 보고 있는 세 명의 이국 사내는 그녀가
지금껏 만나본 어떤 무림인들보다 더욱 잔인하고 손속에 망
설임이 없었다.

강은설은 소린을 돕고자 했던 용기가 점점 작아지는 것을
느꼈다. 사내들에 대한 두려움은 그녀의 이성마저 마비시킬
정도였다.

그대로 뒤도 돌아보지 않고 도망쳐 버리고 싶은 생각이 굴뚝같았다.

'그래, 이게 원래의 나야. 남의 일을 돕는다고 나서다가 다치는 건 나답지 않은 거였어. 게다가 내가 나선다고 해도 어떻게 할 수 있는 것도 아니잖아?'

강은설은 스스로의 행동을 합리화시키려 노력했다.

아무리 봐도 그녀 정도는 사내들에게 준비운동조차 시킬 수 없을 것 같았다.

자신의 무력함에 고개 숙이던 강은설은 유검호의 모습이 떠올랐다.

'아저씨가 여기 있었다면……'

어쩌면 유검호라면 저 세 명을 쉽게 쓰러뜨릴 수 있을지도 모른다는 기대감이 들었다. 하지만 움직이는 것이 귀찮아서 소변 보러 갈 때조차 수레를 타고 다니는 유검호다. 마을의 정반대쪽에 있는 이곳 빈민촌 구석까지 찾아올 리가 없었다.

'그래, 일단 물러나자.'

강은설은 결심을 굳히고 조심스럽게 뒷걸음질을 치려 했다.

그러나 소린이 라자에게 희롱당하는 것을 보자 차마 발걸음이 떨어지질 않았다.

'내가 할 수 있는 일은 없어! 내가 할 수 있는 일은 없어!'

강은설은 자신의 행동에 정당성을 부여하는 말을 되뇌

었다.

그러나 라자가 소린을 밟고 칼을 꺼내는 것을 보는 순간,
더 이상 계산이나 생각 같은 것을 할 수가 없었다.

그저 머릿속이 하얗게 칠해져 자신도 모르게 버럭 소리를
지르며 라자에게 부딪쳐 갔다.

강은설은 그대로 뛰어들어 라자를 어깨로 밀쳐 내고 소린
을 구해낼 작정이었다. 물론 계획 같은 것이 있어서 그런 것
이 아니다.

그저 무작정 달려들며 본능적으로 떠올린 움직임이었다.

본능에 따른 움직임인지라 평소의 그녀보다 훨씬 날렵했
다. 정말로 라자를 밀쳐 낼 수 있을 것 같은 예감이 들었다.

그러나 그녀의 어깨가 라자의 등을 들이받으려는 순간,

휙.

라자의 몸이 미끄러지듯 물러나며 도배로 강은설을 후려
쳐 버렸다.

퍼억!

"으윽!"

강은설은 창자가 끊어지는 것 같은 통증을 느끼며 나뒹굴
었다.

지켜보던 조코와 우딘이 킥킥거리며 박수를 친다.

"이제야 기어나오는군. 언제 나올까 기다리고 있었다고."

강은설은 그제야 그들이 이미 진작부터 자신이 숨어 있다는 사실을 눈치채고 있었다는 것을 깨달았다.

맹수와 같은 무림인들의 오감을 너무 얕보았던 것이다.

배를 틀어쥐고 꿈틀거리는 강은설의 모습에 우딘이 음흉한 웃음을 지어 보인다.

"흐흐흐, 꼭 예쁘장한 사내놈같이 생겼구나. 나는 너같이 중성미가 있는 계집도 좋아하지."

"변태 같은 녀석. 중성미라니. 저 정도면 계집으로도 충분히 귀여운 얼굴이다. 아마 꾸며놓으면 꽤나 괜찮을 거야. 라자 녀석은 이런 쪽엔 별로 관심없을 테니 우리끼리 즐기도록 하지."

두 사람은 음담을 주고받으며 강은설을 붙잡으려 했다.

강은설은 이를 악물며 일어났다. 충격이 가시지 않아 배가 찢어질 것 같았지만 참아냈다. 그대로 쓰러져 있다간 반항조차 할 수 없었기 때문이다.

그녀가 일어나자 조코와 우딘은 흥미로운 표정을 지었다.

"반항이라도 하려나 본데?"

"재밌겠군. 어디 할 수 있는 만큼 해봐."

강은설은 그들의 조롱에 주먹을 꽉 쥐었다. 그녀의 눈에서 강한 의지가 흘러나왔다.

두 사람은 그녀의 반항을 즐기려는 듯 천천히 다가온다.

그들이 팔만 뻗으면 닿을 거리까지 다가왔을 때, 강은설은 재빨리 품속에 뭔가를 꺼내 들었다. 그리고 꺼낸 것을 자신의 발치에 힘껏 집어 던진다.

퍼엉!

그녀의 발에서부터 검은 연기가 피어오르며 순식간에 시야를 가렸다. 바로 몸을 보호하기 위해 가지고 다니던 흑막탄이었다.

흑막탄에 의해 그녀의 행방을 놓치자 두 사람은 당황하여 소리쳤다.

"엇? 도망친다!"

그들은 모처럼만의 즐거움이 사라질 수도 있다는 생각에 다급히 도를 휘둘렀다. 두 사람의 도풍에 연기는 금세 걷혔다.

하지만 연기가 사라진 후에 드러난 광경에 그들은 놀란 표정을 지었다.

분명 도망쳤을 거라 여겼던 강은설의 모습이 여전히 보였기 때문이다. 뜻밖에도 강은설은 도망을 친 것이 아니라 소린의 몸을 가리듯이 덮고 있었다.

그 앞에는 라자가 황당하다는 얼굴로 서 있다.

"뭐야, 이 년은?"

그는 짜증스럽게 외치며 강은설을 걷어찼다. 하지만 강은설은 소린을 껴안은 채 떨어지려 하지 않았다.

오히려 라자가 걷어찰 때마다 악을 쓰며 소리까지 지른다.

“개자식들아, 죽이려면 나부터 죽여라!”

입에서 핏물이 주르륵 흐르는데도 조금도 굴하지 않는다.

나중에는 매타작에 의식을 잃고서도 한사코 소린을 끌어안은 팔을 풀지 않았다.

그 독기에 세 사람은 혀를 내둘렀다.

“뭐 이런 년이 다 있지?”

“그냥 죽여 버리자.”

라자의 짜증스러운 말에 조코와 우딘은 마지못해 고개를 끄덕였다. 음심이 동했던 두 사람마저 강은설의 집념에는 두 손을 들어버린 것이다.

“정말 독한 년이군. 라자, 네 마음대로 해라.”

셋 중에 가장 상급자라 할 수 있는 우딘의 승낙이 떨어졌다.

라자는 기다렸다는 듯 칼을 높이 들어 올렸다.

쉬익!

그의 칼은 강은설과 소린을 한번에 꿰뚫어 버리겠다는 듯 거침없이 내리꽂혔다.

채앵!

도신을 통하여 찌르르한 반탄력이 전해져 온다. 그런데 사람을 찔렀을 때의 연한 감촉이 아니라 땅을 후려친 것같이 단단한 반탄력이다.

‘음?’

　이상함을 느낀 라자가 자신의 칼끝을 쳐다보고는 눈을 부
릅떴다. 분명 칼 아래 무방비 상태로 있던 강은설과 소린이
깜쪽같이 사라져 버린 것이다.

　그녀들이 움직이는 기척은 조금도 느끼지 못했다. 그런데
마치 땅속으로 꺼지기라도 한 것처럼 순식간에 사라져 버렸
다.

　그때 당혹스러워하는 라자의 귓전에 나직한 목소리가 들
려왔다.

　"네놈들, 정말 대단하군. 덕분에 정말 오랜만에 화가 날 것
같아."

　라자가 대경하여 고개를 돌리자 등 뒤 한 걸음 뒤에 서 있
는 사내의 모습이 보였다. 사라졌다고 생각한 강은설과 소린
이 그의 품에 안겨져 있었다.

간혹 영감이 묻곤 했었다. 흑암이 그토록 많은 사람의 희생으로 만들어질 만큼 대단한 보검이냐고. 그 질문에 나는 이렇게 답했다. 흑암은 사람의 감정을 담는 검이라고.

마음에 여유가 있을 때는 한낱 새털보다 가벼워 전혀 사람을 해치지 못할 것 같지만, 분노와 증오가 담겼을 때는 태산보다 무거워지는 검이 바로 흑암이었다.

즉, 마음먹기에 따라 검의 위력이 천차만별이라는 말이다.

영감은 한동안은 내 말을 믿지 않았다.

하지만 마을을 약탈하기 위해 다가오는 커다란 해적선 세 척을 일검에 가라앉혀 버리자 영감도 더 이상은 비꼬는 말을 하지 못했다.

그렇듯 흑암은 마음을 다스리지 못하여 어둠에 잠겨들었을 경우에 더할 수 없이 위험한 검이라 할 수 있었다.

은사검이 마물을 상대하기 위해 소유자의 피를 먹고사는 요검이라면, 흑암은 적을 상대하기 위해 주인의 어두운 감정을 먹고사는 마검인 것이다.

어머니를 위한 동전 한 닢

유검호는 강은설과 소린의 상태를 살폈다.

강은설은 심하게 얻어맞아 정신을 잃고 있었다. 음심을 풀기 위해 치명상을 입히진 않았지만 여기저기 부어오르고 멍들어 있었다.

그리고 그녀 품에 안겨 있는 소린은 눈동자가 풀려 있고, 온몸을 사시나무 떨듯 떨었다. 심적으로 큰 충격을 받은 탓에 경기를 일으키고 있는 것 같았다.

유검호는 피에 잠겨 누워 있는 소린의 모친을 힐끔 보고는 한숨을 내쉬었다. 소린의 등을 가볍게 어루만지며 내공을 불어 넣자 소린의 떨림이 잦아든다.

“아저씨가 짐승 몇 마리 잡는 동안 언니하고 있거라.”

유검호의 말에 소린은 의식이 흐릿한 가운데서도 고개를 끄덕이며 강은설을 껴안는다.

그 모습을 가만히 지켜보고 있던 라자가 약간 굳은 표정으로 물었다.

“네놈은 누구냐?”

“칠칠치 못한 일행 찾으러 온 여행객이지.”

유검호의 대답에 우딘이 눈살을 찌푸렸다.

“독한 계집의 일행인가?”

“글쎄, 너희 같은 개쓰레기한테 험한 소리 들을 만한 일행은 없는 것 같은데?”

그 말에 세 사람의 얼굴이 분노로 달아올랐다.

“건방진 놈, 서천의 무사들을 모욕하다니. 죽고 싶으냐?”

“서천이든 동천이든 내가 알 필요는 없고. 그냥 대충 행패만 부리고 갔으면 욕 좀 하고 몇 대 쥐어박는 걸로 넘어갔을 텐데, 이건 정도가 너무 심했어.”

“미친놈. 네놈이 그냥 넘어가지 않으면…….”

라자는 콧방귀를 뀌며 비웃었다. 그러나 말이 채 끝나기도 전,

그는 대경실색하여 도를 들어 올렸다. 멀찍이 서서 한가로이 떠들고 있던 유검호가 어느새 코앞에 나타나 검을 내려치고 있었기 때문이다.

유검호의 움직임은 마치 공간을 뛰어넘기라도 한 듯 중간
의 과정은 전혀 파악할 수 없었다.

라자는 다급히 내공을 끌어올렸다. 그의 도에 푸르스름한
강기가 치솟았다. 중원에서도 시전할 수 있는 사람이 몇 되지
않는다는 도강이었다.

그의 도강은 철벽같이 흑암을 막아갔다.

하지만 흑암은 강기와 격돌함에도 속도가 늦춰지지 않았
다.

까강!

라자의 도에는 강기가 머금어져 있는 반면 유검호의 검은
아무것도 없는 검신. 그러나 충돌의 결과는 보는 사람의 예상
을 뒤엎었다.

"크헉!"

라자는 흑암과 부딪치는 순간 마치 내장이 입으로 튀어나
올 것 같은 압박감을 느껴야만 했다. 굳건하게 버티고 섰던
그의 발이 대번에 땅속으로 두 자나 파고든다.

무릎까지 파묻힌 다리를 빼기도 전에 유검호는 두 번째 검
을 휘둘렀다.

부웅!

단순히 검을 내려친 것뿐인데도 마치 회오리가 불어닥치
듯 강한 풍압이 몰아쳐 왔다.

라자는 전신의 내공을 모두 끌어올려 그것을 막아보려 했

으나 그것은 막아낼 수 있을 만한 힘이 아니었다.

콰창!

흑암의 앞에서는 가장 단단한 쇠로 만든 보도와 나무를 강철보다 단단하게 만들 수도 있는 강기가 무의미했다.

두꺼운 도신이 썩은 나뭇조각마냥 산산조각 나서 바스러진다.

그와 함께 라자의 몸은 땅속에 더욱 깊이 박혀들었다.

"쿨럭! 제… 제발……."

라자는 조각난 내장을 뱉어내며 공포에 젖은 눈으로 애원했다.

하지만 이미 살심을 굳힌 유검호는 조금도 개의치 않고 세 번째로 검을 내려쳤다.

쏴아악!

주변의 흙이 폭풍을 만난 듯 쫙 갈라진다.

퍽!

짧고 굵은 폭음이 터지며 라자의 몸은 가죽 공이 터져 나가듯 폭발했다. 검에 맞은 사람의 육체가 잘리는 것이 아니라 터져 나갔다는 것은 매우 비현실적인 광경이었다.

"이놈!"

"무슨 짓을 한 것이냐?"

우딘과 조코가 노성을 토했다.

라자가 반항조차 해보지 못하고 터져 나갔다는 사실은 직접 눈으로 보고도 믿을 수 없었다. 그들은 필시 유검호가 사술을 쓴 것이라 생각했다.

그러나 유검호는 그들의 궁금증 같은 것을 풀어줄 생각 따위 없었다.

"너희도 그만 살아라."

휘익!

유검호의 신형이 바람을 갈랐다. 흑암이 단번에 조코를 찔러간다. 깜짝 놀란 조코가 도갑째로 검을 막으려 했다. 그러나 강기에 휩싸인 보도조차 막아내지 못한 흑암이었다.

콰창!

도와 도갑이 함께 부서지며 조코의 가슴이 거대한 망치에 후려 맞은 것같이 파였다.

"크헉!"

조코는 외마디 비명을 한차례 지르고는 숨이 끊어졌다.

"이놈!"

우딘이 경악하여 도를 빼 들었다. 하지만 유검호의 발이 우딘의 도갑을 걷어찬다. 마치 우딘의 움직임을 미리 예측이라도 하고 있었던 것 같은 정확한 발차기였다.

"으윽!"

손을 찍힌 우딘이 발도를 마치지 못하고 멈춘 사이, 유검호가 흑암을 수평으로 휘둘러 우딘의 어깨를 후려쳤다.

콰직!

그 일격에 우딘의 어깨뼈가 산산조각 났다.

"끄윽!"

뼈가 박살나는 것만으로는 흑암의 힘이 해소되지 않는다.

우딘의 몸이 검에 가격당한 방향으로 날려졌다. 그 뒤를 유검호가 바짝 따라붙는다. 유검호는 공중에 뜬 우딘의 목을 한 손으로 틀어쥐며 그대로 나무에 처박아 버렸다.

콰앙!

우딘은 목뼈가 부러지고 뒤통수가 으깨진 채로 즉사하고 말았다.

또르르.

우딘의 선혈이 나무를 타고 흘러내리는 것을 보며 유검호는 흑암을 집어넣었다.

그가 나타나서 라자, 조코, 우딘을 차례대로 죽이는 데는 눈 몇 번 깜빡거릴 정도의 시간밖에 걸리지 않았다.

그야말로 찰나의 순간에 벌어진 일. 세 명 모두 반항 한 번 제대로 해보지 못하고 목숨을 잃었다.

그것은 무공 차이가 많이 났다기보다 유검호의 움직임 자체가 그들의 상상을 초월할 정도로 빨랐기 때문에 벌어진 일이었다.

아마 또 한 번 싸우게 된다 할지라도 그들은 자신들의 무공도 한 번 써보지 못하고 당할 것이다.

적을 모두 처리한 유검호는 강은설과 소린을 안고 집 안으로 들어갔다. 우선 두 사람의 부상부터 치료해야 했기 때문이다.

강은설은 그때까지도 소린을 보호하듯 안고 있었다.

유검호는 강은설과 소린에게 한 손씩 붙이고 진기를 주입했다.

강은설은 진기가 주입되면서 안락함이 느껴지자 그제야 스르르 팔을 푼다.

약 일각여가 흐르자 강은설이 먼저 정신을 차리고 몸을 일으켰다.

"으음……."

그녀는 기절 전의 상황이 떠올랐는지 눈을 뜨자마자 소리부터 질렀다.

"이 개놈들아!"

그리고는 멀뚱멀뚱 쳐다보고 있는 유검호와 눈이 마주치자 화들짝 놀란다. 유검호는 무안해하는 그녀의 모습에 히죽 웃으며 말했다.

"그런 상황에 아주 그냥 천하태평하게 자더군."

"시, 시끄러워! 잔 게 아니라 얻어맞고 기절한 거였다고!"

"입 옆에 침이나 좀 닦고 말하지?"

강은설은 허둥지둥 입가를 훔치며 물었다.

"그 개자식들은?"

"고이 보내줬지."

그 말에 강은설이 발끈하며 소리쳤다.

"엥? 그자들을 그냥 보내줘? 아저씨 제정신이야? 그놈들이야말로 천하의 악당들이란 말이야! 그런 놈들은 죽을 때까지 고통을 맛보게 해서 자신들의 죄를 뉘우치게 해도 모자란다고!"

열변을 토하며 씩씩거리던 그녀는 문득 유검호의 소매에 핏방울이 묻어 있는 것을 발견하고는 뭔가 깨달았는지 멈칫했다.

"아! 혹시 보내줬다는 게… 죽였다는 말이었어?"

유검호는 약간 어두워진 얼굴로 고개를 끄덕였다.

강은설은 다시 무안함에 얼굴이 시뻘게져서 급히 말을 돌렸다.

"괘, 괜찮아. 그놈들은 죽어도 싼 놈들이었어. 아저씨가 죄책감 같은 거 가질 필요 전혀 없다고."

그녀의 위로에 유검호는 쓴웃음을 지으며 말했다.

"그냥 기분이 조금 더러운 것뿐이야. 저쪽에 있을 때 워낙 많이 죽여서 고향 올 때 어지간하면 상대를 죽이지 말자고 다짐했었거든."

그의 말에 강은설은 아무 말도 하지 못했다. 만약 그녀가 유검호의 입장이었다면 밀려드는 죄책감으로 말도 못했을 것이다.

'겉으로는 웃고 있지만 속으론 괴롭겠지. 어쩔 수 없는 상

황이었는데. 불쌍한 아저씨.'

강은설의 마음속에 처음으로 유검호에 대한 동정심이 생겨나려 했다. 그러나 그때 유검호가 머리를 박박 긁으며 소리쳤다.

"에잇! 그냥 고향에 오늘 온 걸로 생각하지, 뭐! 다음부터 안 하면 되지, 뭐!"

귀찮다는 듯 스스로를 용서해 버리고는 금세 전과 같이 태연한 표정으로 돌아가는 유검호였다. 강은설은 기가 막혀 물었다.

"아니, 조금 전만 해도 괴로운 것처럼 말해놓고 그냥 그렇게 넘어가져?"

"아니, 뭐, 생각해 보니까 싸움이란 게 고향 땅 타국 땅 가려가면서 일어나는 것도 아니고, 또 싸우다가 상대가 나쁜 놈이면 나도 모르게 실수해서 죽일 수도 있는 거잖아."

"대체 어떻게 살면 그렇게 자기합리화를 빨리 할 수 있는 거야?"

"사람은 원래 스스로를 합리화시키면서 살아가는 거야. 고민 많이 하면 빨리 늙는다고. 그러니 적당한 자기합리화는 젊음의 비결인 거지. 내가 삼십대임에도 이렇게 피부가 탱탱한 이유이기도 하지."

"아저씨 하나도 안 탱탱하거든?"

이미 유검호에 대한 동정심이라던가 공감대 같은 것은 씻은 듯이 자취를 감추었다.

잠시 대화를 주고받던 유검호와 강은설이 입을 다물었다.

소린이 일어나서 밖으로 나가려 했기 때문이다.

"아직 움직이면……."

핼쑥한 소린의 얼굴을 보고 강은설이 말리려 했지만 유검호가 고개를 저었다. 소린은 비틀거리며 마당으로 나갔다. 그리고는 시체가 된 여인의 품에 몸을 눕힌다.

소린은 그날 밤이 다 지나가도록 일어나지 않았다.

가끔 여인의 옷자락을 꽉 움켜쥐며 엄마를 부르는 것을 보니 꿈을 꾸고 있는 모양이었다.

유검호와 강은설은 모녀가 살던 집을 대강 정리한 후 소린이 객잔에서 얻어왔던 음식으로 끼니를 때웠다.

하루 꼬박 아무것도 먹지 않은 소린이 걱정되긴 했지만, 차마 꿈에서 엄마를 만나고 있는 아이를 깨울 엄두가 나질 않았다.

그저 병이나 걸리지 않기를 바랄 뿐이었다.

아이는 다음날 여명이 어렴풋하게 밝아올 무렵에야 눈을 떴다.

싸늘히 식어 차갑게만 느껴질 품 안이건만 그 속에서 누구보다 따뜻한 표정이었다. 소린은 눈을 뜨고도 한참 동안을 어미의 품에서 떠나질 못했다.

해가 중천에 떴을 무렵에야 느지막하게 일어난 유검호가

그런 소린을 보며 혀를 내둘렀다.

"아직까지 저러고 있는 거야?"

"이제 슬슬 몸에 무리도 올 텐데, 어떻게 좀 해봐요."

걱정스레 쳐다보고 있던 강은설의 말에 유검호는 혀를 차며 다가가서 소린을 번쩍 들어 올렸다.

아이는 엄마에게서 떨어지지 않으려 바동거렸지만 유검호는 그런 저항을 무시하고 아이를 목 위에 올려놓았다.

"넌 엄마가 병들어서 아픈 게 싫었지?"

유검호의 말에 소린은 작게 고개를 끄덕인다.

"저승에 가면 그런 병 같은 것도 없고 가난도 없다더라. 네 엄마도 분명히 저승에선 아프지도 않고 굶주리지도 않아서 행복하게 지낼 수 있을 거야. 그러니 이제 엄마를 땅에 묻어 줘야지. 그래야 엄마가 편히 쉴 수 있거든."

유검호의 어깨 위로 맑은 물방울이 뚝뚝 흘러내렸다.

무덤을 파는 것은 그리 어려운 일이 아니었다.

흑암을 몇 번 내리찍으면 땅에는 커다란 구덩이가 푹푹 파여졌다.

시체를 묻기 전 마지막으로 어머니를 대면한 소린의 눈에는 눈물이 그렁그렁했다. 하지만 울음을 꾹 참으며 품속에서 낡은 철전 한 개를 꺼내더니 어머니의 입에 물려준다.

시신을 묻고 나자 아이는 그제야 참았던 울음이 복받친 듯

서럽게 울었다.

　장례가 끝난 후 강은설은 조심스레 물어보았다.
　"아까 그건 무슨 돈이니?"
　"엄마 약 사려고……."
　아마도 엄마의 병을 고치겠다고 구걸을 하며 모았던 돈인
모양이다.
　"그걸 왜……?"
　입에 물리냐 물으려 할 때 유검호가 대답했다.
　"죽어서 저승에 갈 때 뱃사공에게 주는 뱃삯 같은 거야. 저
애 아버지 쪽의 풍습이지. 어머니가 저승에 가서라도 아버지
를 기다릴 수 있기를 바란 모양이군."

　갈 곳이 있냐는 유검호의 물음에 소린은 또박또박 말했다.
　"아빠에게 데려다 주세요."
　"네 아빠가 어디 있는데?"
　"엄마 말씀으로는 산이 많은 곳에 갔대요."
　유검호는 잠시 난감함을 느꼈다.
　"산은 중원 어딜 가도 많아. 그런 걸로는 사람을 찾을 수
없단다."
　"그렇지만 이게 있으면 찾을 수 있다고 하셨어요."
　소린은 만지작거리던 물건을 보여준다. 그것은 하도 만져

서 닳고 닳은 나비 모양의 노리개였다.

"그게 뭔데?"

"엄마가 아빠에게 받은 정표래요. 엄마의 마지막 유품인데, 아빠에게 전해드릴 거예요. 엄마는 여기에 아빠의 사랑이 담겨 있어서 아빠가 어디 있는지 느낄 수 있대요."

천진난만한 아이의 말에 유검호는 할 말을 잃었다.

속으로는 '네 엄마가 널 속인 거야! 그런 건 없다고!' 라고 외치고 있었지만, 차마 몇 시진 전에 엄마를 잃은 아이의 동심까지 산산이 깨버릴 만큼 양심이 없진 않았다.

유검호는 부드럽게 돌려서 다시 물어보았다.

"그런 거 말고 뭔가 알아볼 수 있을 만한 증표 같은 것은 없니? 예를 들면 편지라든지 아니면 편지라든지, 혹은 편지라든지 어쩌면 편지 같은 거 말이야."

"그런 건 없는데요?"

"젠장! 그럼 다른 건? 아무 물건이라도 뭔가 있으면 다 가져와 봐."

조막만 한 손으로 머리를 짚고 골똘히 생각하던 소린이 뭔가 생각난 듯 쪼르르 달려가더니 보잘것없어 보이는 약병 두 개를 가지고 왔다.

"제가 아기였을 때 병이 있어서 많이 아팠는데 아빠가 보내주신 약을 먹고 병이 나았대요. 이게 그때 약이 들어 있던 병이에요. 그리고 이건 그때 엄마가 먹었던 약이 담긴 병이고요. 이상하게 전 그 약을 먹고 병이 나았는데 엄마는 약을 먹고 나서부터 병이 생겼대요. 엄마는 나중에 아빠가 돌아오시면 보여줘야 한다면서 병을 보관하고 있었어요."

그 말에 유검호는 두 개의 약병을 유심히 살펴보았다.

소린이 먹었다는 약의 병에는 별다른 것이 없었지만, 다른 병에는 하얀 가루가 희미하게 남아 있었다. 슬쩍 냄새를 맡아 본 유검호는 눈살을 찌푸렸다.

"독이군."

그 말에 잠자코 듣고 있던 강은설이 깜짝 놀라며 되물었다.

"독?"

"광물성 독인 것 같은데 정확히 무슨 종류인지는 모르겠어."

"소린이 아버지가 왜 독을 보내서 아내에게 먹인 것일까?"

"어쩌면 그가 보낸 것이 아닐지도 모르지."

유검호의 말에 강은설은 여전히 이해가 안 된다는 표정이었다.

"그가 보낸 게 아니라면 대체 누가 이런 걸 보냈으려고?"

"나도 모르지. 아마 꼬맹이 아버지와 얽혀 있는 자들 중에 한 명이겠지. 광물독은 그리 흔한 게 아니고 다룰 줄 아는 사람도 별로 없을 테니 병에 든 독의 출처를 캐보면 뭔가 단서를 찾을 수도 있을 거야."

"그럼 그렇게 하자."

　너무도 쉽게 대답하는 강은설의 말에 유검호의 얼굴이 황당함에 물들었다.

　"이봐, 그냥 '그렇게 하자'라고 말한다 해서 다 이루어지는 게 아니야. 중원 땅은 동네 앞마당이 아니라고. 한 지역을 조사하는 데만 몇 달은 걸릴 텐데, 나보고 그런 일을 하란 말이야?"

　"하지만 아까 아저씨가 소린이를 아버지에게 데려다준다고 약속했잖아."

　"난 단지 갈 곳이 있냐고 물어봤을 뿐이야. 데려다준다는 약속 따윈 한 적 없어. 그리고 네가 잊어버렸나 본데, 난 불과 한나절 전에 내 스스로 한 다짐도 뒤집은 사람이라고. 그런 무리한 약속 같은 걸 지킬 거라 생각하면 크나큰 실수지."

　유검호는 어림도 없다는 듯 고개를 내저었다.

　강은설이 다시 그를 설득하려 할 때, 한편에서 듣고 있던 소린이 돌연 울음을 터뜨렸다.

　"으아아아앙! 아빠에게 가야 돼요! 데려다주세요!"

　서럽게 소리 내어 우는 아이의 모습에 강은설은 경멸의 눈빛을 담아 유검호를 노려보았다.

　"내, 내가 울린 거 아니잖아."

　당황하여 변명했지만 강은설은 물론이고 울고 있는 소린까지도 뭔가를 바라는 듯 쳐다볼 뿐이다. 유검호는 이 순간 부정하는 말이라도 해버리면 천하의 몹쓸 놈이 되어버릴 것 같은 기분이 들었다.

"아, 알았어. 알았다고. 하지만 그런 조사는 금방 되는 것이 아니니까 뭔가 단서를 알아내기까지 오래 걸리게 될 거야. 더욱이 난 우선 사문에 돌아가야 하니까 그 후에 조사를 하던가 말던가 해보자."

유검호의 말에 두 소녀의 얼굴이 환해졌다.

결국 소린은 아버지를 찾을 때까지 함께 여행을 하게 되었다.

강은설은 말동무가 생겼다고 좋아했고, 유검호는 보호 대상이 한 명 더 생겼다며 귀찮아했다. 그리고 소린은 처음엔 수줍어서 말도 제대로 하지 못하더니 강은설과 친해지고 나자 조금씩 말문을 열기 시작했다.

강은설은 그런 소린이 귀여운지 잠시도 쉬지 않고 말을 걸었다.

젊고 어린 두 여인의 수다는 어지간한 일에는 신경도 쓰지 않던 유검호조차 귀를 틀어막으며 소리치게 만들었다.

"아, 잠 좀 자자, 잠 좀!"

사부님이 나를 버리고 이사 갔다고?

소린이 합류한 후 여행길은 순조로워 이튿날 점심 무렵에
는 남경에 들어설 수 있었다.

"드디어 돌아왔구나!"

유검호는 십오 년 만에 보는 고향의 풍경에 감회가 새로운
듯 여기저기 두리번거리느라 정신이 없었다.

그 모습은 마치 시골에서 막 상경한 순박한 청년이 발달된
도시 문화에 신기해하는 표본과도 같아 지나가던 사람들을
킥킥거리게 만들었다.

"이봐, 저기가 바로 내가 배를 탔던 곳이야. 아, 그때 술만
안 먹었으면 떠나지 않는 거였는데. 아! 내가 살던 곳은 저쪽

이야. 빨리 와봐."

유검호는 거리가 온통 자기 것인 듯 이리저리 뛰어다니며 아는 곳이 나올 때마다 고래고래 소리 지르며 설명했다. 강은설은 집중되는 사람들의 시선이 느껴지자 어색하게 웃으며 그에게 떨어지기 위해 뒷걸음질쳤다. 그러다가 뭔가에 부딪쳐 뒤를 돌아보니 소린이 뒷걸음질을 치고 있다가 화들짝 놀라며 급히 말한다.

"딱히 유 아저씨가 싫은 건 아니에요."

"조금 더 떨어져야 일행으로 안 볼 거야."

강은설은 변명하는 소린의 손을 잡고 함께 유검호에게서 더욱 떨어져 걸었다.

유검호는 거리를 한참 가로질러 도성의 외곽으로 향했다.

한산한 골목을 따라 이리저리 들어가자 장원 하나가 나타났다.

규모가 크다고는 할 수 없었으나 낡은 담벼락과 고풍스러운 대문이 썩 잘 어울려서 겉으로 보기에도 꽤나 전통있는 장원같이 느껴졌다.

"하하하! 여기야, 여기. 드디어 사문에 돌아왔구나. 아마 사부님이 내가 왔다는 소리를 들으면 맨발로 뛰쳐나와 반겨주시겠지? 사제와 사매들도 자랑스러운 사형의 귀환에 기뻐서 눈물을 흘리겠지?'

유검호는 뭔가 잔뜩 기대를 하며 대문을 벌컥 열어젖혔다.

끼이익.

나무끼리 비벼지는 마찰음이 흘러나오며 문이 열렸다.

유검호는 안으로 들어가며 우렁찬 목소리로 외쳤다.

"사부니임! 제가 왔습니다! 집 나간 큰제자 유검호가 지금 돌아왔…… 응?"

감격의 상봉을 준비하며 외치던 유검호의 두 눈이 휘둥그레졌다.

장원 안쪽에는 그가 기대하고 있던 사부도 사제들도 없었다.

단지 반나체로 돌아다니는 십수 명의 여인네들만이 있을 뿐이었다. 여인들은 여기저기에서 빨래를 한다든지 수를 뜬다든지 하면서 각자의 일을 하고 있다가 크게 외치면서 들어온 유검호를 일제히 쳐다본다.

몇 명은 한심스럽다는 듯 혀를 차며 고개를 내젓기도 하고, 몇 명은 그저 소 닭 쳐다보듯 무심한 눈으로 지나친다. 그리고 또 몇 명은 직접 유검호에게 다가오기도 했다.

"호호호! 이렇게 환한 대낮부터 기생집을 찾다니, 이 오라버니 많이 급했나 봐."

"오빠, 내가 상대해 줄까? 물론 돈은 좀 더 내야 되는 건 알지?"

"이년아, 넌 밤에 인기 많잖아. 낮엔 나도 손님 좀 차지하자."

여인들은 제각각 주절거리며 유검호의 팔을 잡아당긴다.

"아, 아니… 그게 아니고……."

당황하면서도 여인들이 이끄는 대로 순순히 끌려가는 유검호였다. 뒤따라 들어오다 그 모습을 본 강은설이 어이없다는 표정으로 소리쳤다.

"어딜 따라 들어가려 그래? 돈도 없는 주제에!"

강은설의 말에 유검호의 곁에 붙어 있던 여인들의 표정이 싹 바뀐다.

"뭐야? 돈이 없어?"

"어머, 별꼴이야. 돈도 없이 여길 왜 왔대?"

조금 전까지만 해도 살갑게 굴던 여인들이 순식간에 흩어지자 가운데 남은 유검호는 쭈뼛거리며 돌아섰다.

"하, 하하하! 내가 잘못 찾아왔나? 여기가 아닌가 봐."

밖으로 나간 유검호는 잠시 주변을 두리번거리며 지형을 확인했다. 그리고 다시 조금 전에 들어갔던 장원을 쳐다본다.

"이상하네. 분명 여기 맞는데? 봐. 저기 현판에도 청수장이라고……."

확인하듯 현판을 가리키던 유검호의 손끝이 덜덜 떨려왔다.

그가 가리키고 있는 현판에는 청수장이 아닌 청수루라고 쓰여 있었던 것이다. 청수는 그의 사부가 사용하던 호다.

"이럴 수가!"

유검호는 크게 충격을 받은 듯 비틀거렸다.

"왜 그래요?"

"사, 사부님이 기루를 내다니. 그건 있을 수 없는 일이라고!"

유검호는 혼란스러운 표정으로 머리를 감쌌다.

'그 고고한 척하던 사부님이 기루를 차리다니. 대체 무슨 일이 있었기에 그런 결정을 내리신 거지? 기루라니? 허참. 어? 가만. 내가 이렇게 싫어할 일만은 아니잖아? 아까 보니 내 취향인 아가씨들도 꽤 있던데. 사부가 기루 주인이면, 난 기루 주인의 아들과 같은 제자인 거잖아. 기루 주인은 돈을 안 낼 테니 기루 주인의 제자도 마찬가지겠지? 거기다 새로 아가씨를 뽑을 때도 내 취향대로 뽑을 수 있을 테고. 그럼 우선 쭉쭉 빵빵한 몸매에 금발 미인부터…… 흐흐흐.'

강은설이 옆에서 그를 지켜보니 진지한 표정이다가 갑자기 헤죽헤죽 웃고, 또다시 진지해져 도저히 무슨 생각을 하는지 종잡을 수가 없었다.

'뭔가 굉장히 복잡한 고민을 하는가 보다. 원래 기루 같은 걸 내면 안 되는 문파였나 보지?'

유검호가 표정만으로 강은설을 오해하게 만들며 이것저것 계획을 짜고 있을 때였다. 언제 들어갔는지 소린이 기루 안에서 쪼르르 달려나왔다.

"여기 기루가 들어오기 전엔 관에 있는 높은 사람의 별장이었대요. 그리고 그전에는 원래 어떤 무림인이 제자랑 딸하고 같이 살고 있었고요. 그분들이 아저씨가 찾는 사람들 맞죠?"

그새 안으로 들어가 물어보고 온 모양이었다.

소린의 말에 한창 흐뭇한 생각으로 침을 흘리고 있던 유검호가 침을 닦으며 고개를 갸웃했다.

"아니, 사부님한테 딸하고 제자가 있는 건 맞다만, 그전이라니? 그럼 지금은?"

"팔 년쯤 전에 이사 가버렸대요."

"응? 이사? 어디로?"

"모른다던데요?"

소린의 말에 유검호는 잠시 멍한 표정이 되었다.

"그럼 네 말은 사부님이 이사를 갔는데, 내겐 찾아올 곳도 알려주지 않고 갔다는 말이야?"

소린은 차마 말을 하지 못하고 조심스럽게 고개만 끄덕였다.

"그럼 그 말은 내가 버림받았다는 거네?"

끄덕.

유검호는 침착하게 생각을 정리해 보았다. 그리고 절규했다.

"으아아악! 이건 말도 안 돼! 사부님이 이사 가면서 날 버리고 가다니! 난 그래도 가끔 생각날 때마다 사부님이 건강하

라고 빌어주기도 하고 했단 말이야! 이건 불공평해! 대체 세
상이 어떻게 돌아가려고 이러는 거야? 카악! 퉤! 이놈의 더러
운 세상! 그래, 죽자! 사부한테도 버림받은 못난 제자가 갈 곳
이 어디 있겠어?"

처절하게 부르짖으며 자기 목을 조르다가 숨이 막혔는지
캑캑거리며 손을 놔버린다. 유검호가 장원 밖에서 시끄럽게
소란을 피우자 담 안쪽에서 여인들의 고운 목소리가 흘러나
와 그를 위로해 준다.

"이런 쌍! 대낮부터 왜 이렇게 시끄러워? 삼촌들은 저 미친
놈 안 잡고 뭐 하는 거야? 낮에 이렇게 잠을 못 자는데 내가
피부가 좋을 리가 있겠어?"

"그러게 내가 진작 이 동네 물 안 좋다고 다른 데로 옮기자
고 했잖아. 그리고 언니 피부는 잠 못 자서 그런 게 아니라 원
래 더러운 거야."

"뭐야? 이 개 같은 년이?"

항의를 하는 와중에 안쪽에서 뭔가 새로운 소란이 일어난
모양이지만, 어쨌든 그녀들의 거친 항의에 유검호는 비참함
을 호소하다 말고 후다닥 도망쳤다.

세 사람은 청수루에서 한참 떨어진 객잔으로 들어갔다.
자리에 앉아 음식을 시키는 동안에도 유검호는 우울한 표
정이었다.

‘하긴 십오 년 만에 돌아왔는데 반겨줄 사람이 없으니…….’

강은설은 약간 안쓰러운 마음에 위로를 해주려 했다. 그러나 유검호의 탄식을 듣자 그런 생각은 싹 달아났다.

“다 틀렸어. 역시 난 기루 주인의 제자가 될 만한 그릇이 아니었던 거야. 아아~ 청월아~ 홍아야~ 내 직접 너희의 기명을 지어주려 했건만. 너희를 만나지 못한다는 사실에 오라버니는 슬프기 그지없구나.”

만나지도 않은 기녀의 이름까지 들먹이며 아쉬워하는 유검호였다. 강은설이 그의 머릿속에 뭐가 들었을지 확인해 보고 싶은 충동을 억지로 자제하고 있을 때 소린이 작은 목소리로 말했다.

“사람들에게 물어보면 안 돼요?”

그 말에 강은설이 박수치며 동의한다.

“좋은 생각이네요. 사부님이 무림인이라면서? 그곳도 원래 무림문파였고. 원래 무림인의 명성 같은 건 금방 퍼지니까 다른 사람이 알 수 있을지도 모르잖아.”

그녀들의 말에 유검호는 고개를 저으며 말했다.

“소용없어. 우리 사문은 무림에 나간 적이 한 번도 없다고. 원래 비인부전으로 전해 내려오면서 무예를 갈고닦는 것만이 유일한 사명이었다고. 사부님도 평생 동안 무공을 쌓았지만, 세상에 문천기라는 석 자를 알고 있는 사람은 두 손으로 꼽을 수 있을 정도일걸?"

유검호가 말과 함께 뜨거운 차를 들이켜려 할 때였다.

마침 그 옆을 지나가던 사내가 유검호가 하는 말을 듣고 깜짝 놀라며 말을 걸었다.

"당신 방금 문천기 대협을 사부라고 불렀소?"

"대협인지는 모르겠지만 내 사부님 함자가 맞긴 하오만?"

"설마 그 청수검왕 문천기 대협을 말씀하시는 거요?"

"청수검왕? 청수가 사부님이 즐겨 쓰시던 호이긴 한데……."

그 말에 사내의 말투가 돌연 공손해졌다.

"그럼 소협이 바로 신검일룡? 이런. 이거 정말 영광이외다. 소생은 신도문의 임무생이라 하오. 내 살아생전 신검일룡 백소협을 만나는 날이 오다니. 정말 놀랍구려."

사내의 포권에 유검호는 그저 어리둥절한 표정을 지을 뿐이었다. 옆에서 강은설이 대신 나서며 물었다.

"청수검왕이라면 그 어딘가의 맹주인가 하는 분 아닌가요?"

"그렇소. 바로 당금 정파무림연합맹의 맹주님이시자 명실상부한 천하제일인으로 불리는 분이시지. 당신은 맹주님의 유일무이한 제자 분과 동행하면서 그것도 몰랐소?"

"그럼 그 무림연합맹이란 곳은 어디 있는 거죠?"

강은설의 질문에 사내는 뭔가 이상했는지 미심쩍은 눈으로 유검호와 그녀를 번갈아 쳐다보았다.

"무림맹이야 당연히 개봉에 있지 달리 어디 있겠소? 그런데 정말 신검일룡 맞소? 소문에는 얼굴이 조각처럼 잘생기고 피부가 옥과 같은데다가 매우 동안이라던데……."

"뭐요? 내 피부가 어디가 어떠… 웁!"

"하하하! 원래 소문이란 게 과장되기 마련이잖아요."

강은설은 발끈하여 소리치려는 유검호의 입을 주먹으로 틀어막고는 어색하게 웃으며 그를 밖으로 끌어당겼다.

"퉤퉤! 무슨 짓이야?"

강은설은 따지며 소리치는 유검호를 미심쩍은 눈초리로 바라보았다.

"청수검왕은 무림인을 잘 모르는 나도 알고 있을 정도로 유명한 사람인데, 아저씨, 진짜 그분 제자 맞아?"

"아, 글쎄 난 청수검왕이 누군지 모른다니까."

"그럼 문천기라는 사람은?"

"그건 사부님 성함이지. 하지만 사부님은 무슨 맹주 같은 것을 하실 만한 분이 아니야. 평생을 나서지 않고 살아오신 분인데 왜 갑자기 무림에 나가서 맹주 같은 것을 하시겠어? 게다가 내 기억으로는 사부님 무공이 천하제일이라고 불릴 정도는 아니었다고."

유검호의 말에 강은설은 잠시 생각하다가 다시 물었다.

"그럼 청수검왕 제자인 신검일룡 백유량도 누군지 모르겠네?"

"아, 청수검왕도 모르는데 제자 따위 내가 알게 뭐…… 응? 잠깐. 백유량? 그건 내 사제 이름인데? 그럼 유량이 그놈이 신룡 머시기였어? 그럼 진짜 사부님이 무림맹주인지 뭔지가 되었단 말이야?"

유검호는 잠시 혼란스러운 머릿속을 정리해 보더니 주먹을 불끈 쥐며 말했다.

"그럼 내가 진짜 무림맹주의 제자였군! 내게 이런 빌어먹을 신분의 비밀이 있었구나! 어쩐지 인생이 갈수록 개판으로 꼬여간다 싶더라니. 내 배경에 그런 엄청난 비밀이 있기 때문이었어!"

유검호는 스스로의 존재감을 한없이 높여가며 자아도취에 빠졌다. 강은설의 의심 가득한 목소리가 그런 유검호의 정신을 일깨운다.

"들리기로는 맹주한테 제자는 백유량 한 명뿐이라던데? 게다가 맹주의 사문은 천선문이라고 하고."

"유량이 그 녀석은 나보다 한참 늦게 입문했지. 뭐, 나중에 무공은 따라잡혔지만. 그런데 천선문이라니? 내 사문은 팔선문인데? 잘못 들은 거겠지."

강은설은 고개를 갸웃거렸다.

"그런가? 하긴 내가 무림인도 아니니까 착각할 수도 있지. 그런데 결국 개봉까진 가야 돈이 생긴다는 거네?"

"사문이 이사 갔다는데 어쩔 수 없지."

그 말에 강은설은 회심의 미소를 지으며 말했다.

"내려."

"응? 어딜?"

복잡한 생각을 끝내자 바로 드러누우려던 유검호가 의아하여 물었다.

"내리라고. 수레랑 말 팔게."

그녀의 말에 유검호는 그제야 남경까지 와서 돈을 못 주면 말을 준다고 했던 것이 떠올랐다.

"저, 저기, 강 소저. 너무 그렇게 딱딱하게 굴지 말고."

"어림도 없어!"

유검호가 불쌍한 표정으로 말을 걸었으나 강은설은 차갑게 잘라 버린다. 그러자 유검호는 이번엔 태도를 바꿔 강하게 호통 치며 말했다.

"이봐! 너무 자기만 생각하는 거 아니야? 나야 그렇다 쳐도 꼬맹이를 생각해야지. 이 어린것이 그 먼 길을 어떻게 걸어가겠어?"

그러나 소린이 천진난만한 얼굴로 올려다보며 말한다.

"전 괜찮아요. 걷는 건 자신있어요."

"으음."

어린아이의 순진함에 말문이 막힌 유검호는 어떻게든 말을 팔지 못할 방법을 찾아 머리를 굴렸다. 그러나 작정하고 나선 강은설을 막을 수는 없었다.

결국 말과 수레는 마시장에서 스물다섯 냥이라는 현금으로 바뀌어 강은설의 주머니 속으로 들어가게 되었다.

그녀가 정말 말을 팔아치우는 것을 보자 유검호는 절망이 가득한 표정으로 중얼거렸다.

"큭. 나보고 그 먼 길을 걸어가라니. 차라리 날 죽여라."

하지만 유검호가 우울하든 말든 강은설은 입이 귀밑까지 찢어지려 했다. 그도 그럴 것이, 지금 가진 돈은 그녀가 몇 년간 여행을 하며 소지해 본 돈 중 가장 큰 액수였다.

품에 묵직한 돈주머니가 느껴지자 자신감이 팽배하고 무슨 일을 당해도 두렵지 않을 것 같았다.

"헤헷. 발품 좀 팔면 어때서 그래? 걸으면 건강에도 좋고 몸에 활력도 생기잖아. 게다가 덕분에 앞으로 숙식 비용을 걱정할 필요가 없어졌으니 얼마나 좋아?"

"쳇. 너도 내 나이 돼봐라. 걸을 때마다 무릎에 요정이 살아서 걸을 때마다 뚜둑뚜둑 비명을 지른단 말이야."

유검호의 엄살에도 강은설은 마냥 좋은 듯 웃음으로 일관했다.

그렇게 강은설이 뿌듯한 마음으로 복잡한 마시장을 나갈 때였다. 건장한 남자 하나가 거칠게 지나가며 부딪쳐 온다.

강은설은 잽싸게 남자를 피하려다 옆에 있던 중년인과 부딪치고 말았다.

"아, 조심 좀 합시……."

강은설은 소리치며 반사적으로 품 안에 손을 집어넣었다가 깜짝 놀라 뒤를 돌아보았다. 십여 장 너머에 왜소한 체구의 사내가 부리나케 도망가고 있는 것이 보였다. 왜소한 사내의 손에는 그녀의 돈주머니가 들려 있었다.

"아앗! 소매치기! 저 사람 잡아!"

강은설의 말에 유검호는 심드렁하게 대꾸했다.

"뭐 잃어버렸는데?"

"중요한 물건. 빨리 잡아야 돼!"

초조하여 소리쳤으나 유검호는 여전히 귀찮다는 표정으로 가만히 서 있을 뿐이었다. 되레 소린이 그 작은 다리를 움직여 소매치기를 쫓아가려는 것을 강은설이 말려야 했다.

유검호가 움직일 생각을 않자 강은설은 급한 대로 소리쳤다.

"거기 우리 밥값도 들어 있단 말이야!"

그 말에 유검호의 얼굴도 딱딱하게 굳어졌다.

"밥값? 이런 빌어먹을."

유검호는 힘껏 땅을 박차며 소매치기를 쫓아갔다. 그 속도가 매우 빠르고 거칠 것 없이 맹렬하여 금세 소매치기를 잡을 수 있을 것 같았다.

하지만 유검호는 눈 깜짝할 사이에 십여 장을 내달리더니 돌연 멈추어서 무릎을 짚고 고개를 숙인다.

뒤늦게 달려오던 강은설이 놀라며 물었다.

“뭐, 뭐야? 무슨 일이야?”

그녀의 물음에 유검호는 후련한 표정으로 엄지손가락 하나를 추켜세우며 말했다.

“헉헉! 다 태워 버렸어…… 하얗게…….”

강은설이 어처구니없어하며 소리쳤다.

“태우긴 뭘 태워? 고작 스무 발짝 뛰어놓고.”

“시끄러워. 난 달리기에는 약하단 말이야.”

“약해도 이 악물고 가서 찾아와야 돼.”

“그냥 포기해. 그럼 편해.”

두 사람이 툭탁거리고 있을 때였다.

쿠쿵.

사람 둘이 그들의 앞에 떨어져 내린다.

뭔가 하여 보니 바로 그녀에게서 돈을 훔쳐 달아났던 자와, 그녀에게 일부러 부딪치며 시선을 빼앗으려 했던 자다.

“앗!”

강은설이 놀라며 나뒹굴고 있는 그들에게 달려들려 할 때 옆에서 밝고 기운찬 목소리가 들려왔다.

“쫓고 있던 자들이 이자들 맞습니까?”

강은설이 고개를 돌리자 깔끔한 청의를 입은 훤칠한 청년이 서 있었다. 갑작스레 잘생긴 남자와 마주치게 되자 강은설은 약간 얼굴을 붉히며 고개를 끄덕였다.

“맞아요. 이 사람들이 내 돈을 훔쳐 갔어요.”

"이자들은 근처에 소문이 자자한 도모(소매치기)입니다. 이곳 사람들에겐 얼굴이 다 알려져서 항상 여행객들만 노리지요."

청년은 친절하게 설명해 주며 강은설이 도둑맞은 주머니를 내밀었다.

"액수가 맞는지 확인해 보십시오."

강은설은 급히 주머니를 열어 보주가 무사히 있는지 확인해 보고는 안도했다. 그 후에 돈을 세어보고는 환하게 웃으며 답했다.

"다 있네요. 덕분에 살았어요. 하마터면 목적지까지 쫄딱 굶으면서 갈 뻔했네."

그녀의 말에 헉헉거리던 유검호가 불쑥 끼어들었다.

"굶긴 왜 굶어? 나 사냥 잘한다고 했잖아."

"이잇, 시끄러워. 그깟 소매치기 하나 못 잡으면서."

강은설은 유검호에게 면박을 주고는 다시 청년을 쳐다보았다.

"정말 고마워요. 이걸 어떻게 보답해야 할지……."

"하하하! 보답이라니요. 협의를 쫓는 사람으로서 당연히 해야 할 일을 했을 뿐이지요."

"맞아. 그깟 일 가지고 일일이 보답 같은 걸 받았다면 난 평생 보답만 받다 죽었을 거라고."

"그런데 이분은……."

청년이 유검호를 가리킬 때, 저편에서 기다리고 있던 소린이 걸어왔다. 소린을 본 청년의 얼굴에 의외라는 빛이 떠오른다.

"아, 두 분이 부부셨군요. 부인이 너무 어려 보여서 미처 생각지 못했습니다."

그 말에 강은설이 직접적으로 불쾌한 기색을 보이며 손을 내저었다.

"뭐요? 이런 늙다리 아저씨하고 부부라뇨? 초면에 말씀이 너무 심하시잖아요!"

"이봐, 자고로 여자라면 남자가 가질 수 없는 그 뭔가가 있어야 하는데……."

유검호는 강은설을 힐끔 쳐다보며 양손으로 뭔가의 크기를 재보는 듯하더니 이내 고개를 절레절레 내젓는다.

"아무리 봐도 얘는 남자하고 다를 게 없잖아. 그런데 어떻게 나하고 부부가 될 수 있겠어?"

강은설과 유검호가 서로를 보며 어이없어하고 청년이 그것을 재밌어하며 지켜보고 있을 때였다.

시장 저쪽에서 몇 명이 청년을 보고 소리친다.

"어이, 오 형! 거기서 뭐 해? 문 소저가 기다리고 있다고!"

소리친 자들은 대부분 청년과 비슷한 또래로 보였는데, 간간이 병장기가 보이는 것으로 보아 무림의 젊은이들인 모양이었다.

“일행이 기다려서 가봐야겠군요. 만나서 반가웠소이다.”

청년이 인사를 하며 일행에게 가려는데, 일행에 끼어 있던 자들 중 한 명이 돌연 놀란 목소리로 소리치며 다가왔다.

“아니, 이거 백 소협 아니오? 이거 여기서 또 보게 되는구려.”

아는 척을 한 것은 조금 전 객잔에서 유검호의 사부에 대한 이야기를 해주었던 임무생이라는 사내였다.

“그렇지 않아도 아까는 너무 갑작스럽게 사라지셔서 아쉬워하던 참이었소.”

임무생이 연신 반가운 얼굴로 말을 하자 같이 다가왔던 일행이 의아해하며 묻는다.

“임 형, 누구신데 그렇게 반가워하는 것이오?”

임무생은 짐짓 근엄한 표정을 짓더니 유검호를 소개한다.

“하하! 놀라지들 말게나. 이분이 바로 청수검왕 문 대협의 고명제자이시자 당금제일기재라고 소문이 자자한 신검일룡 백유량 소협이라네.”

그 말에 청년들은 모두 크게 놀라워하며 유검호를 쳐다보았다.

그들의 시선에는 하나같이 존경과 경외가 담겨 있었다.

특히 처음에 소매치기를 잡아주었던 청년은 다른 이들보다 더욱 많이 놀란 표정이었다.

‘신검일룡은 매우 차갑고 진중한 성격이라더니, 역시 소문

은 믿을 게 못 되는구나.'

이미 강은설과 툭탁거리는 모습을 본 그로서는 유검호가 대단한 신진고수라는 사실이 쉽게 믿기지 않았다.

그들의 부담스러운 시선을 느낀 유검호는 눈살을 찌푸리며 말했다.

"내가 사부님 제자인 건 맞는데, 내 이름이 유량은 아니오. 난 사부님의 수제자이자 백유량한테는 사형이 되는 유검호라는 사람이오."

유검호의 말은 한껏 드높이던 청년들의 기대감을 단번에 무너뜨렸다.

"에이, 임 형. 아무리 우리한테 내세울 인맥이 없다고 맹주님의 제자를 사칭하는 가짜를 데려오면 어떡하오?"

"어허, 요즘 백 소협의 명성이 워낙 높아져서 여기저기서 사칭하는 사람이 있다는 소리는 들었지만, 이렇게 직접 만나게 될 줄은 몰랐네그려."

실망감이 역력한 청년들의 비난에 임무생은 당황하여 유검호를 쳐다본다.

"정말 백 소협이 아니오?"

"유검호라니까."

임무생은 허탈한 표정으로 다시 물었다.

"그럼 아깐 왜 백 소협을 사칭한 것이오?"

"난 사칭 같은 거 한 적 없소. 다만 내 사부님이 문 씨 성에

천 자, 기 자 쓰시고 호가 청수라고 말했을 뿐이오.”

“그리고 백유량은 당신 사제겠군?”

유검호의 대답에 청년들 중 한 명이 비꼬듯 말했다.

“내가 녀석의 사형이니 녀석이 나의 사제가 되겠지. 그게 뭐 잘못되었나?”

당연하다는 유검호의 대답에 청년들은 드러내 놓고 비웃음을 짓는다. 강은설을 도와주었던 오 씨 성의 청년이 동료들을 제지하며 말했다.

“굳이 여기서 이렇게 떠들 필요가 있겠소? 형씨가 진짜 청수검왕의 제자라면 금세 확인할 방법이 있으니 같이 가겠소?”

그의 말에 다른 자들이 감탄하며 동의한다.

“그렇군. 너무 어이가 없어서 문 소저가 와 있다는 걸 잠시 잊었어.”

“당신은 우리와 함께 갑시다. 그럼 당신 말이 진짜인지 거짓인지 알 수 있을 것이오.”

“만약 맹주님 제자라는 신분을 사칭한 것이라면 각오해야 할 것이오.”

그들은 유검호가 도망치지 못하도록 둘러쌌다.

“허, 이젠 별 희한한 일을 다 겪는구나. 좋아, 한번 가보자.”

유검호가 큰소리치며 그들을 따라가려 하자, 강은설이 그의 옷자락을 붙잡으며 말했다.

"그럼 밥값은 누가?"

그녀의 말에 유검호가 잊고 있었다는 듯 말을 고친다.

"따라가 주는 대신 밥값은 당신들이 내는 것으로 하지."

*　　*　　*

청년들은 유검호를 번화가의 으리으리한 고급 음식점으로 안내했다. 별채까지 따로 붙어 있는 것이 척 보기에도 매우 비싸 보이는 곳이었다.

"이야! 네가 말 안 했으면 자칫 덤터기 쓸 뻔했구나."

유검호는 강은설의 철저함에 감탄하며 안으로 들어갔다.

음식점 안은 삼 층으로 나뉘어져 있었다. 청년들은 일층은 거들떠도 보지 않고 곧장 이층으로 올라갔다. 보통 이런 음식점의 경우 돈과 권력이 많을수록 위층으로 올라가기 마련인 것을 감안했을 때, 청년들의 집안이 모두 만만치 않다는 것을 알 수 있었다.

이층에 올라서자 말끔하게 차려입은 점소이가 잽싸게 나와서 그들을 맞아준다.

"도련님들, 오늘은 꽤나 늦으셨군요."

"오는 길에 잠시 일이 있었다. 그나저나 문 소저는 아직 머물고 계시지?"

오 씨 청년의 물음에 점소이는 능글맞은 웃음을 흘리며 답한다.

"조금 전에 산보를 한다고 나가셨으니 넉넉잡고 반 시진쯤 있으면 돌아오실 겁니다."

그 말에 청년들의 얼굴에 일제히 아쉬운 표정이 떠오른다.

"이거 조금 기다려야겠군. 적당히 먹을 거나 좀 내오게."

"오늘은 양육이 좋습니다요."

청년들은 어차피 음식에는 별 관심이 없었는지 건성으로 대답하며 입구 쪽만 쳐다보았다.

단지 유검호만이 주방에서 음식이 나오기만을 기다릴 뿐이었다.

음식은 아직 나오지도 않았는데 벌써부터 젓가락을 뽑아 들고 설치는 모습에 강은설은 기가 막혀 물었다.

"조금 전에 밥 먹었잖아. 그런데 또 배가 고파?"

"난 먹을 수 있을 때 왕창 먹어서 뱃속에 저장해 두는 습관이 있다고. 그래야 잠자다가 밥 먹기 귀찮을 때 일어나지 않아도 되거든."

강은설을 향해 한 말이었으나 그 말에 반응을 한 것은 청년들이었다.

"커험! 저렇게 게으른데 맹주님의 제자임을 자처하다니."

"낯짝이 이만저만 두꺼운 게 아닌가 보군."

그들의 비웃음에 유검호보다 임무생이 되레 얼굴을 붉히

며 고개를 숙인다.

사실 그는 이들 사이에 끼어 있긴 하지만, 이 자리에 어울릴 만한 인물은 아니었다. 청년들은 모두 하나같이 강소성에서 내로라하는 명문의 자제들이었지만, 그의 사문인 신도문은 그리 명성있는 문파가 아니었다. 게다가 나이는 임무생이 열 살가량이나 많았지만, 무공은 청년들에 미치지 못하기에 더욱 기가 죽을 수밖에 없었다.

그러다가 우연히 들른 객잔에서 유검호가 청수검왕의 제자라는 말을 듣게 되고, 마시장에서 또다시 마주치게 된 것이다.

일단 청수검왕의 제자라는 신분 자체가 매우 대단한 의미를 가졌고, 또한 신검일룡 역시 당금 무림 최고의 신성이다.

그런 사람과 친분이 있으면 보잘것없어 보이는 자신의 위상을 높일 수도 있겠다는 생각에 유검호를 반갑게 소개했던 것이다.

그런데 그런 유검호가 정말 사칭이었다면 애써 그를 소개하려 했던 임무생은 그야말로 사람 보는 눈이 없다는 것을 알린 꼴이 되는 것이다.

그리고 그가 보기에도 유검호는 사칭일 확률이 컸다. 아무리 소문의 반이 거짓이라는 무림이라지만, 맹주의 숨겨진 대제자라는 말은 결코 들어본 적도 없었기 때문이다.

'후우! 남의 배경 내세워 으스대 보려다가 망신만 당하게

생겼구나.'

임무생은 어두운 표정으로 한숨을 내쉬었다.

유검호는 그가 자신 때문에 그런 고민을 하고 있다는 사실은 전혀 눈치채지 못하고 음식이 나오자 환호를 할 뿐이었다.

강은설의 말대로 식사를 한 지 채 두 시진도 지나지 않았건만 유검호는 게걸스럽게 먹어댔다.

음식에 손을 대는 사람은 유검호를 제외하면 강은설과 소린뿐이었다. 그녀들 역시 밥을 먹은 지 얼마 되지 않아 배가 불렀지만 생전 처음 먹어보는 고급 음식을 보자 참을 수가 없었다.

청년들은 그런 세 사람을 더욱 한심스럽게 쳐다보았다.

한참 먹어대던 강은설은 통통해진 배를 두들기며 젓가락을 놓았다. 유검호는 그때까지도 먹고 있었고, 청년들은 제각각 담소를 나누고 있었다.

강은설은 기다리기가 지루해지자 옆자리에 앉은 오 씨 청년에게 궁금했던 것을 물었다.

"그런데 무슨 수로 저 사람이 무림맹주님의 제자가 아니라는 걸 밝힌다는 거예요? 맹주라는 분은 개봉에 있지 않나요?"

청년은 피식 웃으며 설명해 주었다.

"물론 맹주님은 개봉에 계시오. 하지만 지금 이곳에 머물고 계신 분이라면 저 사람이 진짜 맹주님의 제자인지 알아볼 수 있을 것이오."

"그분이 누군데요?"

"그분은 무림삼봉 중에서 검봉으로 알려져 있는 문 소……."

그가 이름을 밝히려 할 때, 차분하던 청년들의 분위기가 눈에 띄게 어수선해지기 시작했다. 척 보기에도 상기되고 들뜬 얼굴이었다.

"오오, 문 소저가 오셨네."

"드디어 말로만 듣던 냉화검봉을 보게 되는군."

"하하하! 보고 나면 그녀에게 왜 얼음 꽃이라는 별호가 붙었는지 알게 될 것이네."

강은설과 대화를 나누던 오 씨 청년 역시 말을 멈추고는 긴장한 표정으로 옷차림을 가다듬는다. 그들의 반응만 보아도 지금 들어서는 여인의 위상이 어느 정도인지 충분히 알 수 있었다.

사람들의 기대를 한 몸에 받으며 올라선 것은 입이 떡 벌어질 정도로 아름다운 여인이었다.

창백하다 싶을 정도로 하얀 피부와 그에 대조되는 새빨간 입술, 오뚝한 코와 그린 듯이 미려한 눈썹은 마치 사람이 아니라 예쁜 인형을 보는 것 같았다.

정말 드물 정도로 아름다운 외모였으나 한 가지 흠이라면 눈꼬리가 약간 길고 얼굴에 서리라도 내린 듯 싸늘하게 굳어 있어 전체적으로 차갑다는 인상을 준다는 점이었다.

하지만 그런 차가운 인상마저도 매력으로 느껴질 정도였으니 정말 보기 드문 미녀임은 틀림없었다.

그녀의 등장에 청년들은 일제히 일어나며 그녀를 반겼다.

그들을 본 여인의 얼굴에 약간 귀찮아하는 표정이 떠올랐다.

하루도 거르지 않고 매일같이 우르르 패를 지어 몰려와서 갖은 친분을 만들려고 했으니 그녀가 꺼리는 것도 당연한 일이었다.

그러나 청년들은 여지없이 전날과 같은 내용의 말을 전해온다.

"문 소저, 산보 갔다 오시는 길인가 봅니다. 하하! 오늘은 포의문의 구종수 소협과 금호문의 육호연 소협이 문 소저를 뵙기 위해 오셨소."

두 청년이 각기 인사를 했으나 여인은 대충 받는 둥 마는 둥 간략하게 응대하고는 말했다.

"오랜만에 걸었더니 조금 피곤해서 먼저 들어가 봐야겠군요. 만나서 반가웠습니다. 그럼 즐겁게 대화 나누다 가세요."

그녀가 건성으로 인사를 하고는 삼층으로 올라가려 하자, 오 씨 청년이 다급하게 소리쳤다.

"문 소저, 혹시 이 사람을 아십니까?"

그가 가리키는 것은 정신없이 음식을 먹고 있는 유검호

였다.

 사실 그가 유검호를 이곳까지 데려온 것은 맹주에 대한 존경심으로 인해서라기보다 여인에게 말을 붙일 만한 명분으로 이용하기 위해서였다.

 유검호가 가짜라는 것은 이미 기정사실이었고, 그런 유검호를 이용하여 여인이 관심있을 만한 이야기를 끌어내서 친분을 쌓겠다는 것이 그의 속셈이었다.

 다른 청년들 역시 그의 생각을 눈치챘기에 그렇게 유검호를 이곳으로 데려오려 했던 것이다.

 그의 질문에 여인은 유검호에게 시선을 던졌다. 유검호 역시 음식을 먹다 말고 자신에게 향하는 서늘한 시선을 느끼고 그녀를 보았다.

 하지만 무심한 그녀의 시선은 별다른 감흥 없이 돌려진다.

 "모르는 사람이군요."

 그녀의 말에 오 씨 청년은 그럴 줄 알았다는 듯 크게 웃으며 말한다.

 "하하하! 이 사람은 자신이 맹주님의 또 다른 제자라고 하더이다. 그래서 그 진위 여부를 확인해 보기 위해 이렇게 몰려온 것이라오."

 "가짜겠죠. 아버님께 제자는 백 사형밖에 없어요."

 여인은 달리 생각해 볼 필요도 없다는 듯 단정짓고는 계단을 올라간다.

다급해진 청년들이 유검호를 두고 하나둘씩 떠들어댔다.

"제자를 사칭하여 맹주님의 명성을 더럽힌 이자를 어떻게 처리했으면 좋겠소?"

"문 소저를 위해서라도 호되게 혼을 내주어야 하지 않겠소?"

"그거야 당연한 말이오. 내 오늘 손에 피를 묻히는 한이 있어도 맹주님의 권위가 얼마나 지엄한 것인지 알려주고야 말겠소."

그들은 어떻게든 여인의 관심을 끌어 걸음을 멈추게 하기 위해 있는 소리 없는 소리 가릴 것 없이 내뱉었다.

그 노력이 통했음인지 계단을 올라가던 여인이 잠시 멈춰 서서 물었다.

"저 사람 이름이 뭐라던가요?"

그녀의 물음에 청년들은 잠시 대답을 하지 못하고 자기들끼리 쑥덕거렸다.

"이름이 뭐였지?"

"유 어쩌고 했는데……."

"유호 아니었나?"

"아냐. 그보다는 조금 더 긴 이름이었어."

그들은 여인의 질문에 자신의 힘만으로 답을 찾고 싶었는지 바로 앞에 있는 유검호에겐 물어볼 생각조차 하지 않았다.

그들이 대답을 하지 못하자 여인은 다시 몸을 돌려 계단을 올라가려 했다.

그때 보다 못한 강은설이 소리쳤다.

"이 사람 이름은 유검호예요!"

그 말에 계단을 올라가던 여인이 깜짝 놀라며 몸을 돌렸다.

"유검… 호? 설마 큰사형?"

지금껏 한 치 흐트러짐없던 그녀의 얼굴에 처음으로 감정이 생겨났다.

그녀의 물음에 유검호는 기름이 번들거리는 입술을 소매로 스윽 닦아내며 씨익 웃었다.

"코찔찔이 영아가 많이 컸구나. 하마터면 몰라볼 뻔했어."

그녀는 바로 사부의 딸 문소영이었다.

드러나지 않은 이야기들

　사방이 붉은색으로 칠해진 고요한 방. 미세한 숨소리조차 들릴 정도로 적막에 잠긴 방 안에 탁한 저음의 목소리가 울려 퍼졌다.

　"녹안혈마가 시체로 발견되었다는 건가?"

　"그렇습니다. 현장의 정황상으로 볼 때 누군가 흡혈귀매를 해치우고 녹안혈마도 죽인 것으로 보입니다."

　"원혈귀매와 흡혈귀매, 그리고 사령노괴의 수제자인 녹안 혈마까지 해치웠다라……. 그게 가능한 것인가?"

　대답하던 자가 잠시 침묵을 지켰다. 머릿속으로 무림의 인물들을 떠올리고 있는 모양이었다.

"사령노조가 훔쳐 간 원혈귀매는 완전한 것이 아니었기 때문에 극강의 무공을 익힌 고수라면 파괴할 수 있다고 보고 있습니다. 교주님을 제외한다면 현 무림에서는 서천의 대종사인 바룬과 그의 제자 바얀, 그리고 마교 교주 혁련월과 소교주 혁련휘 정도가 그런 무공을 지니고 있을 것입니다."

"적무양은 어떤가?"

그 물음에 대답하던 자는 잠시 망설이다 답했다.

"적무양은 이미 십오 년 전에도 감히 상대할 자가 없는 인물이었습니다. 그라면 십오 년 전의 무공 수위만으로도 흡혈귀매를 수월히 파괴할 수 있었을 것입니다."

질문하던 자가 흥미롭다는 듯 다시 물었다.

"그렇다면 지금의 나를 적무양과 비교한다면 어떤가?"

이번에도 역시 답변자는 쉽사리 말을 하지 못했다.

"단순히 궁금해서 물어보는 것일세. 냉철하게 판단해서 말해보게."

대답하던 자는 그 말에 용기를 얻었는지 조심스럽게 입을 연다.

"십오 년 전이었다면 결과를 예측할 수 없었을 것입니다. 하지만 이미 교주님의 신공이 대성에 이르렀으니 지금 결전을 벌인다면 당연히 교주님이 이길 것이라고 생각합니다. 교주님이 익힌 신공의 특성상 일반적인 무공만으로는 상대할 수 없으니까요."

"나도 그렇게 생각하네. 하지만 십오 년 동안 적무양이 얼마나 더 강해졌는지를 알 수 없으니 확실히 말하긴 어렵겠군."

"그렇습니다. 적무양은 실로 하늘이 내린 천재이기 때문에 십오 년 동안 어떻게 변했을지는 추측할 수 없습니다."

"어쨌든 천하제일인을 따라잡은 것이니 나 역시 무림에 적수가 없다는 말이겠군."

"십오 년 전에 적무양이 돌아올 수 없는 길로 떠났을 때부터 이미 교주님은 천하제일인이셨습니다."

"빈말이라도 기분이 나쁘진 않군. 그건 그렇고, 술서 해독에 관한 일은 어찌 되어가고 있는가?"

"술서는 이제 거의 완독되어 가고 있습니다. 얼마간의 시간만 지나면 완성된 흡혈귀매를 보실 수 있을 것입니다."

"사령노괴가 그 사실을 알면 많이 배 아프겠군. 내게 고개 숙여가면서까지 숨어들어서 흡혈귀매를 훔쳐 갔는데 정작 완성품은 구경도 못하게 생겼으니 말이야. 그 외국 놈은 어떤가?"

"자식을 고쳐 주는 대신 아내에게 독을 먹여놓았습니다. 술서를 해독해야만 아내를 살릴 수 있다고 위협해 놓았기 때문에 술서 해독에 필사적으로 몰두하고 있습니다."

"쯧쯧, 술서를 모두 해석하고 나면 그 친구부터 풀어주어야겠군. 물론 흡혈귀매가 되어서겠지만. 실험체 확보도 잘 진행되고 있겠지?"

대답하던 자의 목소리가 다시 작아졌다.

"약간의 문제가 생겼습니다. 실험체를 회수하러 갔던 비륜당주가 폐인이 되어 돌아왔습니다."

"호오? 비륜당주라면 일처리가 꽤나 확실한 친구였을 텐데?"

"실험체를 공급하던 산적들을 심문해 본 결과, 우연히 그곳을 지나가던 협사에게 당한 것이라고 합니다. 하지만 비륜당주의 뇌호혈이 망가져서 상대의 정체를 정확하게 알아낼 수는 없었습니다."

"우리에 대해 뭔가 아는 놈이 있는 것은 아니겠지?"

"그건 아닌 것 같습니다. 일단은 우연히 지나가던 협객이 실험체를 준비하는 과정을 보고 끼어든 것으로 보고 있습니다."

"비륜당주가 당했다면 대단한 무공을 지닌 자겠군."

"그렇습니다.

"요즘은 나이를 먹어서 그런지 자꾸 불안한 생각이 드는군. 마치 맹수가 멀리서부터 한 걸음씩 접근해 오고 있는 기분이야."

"모든 계획은 완벽합니다. 바뀌는 것은 없을 것입니다."

"하긴, 조양표 자네의 계획은 항상 완벽했지. 내가 자네 아니면 누굴 믿겠나?"

어느 음침한 곳에서 이루어진 대화는 그렇게 끝이 났다.

*　　　*　　　*

"맹주님, 천리순풍 팽 대협께서 매우 중요한 일이 있으시다고 합니다."

시비의 말에 서류를 보고 있던 맹주가 답했다.

"들어오시라 해라."

잠시 후 팽인수가 맹주실에 들어왔다.

"팽 모가 맹주님을 뵙소이다."

"허허, 이거 살다 보니 천리순풍이 무림맹에 방문하는 광경을 다 보는구려."

"그러게 말이오. 내 진작 좋은 일이 있을 때 찾아올 것을, 하필이면 처음 와서 전하는 말이 이런 것이라 심히 안타깝소."

팽인수의 탄식에 맹주의 표정도 살짝 굳어졌다. 팽인수의 성격이 항상 밝다는 것을 알기에 그가 이토록 뜸을 들이는 것이 심상치 않아 보였던 것이다.

잠시 머릿속으로 할 말을 떠올려 보던 팽인수가 입을 열었다.

"본 가의 젊은이들에게 바깥 구경을 시켜주러 무림에 나섰다가 끔찍한 마물을 보게 되었소."

"마물이라면 어떤 것을 말하는 것이오?"

"아마 맹주님도 흡혈귀매라는 말을 들어보셨을 거요."

"흡혈귀매? 그건 설화에나 나오는 요괴 아니오?"

"나도 그것을 눈으로 직접 보기 전까지는 그렇게 생각하고 있었소. 하지만 마물 한 마리에게 본 가의 젊은이 열여섯 명이 모두 죽임을 당하는 것을 보고 나와 조카손녀 역시 죽기 직전의 상황을 겪고 나니 믿지 않을 수가 없었다오."

"허어, 대체 어떤 괴물이기에?"

"사람의 살과 뼈를 찢어버릴 수 있을 정도의 괴력을 지녔고 몸놀림은 무림의 절정고수 이상으로 빨랐소. 게다가 어떤 충격에도 죽지 않는 불사에 가까운 육신을 지녔으니 무림에서 상대할 수 있을 만한 고수가 몇 안 될 것이오."

"허허, 그 정도요?"

"그뿐만이 아니오. 정말 무서운 것은 그놈에게 당한 사람 역시 죽고 나면 같은 흡혈귀매가 되어버린다는 것이오. 마물에게 당한 본 가의 젊은이들 모두가 흡혈귀매가 되어 우리를 공격해 왔었소."

"허허, 어찌 그런 일이. 그런데 정말 실례되는 질문이오만, 그 괴물이 그렇게 빠르고 강했다면 팽 대협과 손녀 분은 어떻게 그곳을 빠져나온 것이오?"

"마침 그곳을 지나가던 청년이 구해주었소이다. 그에겐 신기한 보검이 한 자루 있었는데, 그 검은 사악한 마물을 퇴치하는 효능이 있다고 했소. 그 검으로 찌르니 우리가 모든 수단을 써도 끄떡 않던 흡혈귀매가 퇴치되더구려.”

팽인수의 말에 맹주는 의아해하며 다시 물었다.

“설화에 흡혈귀매는 절대 죽지 않는다 했는데, 일개 보검으로 퇴치할 수가 있다면 그것들이 흡혈귀매가 아닐 수도 있는 것 아니오? 어쩌면 새로운 술법으로 제조된 강시가 아니겠소?”

“그때 흡혈귀매의 옆에는 녹안혈마라는 사파인이 있었는데, 그자는 자신이 사령노조의 제자라고 했소.”

“헛! 사령노조!”

맹주의 안색이 대번에 변한다. 사실 팽인수의 이야기를 들으며 약간은 뜬금없다 생각했는데, 사령노조가 연관되어 있다면 결코 허투루 들을 수 없었다.

“녹안혈마는 그 흡혈귀매가 사령노조가 직접 제조한 것이라며 자신감에 차 있었소. 실제로 흡혈귀매가 퇴치되었을 때 가장 놀란 것도 바로 녹안혈마였소이다. 물론 그 녹안혈마 역시 사공을 익힌 탓에 은사검에 의해 최후를 맞이하게 되었소.”

“정말 사령노조가 관련된 일이라면 그냥 넘길 만한 일이 아닌 것 같소. 우선 각 문파의 전령에게 이 일을 알리고 미리 대비를 하도록 해야겠소.”

“옳은 말씀이외다. 노부도 본 가로 돌아가 소식을 전해야 겠소.”

팽인수가 일어서려 할 때 맹주가 문득 궁금하다는 듯 물었다.

“그런데 마물을 물리쳤다는 보검을 가지고 있는 청년의 사문은 어디요?”

“노부가 들어본 적 없는 것으로 봐서 그냥 이름없는 시골 문파였던 것 같소.”

맹주는 잠시 고심해 보더니 다시 말했다.

“만약 그의 사문에 보검을 빌려달라 한다면 어떨 것 같소?”

그 말에 팽인수는 불편한 표정을 감추지 못했다.

‘자칫하면 그 친구를 힘들게 할 수 있겠구나. 신상을 밝히지 말아야겠다.’

생각을 굳힌 팽인수는 천연덕스럽게 웃으며 말했다.

“비록 이름없는 문파의 제자라지만, 무인에게 검을 빌려달라는 것은 상당히 실례가 되지 않겠소?”

“그렇지만 흡혈귀매라는 괴물의 위력이 정말 그렇게 가공하여 달리 퇴치할 수 있는 방법이 없다면 아무래도 조금이라도 무공이 강한 사람이 사용하는 것이 무림을 위해 좋지 않겠소?”

“안타깝게도 그때 상황이 좋지 않아 그 친구의 이름조차 제대로 듣지 못했소. 무림에 별 뜻이 없는 친구 같아서 다시 만날 수 있을지도 모르겠구려.”

팽인수의 말에 맹주는 아쉬운 표정을 숨기지 못했다.

‘역시 보물에는 화가 따르는구나. 그 친구, 어지간하면 무림에 나오지 말고 조용히 살았으면 좋겠구나. 괜히 무림에 나왔다간 검을 노리는 자들로 인해 큰 화를 당할지도 모르겠어.’

팽인수는 유검호를 걱정하며 맹주전을 벗어났다.

*　　　*　　　*

바얀은 뜻밖의 보고를 듣자 인상을 찌푸리며 되물었다.

“뭐야? 조코와 우딘이 당해? 라자는?”

“시체를 찾진 못했으나, 라자 역시 당한 것으로 보입니다.”

“감히 서천의 무사를 건드리다니. 대체 어떤 놈인가?”

바얀의 호통에 보고를 올리던 자가 급히 고개를 조아리며 말했다.

“마을 사람들의 말에 의하면 어떤 사내와 계집이 호안의 처자식이 사는 곳을 찾아갔다고 합니다. 정황상 그들이 범인인 것 같습니다.”

그 말에 바얀의 눈에 불꽃이 튀어 올랐다.

“건방진 놈들! 감히 겁도 없이 서천의 무사를 죽였단 말이지? 모두 그놈들을 추격하라! 가로막는 것은 모두 베어라! 서천무사 한 명의 목숨 값은 다른 놈들 백 명과도 같은 법! 중원 놈들은 우리에게 삼백의 목숨을 빚졌으니 철저히 갚아주도록 하라!"

바얀의 명령에 오십 명의 서천무사들이 일제히 부복했다.

"명을 받들겠습니다."

그리하여 서천에서도 거칠기로 소문난 오십 명의 혈마대가 유검호를 추적하기 시작했다.

『팔선문』 2권에 계속…

The
LORD

성진 게임 판타지 소설

더 로드

간절한 갈망은 기적을 만들고
기적은 결코 만들어질 수 없는
연결 고리를 만든다.

그렇게 이어진 연결 고리.
그것은 새로운 시작이었다.

자, 일인군단(一人軍團)의
독보천하(獨步天下)가 지금부터 시작된다.

유행이 아닌 자유추구 -
WWW.chungeoram.com
Book Publishing CHUNGEORAM

워메이지

김재한 퓨전 판타지 소설

사람들이 인식하는 상식의 세계 이면,
짙은 어둠이 드리워진 그곳에 사는 괴물들이 있다.

문명이 드리운 그림자 속에서, 전투기계들과
인간의 사념으로부터 태어난 마물들이 격돌한다.
마법과 주술이 난무하는 초현실적인 전장,
소년은 그곳에 서는 대가로 인생을 잃었다.
운명의 노예가 되어 가족과 인성을 잃어버린 소년, 진유현.

총염(銃炎)과 검광(劍光)이 뒤얽히는
어둠의 거리에서, 운명의 족쇄를 끊고 나온
소년의 눈이 살의를 발한다.

유행이 아닌 자유추구 -
WWW.chungeoram.com
Book Publishing CHUNGEORAM

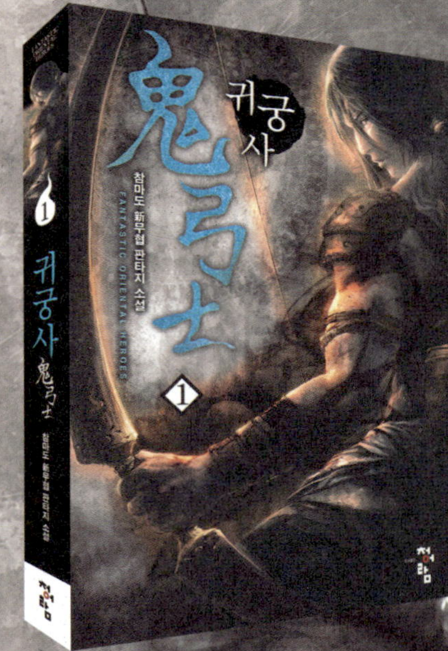

참마도 작가!! 그가 『무사 곽우』에 이어
다섯 번째 강호 이야기를 새롭게 풀어내다!!

"길의 중앙에서 멋지게 서서 당당히 걸어가래.
사람으로 태어난 이상 그 누구도 당당하게 살아갈 권리는 있다고 말이야."

단야의 오른손이 꽉 쥐어졌다. 별것도 아닌 말이다.
하나 이토록 마음에 남는 소리는 없었다.
사람으로 태어나서…….

요물, 괴물.
나이를 먹지 않는 월홍과 얼굴이 징그럽게 망가진 단야.
그들 앞에 펼쳐진 강호란……!

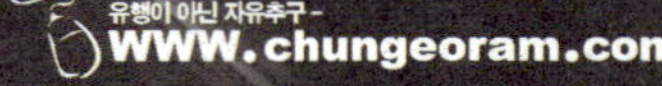

Book Publishing CHUNGEORAM